U0830299

作家出版社 & 悬疑世界（上海浩林文化传播有限公司）

悬疑世界文库

命运有无限种可能

黑暗中的女孩

[荷兰]马里恩·波 著

孙璐 译

作家出版社

第一章

雷

运送一名犯人和运送一群生猪并没有太大的区别，除了把它们完好无损地带到目的地，不能缺胳膊少腿之外，没有其他要求。

被人戴上了手铐，我觉得浑身不自在，笨手笨脚，连爬上卡车的时候都得全神贯注才能避免身体失去平衡。这时，押送我的那个方头方脑的狱警猛推了我一把，其实他不是故意要这样粗暴地对待我，纯粹是出于麻木不仁。

“快点。”他只对我说了这两个字。我踉跄着勉强站稳，在人造革座位上坐下。

刺耳的钥匙抖动声，金属的刮擦声，笼门砰然关闭，我被赶进了笼子里面。

被他们关了8年，我对单调的牢狱生活早已熟悉，却始终无法习惯。

车窗上贴了膜，我即将重新看到外面的世界，这是入狱以来的头一次。虽然必须透过这层灰扑扑的薄膜观察车外的景象，我仍然期待这次旅行，盼望看到穿梭的车流和树木，还有骑着自行车消失在风中的孩子，也许公路旁还会有火车和我们并肩同行，前后追逐，说不定还能见到站在立交桥上朝着桥下驶过的汽车大喊大叫的男孩。因为过于普通，这些景物不会出现在电视屏幕上，可与其他事物相比，它们甚至更让你向往外面的世界。

卡车启动了，他们要把我从阿默斯福特的监狱转到哈勒姆的霍普研究院。

我一直没太想明白，从监狱转到法医精神病学研究院究竟有什么值得高兴的地方——尽管我有很多时间思考这件事，正如我有很多时间去做每一件事那样。起初我曾一度对此事感到乐观，毕竟研究院的规矩应该比监狱宽松，而且我可以拥有完全属于自己的单间，日常生活也不会那么枯燥，距离自由仿佛仅有一步之遥。

接下来就是愤怒、沮丧的日子。那段时间，我再也无法看到任何事物的光明面，只希望回家照看我的鱼。我很担心我养的那些鱼，到了晚上，会不由自主地幻想出它们肚皮朝上漂在水中的样子，隐隐觉得昔日的“黄三角”“蓝神仙”和“公子小丑”早已变成一堆腐臭的烂肉。想到这里，我会尖起嗓子号叫，直到整片监牢区的住户都被吵醒。

“又是那个疯子。”

“嘿，变态，闭上你的臭嘴！”

“我明天饶不了你——最好小心点，王八蛋。”

然而，实际上，没人动过我一根手指头，一次都没有。现实和电视上演的不一样。囚犯们大部分时间都是凑在一起胡说八道，虽然随时都能为了鸡毛蒜皮的事大打出手，比如香烟不见了什么的，但他们不好强奸这一口，也没有人会为了让人给自己吹箫吹得更舒服而打掉对方的牙齿。

恰恰相反，他们只会捉弄我：有次洗澡的时候，我的衣服被偷了；我妈每个月给我写一封信，他们偶尔会从我手中把信抢走，在娱乐室里大声念出来；几乎每天都有人往我的食物里吐口水。可他们碰过我吗？根本没有。

如果我控制不住，号得停不下来，狱警就会逼我吞下一片药，帮我冷静。第二天，每个人都会表现得好像什么都没发生似的。有时候他们干脆无视我，可能一连几个月都不和我坐在一起吃饭。不过，这些对我来说完全无所谓，因为我最希望的就是自己一个人待着。

A28 和 A1 号公路并没有太大的变化，和 2003 年的时候差不多。我鼻子顶着车窗，拼命把眼睛扫到的东西装进脑子里：云彩（虽然我在监狱里已经见到过不少云彩）、草地和水，尤其是水。

“嘿！不准贴在窗户上。”狱警说。他坐在司机旁边的副驾驶座，扭过头来看我：“坐直了。”

我偏要往外看，他们夺走了我这么多，不能连这点权利都不给我。

“不服管束就得上脚镣。”狱警扭回头去，继续注视前方。“浑蛋。”他小声嘟囔道。虽然他的嘴巴动得非常不明显，我还是听清楚了。当然，按照规定，他不能说这种话，我读过“规则手册”。没错，当你太闲的时候，连“规则手册”这种东西都会去读。手册上说，押解犯人的工作人员“不得在运送过程中给犯人施加压力”。

我已经习惯了挨骂，甚至遭受过更可怕的逼迫和折磨，因此旁人会觉得“浑蛋”两个字还不至于增加我的心理压力，进而得出“狱警并没有做错什么”的结论。我本人当然不是这么想的，我打算写一份书面投诉，但不知道进了研究院之后还会不会有那么多的时间写东西：根据法庭判决，我被送到研究院接受复健——希望通过治疗，有朝一日可以重返社会。反正我几周前收到的小册子上是这么说的。

“你知道他是谁吗？”狱警问司机，脑袋稍微往我这边拧了一下。

我怀疑他们不能当着我的面谈论我，规定不允许。

“所有的报纸都登过的，你还记得吗？这个变态被他那个漂亮的小邻居拒绝了，就发了疯，先是报复她本人，又朝她的女儿撒气，小姑娘才 4 岁。杀人分尸之后，他竟然抽了一支烟，冷静得像一根黄瓜，烟头还是戳在小孩的尸体上按灭的，你能想象得出吗？”狱警转过身来看我，“我敢说，你肯定喜欢这一套，对不对？你当时硬了没有？”

我又用鼻子顶住车窗，旁边开过去一辆 SUV，两个小孩系着安全带坐在后排，座位上印着斑马纹。一个男孩、一个女孩，貌似双胞胎。女孩让我想起安娜，就是隔壁家的那个小姑娘。我咽了一下口水，试图摆脱嘴里泛上来的血腥味。

司机提高了嗓门说：“我们可以把车开到沟里，连笼子带人，淹死这个狗娘养的。”

“交通意外——哎呀，抱歉！”狱警朝身后瞥了一眼，生怕我听不到。

“然后我们就坐在现场抽个烟。”

“来一支粗的。”

我盯着 SUV 里的小女孩，假装和她有眼神接触，其实这不可能，因为我坐在贴了膜的车窗后面。她睁着大大的眼睛，睫毛很长，像个玩具娃娃，如果不把它背部朝下平放好，它就会一直瞪着你看。

卡车开到一堵高墙下，墙头布满金属刺，大门应声开启，我们驶进一个类似码头的地方，在一处荧光灯照明的混凝土建筑物里停车等待，墙上到处都是摄像头，从四面八方对准我们。

“快说‘茄子’！”司机叫道，吃吃偷笑。又一扇门向上升起，放我们通过。

我们来到一栋沙色的马蹄形建筑前，停在大门口。狱警下了车，摇晃着他那一大串钥匙，找出正确的那把。终于，“咔嚓”一声，笼门打开了。

“出来。”

我艰难地站起身，手铐紧箍在手腕上，双手又麻又痛。向外走的时候，我差点脸朝下摔在地上。狱警托了我一下，等我站稳就立刻松开手，好像清洁工丢弃垃圾袋。

他在后面赶着我上了几级台阶，我很想吐，恶心得要命。

自动门滑开，我们走进一个小厅，房间一侧是接待台，后面坐着个女的，头发颜色像马拉斯奇诺樱桃。她抬头看了我们一眼，接着便继续打电话，仿佛丝毫没有受到打扰。她在和谁说话？话题与我有关吗？

一个保安走过来，一言不发地开始搜我的身，巨大的手掌摸来摸去，我努力保持镇静，试着不让他碰到我。即使这样，他的手还是在我胯部和大腿内侧摸了一遍，接着我又被领到一台金属探测器旁边。

一个穿红色 T 恤的男的站在金属探测器的另一头等着我。

“欢迎，雷，”他说，“欢迎，我是穆罕默德·德弗里斯，培训部的社工，目前你就待在这个部门。你可以叫我穆。”

“穆。”我重复道。我了解他这类人，笑面虎，假装是你的朋友，害你的时候眼睛都不会眨一下。

“我先带你到医疗站进行毒品和酒精测试，然后去培训部。”

“不能打开手铐吗？”我问。

“还不到时候。”

“为什么？”

没人回答我。

“为什么不行？”我再次问道。

“你来签收？”狱警把一块写字板推到允许我叫他“穆”的那个男人的鼻子底下。穆用印刷体写下他的名字，又草签了一遍。“就像收快递那样，对吧，雷？”他向我挤挤眼。

“好了，那么，回见。”狱警穿过自动门离开了。

“跟我来吗？”穆问。

说得好像我还有别的选择似的。

第二章

艾丽斯

我是个专业人士，或者说我每天都决心成为专业人士，哪怕“成为专业人士”意味着必须为那些对天真的年轻女性做了恶心事的中年男性辩护，同时让他们的腰包变得更鼓。

我答应彼得·范－本肖普在金融区的一家贵得离谱的餐厅和他见面。我抵达时，他已经坐在了窗户旁边的一个位置上，正在摆弄他的智能手机。应该承认，彼得·范－本肖普并不像其他范－本肖普家族的人那样趾高气扬。他也是唯一的没有参与到范－本肖普家族繁荣兴旺的造船业务中的家族后代。

“卡斯特莱恩女士，很高兴见到你。”他站起身来，大声地说。我怀疑他有听力问题，不出所料，他和我握手的力道也很大，简直要把我的手捏碎。

我们坐下来。我把手提包挂到我的椅子背上，双手交叠，礼貌地说：“范－本肖普先生，我该怎么帮你？”

一位侍者走过来，问我们想喝什么。我要了鲜榨橙汁，范－本肖普点了双份意式浓缩咖啡。

“我想你已经初步了解过案情了？”

“我读了原告律师的诉状，没错。”

“DVD 光碟呢？”他第二次得意地笑起来。

“我收到了。”

“然后呢？”

“并不是我喜欢的那种类型的视频，我只能这样说。无论如何，从法律的角度看，这是一个有趣的案子。”

“你觉得我是个变态，对吗？恶心的老头。”

“你就是这么描述自己的？”

“不，是你这么看我的。”

沉吟片刻，我认为他说得有道理，但接下来我笑了笑，说："你没有那么老，真的。"

"得啦，你还是承认吧，你就是觉得我恶心，认为我喜欢伤害女人。可女性仰慕者给我发来的求爱邮件堆成了山，她们可都是像你这样的高学历、高智商的女士哟。"

侍者给我们端来了饮料："你们想看看菜单吗？"

"请给我来一份番茄汤。"我说。

"俱乐部三明治配薯条，番茄酱，不要蛋黄酱。"

侍者愉快地点点头，离开了我们。

"世界上有很多态度随便的人，女人里面也有这种人，从你的粉丝来信就能看出来。"我慢慢呷了一口橙汁。

他笑了："你在性方面随便吗，艾丽斯？"

"不，但你的性口味有点过于……极端，难道你不这么认为吗？"

"好吧，你猜怎么着，艾丽斯？女人喜欢这个，非常喜欢。"

"也许是心理有问题的女人。"我说。

"难道她们就没有享乐的权利吗？她们就非要过无趣的生活吗？"

我只能说出自己的内心所想。不过，劳伦斯后来也对我说了同样的话。

"所以说，现在你成了社会慈善家，致力于维护你的手下的精神健康吗？"

"也许吧。"

"让我们谈谈你的情况，你知道使用未成年演员拍摄 X 级电影是违法的吧？这是儿童色情。"

"她的身份证上说她已经年满 18 岁，而且她的那儿绝对已经成年了，这一点肯定没问题，我敢保证。"

我真希望范 - 本肖普可以小点声。"你是说她的身份证是伪造的？你有复印件吗？"

"当然。"

"我需要看一下，越快越好。"

"哼，不行，在我合伙人那里。"

"既然如此，能不能请你的合伙人给我看一下？如果我们可以证明那个女孩——”

“女孩个屁，是年轻女人，你得叫她‘年轻女人’。”

我向他露出一个我自认为可以表达我的坚决态度的笑容：“如果我们能证明那个‘年轻女人’用伪造的身份证欺骗了你，就可以在很大程度上降低你被判有罪的概率，此外还能证明那个‘年轻女人’是自愿参与这件事的。”

“我的合伙人不见了——带着合同和我的一部分投资跑了。”范－本肖普大声地吸了一口他的意式浓缩咖啡，笑着说，“不过别担心，你会拿到酬劳的，也许事成之后我还会多给你一些奖金——你去过巴哈马吗？”

我很想知道他们为什么要把这个案子分给我。我老板的理由是，给范－本肖普分配一位女律师是个了不起的举动，而律所的另一位合伙人玛莎·彼得斯碰巧很忙，尽管她才是应该处理所有范－本肖普家族事务的那个人。

“我们再来看看你的案子：你现在拿不出她的身份证复印件，确实会增加处理的难度，那个——”我想说“受害者”来着，但想了想又改了口，“‘年轻女人’在接下拍摄……工作之前，是否和你们签订了放弃她的合法权利的声明？”我斟酌着用词。

手机在我的衣袋里振动起来。我在桌子底下瞥了一眼屏幕上的号码，发现上面显示的是我最害怕的一串数字：亚伦的托儿所的电话号码。

“你真的应该找时间去看看，巴哈马，那里的大海美极了。”彼得·范－本肖普说。

“抱歉，我必须接个电话。”我站起来，走到外面，“你好？”

“我是米卡。”她听上去很激动。尽管十分理解她的心情，然而我只想说：拜托，不要现在打扰我，你先自己处理，让我完成我的工作。拜托。

“亚伦很生气，他刚才在给画涂颜色，一个更小的孩子抢走了他的蜡笔，他就把她咬了，咬破了皮——出了不少血，现在他正用头不停撞地板。佩特拉说你必须来接他，马上。”

我显然没有和她谈判的必要，更不能说：“我拿出税后收入的很大一部分委托你们每周照顾我的孩子 3 天，你们就不能让我省心一次吗？”

“马上来，艾丽斯，”她重复道，似乎怕我没听见，“别说什么‘再等半小时’，就现在。”

“我尽快。”

我首先给亚伦的父亲打了电话，虽然我知道可能没多大用。我们共同的熟人说，他喜欢眼泪汪汪地抱怨自己的儿子不懂事。果然，像往常一样,我被转到了他的语音信箱。接下来我给我母亲打了电话，她正在修脚，但答应脚指甲干了之后立刻去我家接亚伦。

“你不能早点去吗？我会给你介绍一个更好的修脚师，另外请你喝香槟、做足部按摩，怎么样？”

“对不起，亲爱的，我也没办法。”

我真希望自己也能这么说——我没办法！”这话说出来的时候感觉该是多么美妙。

“妈妈，我在和客户谈事情，你觉得我现在放下工作去接孩子合适吗？”

“你也不想让我马上放下手头的事去接孩子吧？我愿意帮忙，而且我已经帮了你很多次，你应该没忘吧。但照顾亚伦是你的责任，毕竟你才是他母亲。”

“这个不用你来告诉我。”我抢白道。我发现彼得·范－本肖普在透过窗户观察我，脸上挂着顽皮的表情。他举起双手，好像在说：到底是什么事啊？我转身背对他，与此同时，我听到我母亲哼了一声：“什么？”

“对不起。”我讨厌被迫和她道歉,然而我经常被迫这样做,“好吧，我会去接他，先带他回家，但拜托你一定尽早去我家，好吗？”

“我尽量吧。”她傲慢地说。

我挂掉电话，不过并没有大声尖叫，然后抄起一块砖头砸向窗户里的范－本肖普的咖啡杯，而是做了个深呼吸，活动一下肩膀，大步返回餐厅。

刚才我打电话的时候，范－本肖普在窗户里朝桌上的食物点点头，用唇语跟我说：“我先开始了。”他的上嘴唇还沾了一片生菜叶。

“对不起，我必须走了，有急事。”

“是你的孩子，我猜。”

“我今天下午给你打电话另约时间见面吧，实在对不起。”

“你是单身母亲,很容易看出来,我可是阅读女性的专家。我敢说，你喜欢黑色的内衣，而且想要晚上睡觉之前看点书，但总会捧着书睡着。”

我压下一声厌烦的叹息：“我来付账。”

他抓住我的手腕：“我一辈子都没让女人付过账，今天也不希望破例。”

“这是律所的规定。”我抽出手，拿出我的信用卡，“我下午打电话给你。”

据说，孩子可以丰富你的情感生活，这是所谓的硬核真理。然而自从有了亚伦，我却一直过得很苦恼。

这是本月的第三次，我必须提前从托儿所接走他，因为他表现不好。此外，还出现过其他的情况，都是我母亲处理的。

亚伦的父亲却很悠闲，他只需要在每隔一周的周末照顾一下孩子，然后大言不惭地以完美绅士自居。就因为他觉得自己在法律上承认了孩子是他的，而且每个月都会支付250欧元的抚养费，他认为这笔钱可以让我闭嘴。虽然我们两个共同把亚伦带到了这个世界，但孩子出生后，我的生活变化得翻天覆地，他的生活却和以前没什么两样。

如果没有亚伦，我的人生可以免除许多痛苦。但直到第14周的时候我才发现自己怀孕了，因为那时我每周工作60个小时，根本没有时间关注自己的月经周期。会议、报告、诉讼、谈判……终日应接不暇，最后你甚至不知道自己当下在做什么，然而不知怎么，你会完成一切，而且还完成得非常好。

我做了超声波检测，从显示器上看到胎儿挥舞着小胳膊小腿，还有一颗跳动的小心脏。有血有肉的小生命。我怎么忍心把他打掉呢？

亚伦的父亲却没被这一幕迷住。他非常不想做父亲，还对我百般诋毁，声称这个孩子很可能不是他的，因为我肯定不止和他一个人睡过。“我希望流掉这个孩子。”他表示，甚至提出帮忙支付流产的钱。这很可笑，因为在荷兰做流产是免费的。最后他总结说，这是他打的最后悔的一炮。为了这个孩子，我几乎牺牲了工作、身材乃至整个人生，还要听他大放厥词……我不想让他的话影响我，那样太幼稚，然而我心里还是很不舒服，所以我告诉亚伦的父亲，请他赶紧滚蛋。

那些日子里，我仍保有某种与生俱来的本能：我虽然孤身一人，但我还年轻、有能力、聪明，我可以处理这件事。我决心做一个拥有可爱的孩子的坚强而独立的母亲，我会同时扮演母亲和父亲、带孩子的保姆和养家糊口的顶梁柱的角色。我为自己的大肚子骄傲。第一次把亚伦抱在怀里时，我喜极而泣。然而，仅仅几天之后，我就因为每次都睡不够两小时就得起床照顾孩子而苦恼得痛哭流涕。

亚伦诞生 1 个月后，我收到一封信，他父亲愤愤不平地要求看他的孩子。我没有反对。

他和他母亲一起拜访了我们。从眼神看，她的性格严肃、坚决，亚伦的父亲小跑着跟在她身后。我当然没有心情按照传统给他们做什么彩色小点心来庆祝新生儿的到来。

那个女人没有问我就抱起亚伦，塞给她儿子，他却呆呆地站在那里,不知道该拿孩子怎么办。我也不知道该说什么。但他母亲知道，只听她居高临下地庄严宣告 :“这是你的爸爸，亚抡。”孩子的名字都被她念错了，如果我不是那么累，一定会当场笑出来。

“是亚伦。”我说。

“我们需要习惯你的名字，当然。”她对宝宝嘀咕道。

“妈妈，拜托。”亚伦的父亲说，又对我说，“我喜欢他的名字——阿伦。”

我们小心翼翼地相视一笑。

从那时起，亚伦的父亲和我找到一种和平相处的方式。事实证明，我们完全可以用正常对话的语气交换信息，比如“亚伦已经喝过奶了”，或者“他不愿睡觉，还涂了满墙的大便”。虽然他已经决心不给我任何希望（一位共同的朋友告诉我的），但有时我们甚至可以坐在一起喝杯咖啡。

我只被他迷住过一次。那还是在 4 年前的新年派对上，我们把所有的鸡尾酒喝光了之后，这个自负的男人却以为我真的看上了他，冲我大喊大叫。不过，对于他不想给我任何希望这一点，我始终感到很满意。如果他想要给我希望的话，我反而会不胜其烦。

来到托儿所，我发现亚伦待在角落里玩一堆色彩鲜艳的积木。看到我，他露出灿烂的笑容。“妈妈！”他笨拙地跑过来，像每一个 3 岁小孩那样，搂住我的脖子。我把他抱起来，紧紧拥在怀里，他真好闻——我能从数百万种气味中辨别出他的味道。

“嘿，小宝贝！玩得开心吗？”

亚伦从积木塔底部抽走一块积木，积木塔轰然倒塌。

“真聪明！”

他立刻又投入地玩了起来，连我走开也没有注意到。佩特拉、米卡和艾米丽在房间中央的厨房岛柜那边准备零食时间吃的水果。

“问题似乎解决了。”我对佩特拉说。她是托儿所里那群平均年龄二十几岁、肚脐穿环的护工的主管。我觉得她们里面没有人真的愿意每天哄一群3岁小孩玩过家家。

“是的，因为他知道你要来。”佩特拉一针见血地指出。

我深吸一口气：“我明白亚伦有时候让你很头疼，也知道你会尽力而为。我佩服你对托儿所的管理能力。但我没法为了一些小事放下手头的工作跑过来——今天我就在和一位重要客户会面。”我尽量心平气和地告诉她，言外之意则是：我们都是成年人，可以理性地讨论这个问题，不是吗？虽然你觉得我是你见过的最糟糕的母亲，我的孩子也很调皮。但我要指出一个事实，既然你是托儿所的主管，你的工作就是照顾小孩子，不让他们的父母分心。这是你的责任。

佩特拉把手按在嘴唇上：“艾丽斯，咬人可不是小事，是不能够接受的行为。如果成年人这么做，会被逮捕的，你应该知道的吧？”

“可他们不是成年人。”

“听我说，我在这里当了20年主管，什么样的小孩没见过？但从没见过亚伦这样的。我认为你应该带他去看儿童心理门诊。”

“我承认这孩子有点麻烦。但你知道，儿科医生给我们推荐了特殊的托儿所。我们现在正在排号。”

“如果你能在家里对他严加管束，教他学会遵守纪律，情况会有很大的改变。”

米卡和艾米丽在摆水果，亚伦爬上一把椅子，从盘子里拿起一块苹果塞进嘴里，心满意足地嚼起来。

“你不知道我在家里经历了什么。”

“所以把他放在这里你一定很高兴。说起排号，你应该知道吧，可能需要等上18个月才能把他送到那个托儿所。”

“我当然知道，没错。非常感谢你们。你不就是想让我这么说吗，佩特拉？你希望我跪在你的脚下，告诉你，你是特里莎嬷嬷再世，不对吗？”作为律师，我受过谈判训练，知道如何选出最好的论据，找到正确的语调，精准刺激对方的神经——然而谈到与我儿子有关的问题时，我却做不到这些。

“我认为你最好把亚伦带回家，这周先别过来。下周我们再试试。”佩特拉龇着牙，模仿着狂躁状态的大猩猩，做了个鬼脸，“祝你们好运”。

我不知所措，完全彻底地不知所措。

不知怎么，亚伦竟然懂得如何与我的母亲相处，大概是因为和别人一样，他也有点怕她。连我在她身边时都做不到完全放松，她简直像狮身人面的斯芬克斯，周身设下好多道无形的界线，不许任何人跨越，无论你是谁，迟早都会发现这些线。

我母亲来到我家，猩红色的脚指甲从白色的凉鞋里探出来。听完我的讲述，她恼火地提醒我，这两天她要去度假，没法看孩子：“而且，你也得为我做件事，你答应帮我看家，记得吗？”

她抱着亚伦走到她的汽车旁边：“你必须在今天下午和明天给他做好安排，否则这个星期剩下来的几天你都要请假了，告诉他们你生病了也行。”

她把亚伦安置在儿童座椅上，系好安全带。从这一点可以看出，她算得上一位尽职尽责的外祖母，因为她为你的孩子准备的儿童用品比你准备的还多。

“旷工几天又不会死，谁都不会，连你也包括。”

第三章

雷

我被带到一个小房间，里面有小便池，旁边是面大镜子。一个警卫摘掉了我的手铐，我活动着麻木的胳膊。

一位护士——但她没穿护士服，从衣着上根本看不出她是医护人员——开始对我发号施令。她让我解开皮带，把裤子褪到膝盖，衬衫掀到胸口，然后对准一只小杯子撒尿。

“你能回避一下吗？给我点隐私。”

“不。”没有道歉，没有解释，什么都没有。

我已经习惯在其他人在场的情况下撒尿，然而从未当着女性的面这么干过。

“我知道这不好玩，”那个叫穆的男人说，“但所有新来的人都必须进行药物和酒精测试，最近这里发生了一些和毒品有关的事件。”

“我再说一遍：脱掉裤子，掀起衬衣，让我看到你的肚子。”虽然没穿护士服，但她的语气非常专横。

我脱掉外裤和内裤，软垂的白色阴茎暴露在空气中。我感到既尴尬又恼火，我为什么要在这个可怕的女人面前撒尿？在这种场合，她甚至连护士服都不知道穿。他们为什么要这么对我？

“放松，”穆说，“很快就好了。”

“往杯子里尿吧。”她重复道。

我试着放松，无视自己的怒火，让自己产生尿意，然而半滴尿都没有。

“别紧张，”穆说，“会有的。”

我感到一阵恐慌，在镜子里，我看到护士直直地盯着我的胯部。

“不行，我做不到。”

“她必须确保尿样没有动过手脚，”穆解释道，“你可能会把别人的尿放进杯子里。”

我不知道自己如何才能做到这一点，我根本不想碰任何人的尿或者别的什么体液。

“不行，她必须回避，或者至少看着别的地方，否则我做不到。”

“一切都进行得很顺利，你只要配合——”穆开口道。但那个女人打断了他：“不准抱怨，快尿。”

我看到穆在笑。他显然不是站在我这边的。

“如果尿不出来，就把你单独关起来，直到尿得出来为止。”她说。

监狱里也有个独立牢房，我被关进去过一次。那时我刚入狱，不知道该如何服从他们的命令，他们就让我一个人在那里待了三天三夜，最后我已经忘记了自己是谁、身在何处，甚至不觉得自己还活着。

我深吸一口气，竭尽全力地挤出来几滴。

“好了，提上裤子吧。”女人说。

衣着整齐的时候我才恢复了理智，意识到护士们大概没有权力决定把谁关进独立牢房，反正监狱的护士说了不算。我决定尽快找机会验证一下自己的推测。

他们分给我一个单间，地方不是很大，至多 6 英尺宽、9 英尺长。但我需要的东西都有：床、写字台。然而我觉得他们不会让我闲着，恐怕没什么时间写字。隔间里还有淋浴、洗脸池和马桶，隔间的门其实只是个挡板。但我洗澡和大小便的时候终于有了隐私，绝对是巨大的进步。

无论如何，这里的环境比我在“梅森之家”的宿舍好很多，我在那儿度过了几乎整个青少年时代。那里的淋浴和厕所都是公用的，而且空间狭窄，连拉屎都逃不过任何人的眼睛。听到你坐在马桶上放屁，他们会欢呼。要是在公共浴室举行的撸管大赛中得了冠军，大家还会为你鼓掌。但有人在旁边时我硬不起来，所以从来没赢过，不过放屁是我的强项。

然后我到了哈尔德韦克监狱，在那里和另外一个家伙做了多年室友，共用一个马桶。他拉屎很臭，恐怕连天堂都能闻见，他吃的东西却和别人没有什么两样。他每天都要上两次厕所，制造出你能想象到的最恶心的气味。哪怕关上门，气味也能顺着各种缝隙钻进来。我经常抱怨这件事，甚至写过投诉信——给他写过，也给典狱长和女王写过。女王不是在电视上说，她希望为全体国民服务吗？我当然还是她的国民，难道不对吗？

然而我的室友埃迪无动于衷，反而嘲笑我："真男人都是这样拉屎的，雷诺斯，有事没事多闻闻，好好跟我学着点儿。"我越是抱怨，他越是无所谓，最后甚至连门都不关，熏得我无法忍受。典狱长派人让我闭嘴，女王陛下则从来没给我回过信。

整整6个月，每天早晚各一次，我都要被迫呼吸这样的味道。最后，我的身体终于罢工，便秘越来越严重，从每天1泡屎变成每周3泡，后来索性拉不出。肚子鼓得像个气球，苦不堪言，不吃不喝，甚至不想动。埃迪大敞着门在马桶上做他的臭味生意时，我只能虚弱无力地躺在床上。

我被抬到医务室，他们给我灌了肠，既屈辱又痛苦，但我的肠道终于放松了，恶臭在医务室的厕所里飘荡，甚至比我室友的产品还难闻。我的心理却因此获得了某种奇怪的平衡。

回到囚室，我发现埃迪已经走了。接下来的6个月，我过得比较平静，但就是太闲。

几年前，我有过自己的厕所，我喜欢它。它和"梅森之家"或者监狱的厕所不一样，完全属于我自己。

"你的东西今天下午送过来。"穆说。我坐了起来，刚才我完全忘了他还没走。

"然后你可以按照自己的爱好布置房间，比如搞些你喜欢的小摆设挂在墙上，但绝对不许把墙弄脏。好了，就这样。X，等一下，还要遵守其他规定：不能喝酒、不能吸毒、不准用手机、不准上网。"

"我的鱼怎么办？"

"你养鱼吗？什么品种的？"穆坐在我床边，好似一位准备在睡觉前和孩子聊聊天的母亲，至少我在电视上见过这种情景。我母亲经常来监狱看我，但我准备睡觉时她早就回家了。

"我养了一缸海水鱼。"

穆吹了声口哨："奢侈的爱好。"

我很无语。

"你喜欢什么鱼？"

"各种：刺尾鱼、小丑鱼、神仙鱼、角箱鲀……"

“我会告诉上级，好吗？只要鱼缸不是太大，他们会允许的。”穆拍拍大腿，站起来，“我出去 20 分钟，你休息一下，熟悉熟悉环境，然后我过来送你到精神科医生那里去。”

“好的。”

“然后我给你讲一下每天的安排。明天，如果精神科医生认为没关系，我就把你介绍给其他犯人。”

牢房的钢质门关上了。门板上与眼睛等高的地方有条缝，透过它，他们可以随时窥探你。

我数了数，从墙到门口的距离正好是 5 步，正常走路的步伐。为了得到准确的测量结果，我来回走了几次，然后坐在床上，凝视着显然是新近粉刷过的白色墙壁。

第四章

艾丽斯

“啊，她来啦，我的明日之星！”

在巴特尔斯－彼得斯律师事务所的前台等着取邮件的时候，我看到劳伦斯·巴特尔斯走进来，穿着那件他在意大利的某个名不见经传的地方定做的旧风衣——对于衣服的来历，他不许我们声张，仿佛一旦说出来，全世界都要拜倒在这件了不起的艺术品脚下。他伸出胳膊，夸张地向我走来，像电视上的脱口秀主持人：“下午好，亲爱的朋友，请到我的办公室来。”

虽然不清楚他叫我去干什么，但我几乎可以肯定，彼得·范－本肖普投诉了我——撇下客户不管是违反职业操守的行为，而且“去托儿所接孩子”并不是什么有说服力的理由。

世界上真正仁慈对待自己的员工的律师事务所少得可怜，巴特尔斯－彼得斯当然不是其中之一。业绩就是一切。不过，与这里相比，我以前的工作环境恶劣得多，那是个主营国际兼并与收购的公司。在那里，我经常在半夜被人叫醒，为其他时区还在上班的客户处理业务，度过了不知多少个叫比萨外卖充饥的夜晚，取消过无数次的假期。

怀上亚伦之后，我觉得以往的生活方式必须改变。紧接着，上帝仿佛知道了我的难处，把在巴特尔斯－彼得斯律师事务所工作的机会送到我面前。那里离我的公寓只有几步远，而且我每周只需要去坐 3 天班，这在律师界简直闻所未闻。有了这份工作，我的生活本应变得轻松很多，然而我只能说：与 3 岁小孩的需求相比，再繁重的工作量都算不得什么。

作为事业有成的公司合伙人，劳伦斯的办公室非常舒适：办公桌大得像台球桌，把他的身材衬托得更加矮小；大理石地板上铺着古董波斯地毯；墙上挂着价值难以估量的艺术品。

“坐，坐！”劳伦斯兴奋地说，仿佛站在脱口秀的舞台上，必须引起台下两百名观众的注意。

“你打算批我一顿？”

“你在说什么？彼得·范－本肖普刚给我打了电话，他非常高兴，说他很少遇到你这样不屈不挠的女性。当然，他喜欢和女人打交道，我得承认。不过他完全被你迷住了。”

“这么说，他没提到我见面见到一半就把他撇了？”

劳伦斯的脸一下子拉得老长，他恼怒地摆摆手：“我不想知道。我不是说过很多次吗？你他妈的太诚实了，但只要让人感觉你诚实就可以了，诚实对律师而言是个弱点，你难道不明白？”

“对不起。”

他突然笑了起来：“也不要说对不起，不能这么做。什么时候都不行！”

“如果你不准备狠狠地批评我一顿，那为什么叫我进来？”

“因为，亲爱的艾丽斯，我想赞扬你今天的成功，就为了这个，所以你别紧张。我只想说：干得好。无论你是怎么干的，我不在乎过程，最重要的是结果。”

“既然如此，谢谢你。”

“好了。彼得·范－本肖普明天过来，我们把拟订的计划告诉他。他希望我们在周末之前处理好他的问题。”

“恐怕不可能。”

“你说什么？”

我决定告诉他事实：“周三和周四我不能来，周五是我的休息日，虽然我可以在家工作，但效率肯定没有在这里高。”

“这件事你和客户商量过了？”

“没有。但我也没办法。”

劳伦斯沉默地摇了摇仅剩少量灰色鬈发的脑袋——他坚决否认自己秃了。

“对不起。”我补充道。

“我告诉过你，我不想听到任何借口！”他火冒三丈，“去你的，艾丽斯，去死吧。”他的下嘴唇上挂着一丝唾沫，动作夸张地站起来，走到窗边，背对着我。真是个脾气古怪的王八蛋。

“好吧，我收回道歉的话。其实我一点都不抱歉，你知道世界上有‘事假’这个词吗？还有‘产假’？或者我现在就应该把今年的一个月年假休了？”

劳伦斯无言以对。“好吧，”他终于说，“我告诉过你，只要你把工作做好，我不在乎你怎么去做。所以，哪怕你现在跑到北极，只要彼得·范－本肖普高兴，只要我能把账单顺利寄给他，我都没意见。”

“放心吧。”

“你肯定猜不出我的新客户是谁……”晚上，亚伦在我母亲家睡着之后，像正常的律师一样，我和一个女性朋友来到酒吧。

“不知道。教皇吗？噢，不，等等。”宾妮伸出食指，“我知道了，终于有人把你妈告了，起诉她太古板。”

“哈，哈。”

宾妮和我从小学就认识。自从我母亲逼着她说“下午好，卡斯特莱恩女士”，禁止宾妮使用她自己惯用的打招呼方式“你好啊！”之后，这两位就一直合不来。我母亲循规蹈矩，宾妮活泼散漫，她的真名其实是布里奇特，但她讨厌这个名字，没人记得大家为什么叫她“宾妮”。

“接着说呀，告诉我你客户是谁。”宾妮灌了一大口酒，把空杯子重重地放回吧台上。

“彼得·范－本肖普。”

“谁？”

“来自富得流油的航运世家的那个彼得·范－本肖普。”

宾妮开始两眼放光：“他单身吗？”

“不知道。”

“可是，遇到这样的客户，你难道不应该先弄明白他是不是单身吗？他长什么样？年纪多大？个子多高？”

“他 40 多岁……大约 6 英尺高……啊，我想起来了，他可能是你喜欢的类型。你喜欢那种有控制欲的男人，对不对？”

“爱死了。”

有人来吧台这边点酒，推了我一下，我差点摔倒。我觉得他好像是在地产商办公室里上班的那种人，身上的西装很丑，表情却不可一世。他杯里的白葡萄酒溅到我的衣服前胸，位置恰好在乳头附近。他要么不明白发生了什么事，要么就是假装不知道自己做了什么。

“嘿，小心点，”宾妮愤怒地告诉他，“你刚刚把酒洒到她的衣服上了。”

他转过脸来，从头到脚地打量着宾妮：“老天，你个子真高。”

“什么？真的吗？”

我翻了个白眼。

“哇，你怎么这么高？”那个家伙重复道。

“那当然，我都能看到你的秃顶。你喝什么，艾丽斯？你觉得这个秃瓢帅吗？”

“算了，别理他。”我拿了一张纸巾，擦拭胸前的酒渍。我现在看上去就像个刚给孩子喂完奶，没在内衣里塞个吸收残奶的胸罩垫就跑来酗酒的母亲。真是棒。

“我不觉得‘秃瓢’适合他。”宾妮若有所思地托着下巴说，“他的脑袋又小又圆，看着挺逗的。我很遗憾，但是必须有人告诉他这一点：5 年之后，恐怕你会越长越像一头小猪。”

我忍不住笑起来。

“如果我是你，我会在接下来仅剩的 5 年好好做人，比如先改改粗野的毛病，走路长点眼睛，要是不小心把白葡萄酒洒到女士身上，一定得道歉。”

他茫然地瞪了她几秒钟：“傻 X。”

“非常荣幸成为你的同类。”宾妮说，然后转头对我说，“百万富翁彼得·范－本肖普，多么令人向往，我就喜欢有钱人——虽然记者是个了不起的职业：没错，我和曼德拉握过手；没错，乔治·克鲁尼真人也很帅；没错，我写过揭露欺诈犯和毒品产业链的好文章，但我从没指望依靠当记者发财，因为收入实在太低——我什么时候才能摆脱室友，有自己的公寓？不用收拾被她搞得一团糟的浴室，在拼命赶稿的时候还要每天下午两点准时听她唱歌？噢，艾丽斯，如果彼得和我结婚，你可以做我的伴娘。”

“你也愿意被他锁在地下室玩 SM 吗？”

“什么？”

“还要把那玩意儿塞进你的喉咙里，直到你喘不动气，喝新鲜的热尿，享受窒息性爱……”

“什么？”

我故意停顿了一会儿，看来效果不错。

“给我讲讲！快！快！”

“彼得·范－本肖普拍了很多变态小电影，你谷歌一下‘撒尿的彼得’就知道了。我不能再说了——要为客户保密。”

“嗯。可是他帅吗？”

“有点像吉拉尔多·瑞弗拉。”

“告诉你吧，我更喜欢地中海国家的男人，手型必须优雅漂亮——可他们却不喜欢我。和他们舌吻的时候，你都能感觉到他们硬起来的那玩意儿顶着你的膝盖。唉，不提了，你的感情生活怎么样？”

“我没有感情生活。”

“哼！得了吧。你的客户不都是些饥渴的男人吗？如果你问我，我会说律师和牙科医生是钓男人的最佳职业。”

“胡说。”

“那些孤立无援的男人完全依靠你来拯救，他们既脆弱又恐惧，渴望你给他们保护和温暖。”

“我可以向你保证，他们根本不懂爱情。”

“不，亲爱的，是你不懂。你小的时候就不喜欢谈情说爱。所以，醒醒吧！你年轻、漂亮、独立、风趣，身体也正常。不出10年，亚伦就不再需要你照顾，他会迷上摩托车和泡妞，到时候你会想：‘我他妈的怎么把这些年浪费了的？为什么不试试网上约会什么的？’”

“噢，别说了。”

“我觉得你现在过得一点都不开心。”

我耸耸肩。

宾妮关切地看着我：“你还好吧？”

我再次耸耸肩：“还不是因为亚伦，我担心托儿所不要他。”

“为什么？”

“不说了。反正我很高兴可以暂时不考虑这个问题。”

宾妮把手放在我的胳膊上：“会没事的。”

我也一直告诉自己这四个字。然而，实际情况却越来越麻烦。

第五章

雷

我以前看过心理医生，而且不止一次。他们在彼得－巴恩行为健康中心给我做过评估。那时我刚被警察折磨了好多天，以为这些医生也是来折磨我的，然而他们却表现得像我的朋友，说要试着理解我，无论我说什么，他们都会点头，或者发出表示同意的“嗯、嗯”声。

那样的交谈真的很不错，我一向话不多，但经历了各种事情之后，我很有倾诉的欲望。

庭审时，他们宣读了我的心理评估报告，然而内容却对我极为不利，我觉得自己被那帮大夫耍了。此前我见过的唯一的心理医生是“梅森之家”的那个，他是个好人。虽然我不知该如何回答，他总是会问我“最近怎么样？”之类的问题。除了有时候会生气或者害怕，我平时的心情都还不错，所以我会照实告诉他。然后我们会聊聊树林里的鸟，还有哪种鲨鱼最危险，大白鲨还是牛鲨。但他从来不会背后说我的坏话，指控我是疯子。而其余的心理医生只会用各种复杂的方式试探我，其实他们想问的只有一句：“你到底疯了没有？”

胡默曼医生和我握了手，让我坐在他对面的椅子上。他办公桌上有副水牛角眼镜，还有一大沓文件。

“你已经在这里待了好几个小时，伯伦斯先生，感觉如何？”

我不知道该说什么。

“你知道你为什么来这里吗？”

“是的。”我说。

“你能说说为什么吗？用你自己的话？”

“除了我自己的话，我还能说谁的话？”

他笑了：“说得对，雷。既然如此，请你简单地告诉我，你为什么会来这里？”

“因为法官判我有罪，我的服刑地点包括这里。”

“你被定了什么罪？”

“谋杀萝丝塔·安杰利和安娜·安杰利。2003 年 5 月 17 日。然而我其实不知道这件事是什么时候发生的。”

他在一张纸上匆匆记了些什么，我很想偷窥，这样以后如果在他的报告里听到“精神病、强迫症、机能失调”之类的词，我就不会那么震惊了。

“你知道今天的日期吗？”

“当然。”

“你能告诉我吗？”

“6 月 1 日。”我看了看我的手表，“下午 3 点钟，准确地说是 3 点零 23 秒。你还想知道什么？”

“你很讲究准确性。”

我点点头。

他又写了些东西，然而字迹潦草，难以辨认，这本身就令人担忧。

我有点不知所措，但我觉得他们不会禁止我主动问问题，我只有一个问题要问。

“这里可以养鱼吗？我有一缸海水鱼要照顾。”

“我需要确认一下。你喜欢照顾动物吗？”

“是的。”

“那么你一定也喜欢照顾人了？”

这是个危险问题，彼得 - 巴恩健康中心的人也问过。它听上去很随意，像聊天一样，然而根据你的回答，他们会推断出许多可怕的结论。所以我决定拒绝回答，装出对他的水牛角眼镜很感兴趣的样子。

“你过去曾经照顾过谁？”医生试探道。

“不知道。”

胡默曼医生靠在椅背上，双臂交叉：“我懂了。你是真的不知道还是不想回答这个问题？”

“我想要我的鱼，还有尽快离开这里。”

“你当然想回到你的正常生活里去，这不是不可能。但为了实现这一点，首先得做到几件事。”

“什么事？”

“首先，我需要你的充分合作。所以当我问你问题，你必须设法回答。”

“我已经回答了几千个问题，但答案只有一个：萝丝塔和安娜的死不是我的错，然而你们还是没有放我走。”

“伯伦斯先生，我不是法官，也很难说你到底有没有罪。不过，你显然有些不对劲的地方。”

我摇了摇头。安娜和萝丝塔被杀后，我一直极力证明自己精神正常，至少不像他们说的那样不正常。“不可能！你怎么这么想！”我一拳砸在桌子上，胡默曼医生的水牛角眼镜跳到半空。

医生泰然自若：“我再说一次，我们不是侦探，也不是监督警察或者法官的工作的。所以，无论你是否有罪，都与我们无关。但我会告诉你，如果拒绝与我们合作，你也许会在这儿待得更久。”

我努力领会着他的意思。

“如果你相信自己是清白的，当然可以向最高法院提出上诉。如果你的怀疑合理，可能会赢得法官的同情。但即使在这种情况下，你也需要好好表现，比如接受治疗、吃药，避免出现语言和身体方面的挑衅行为，当然更要配合我的治疗，你不会希望我给你负面的评价吧，对不对？”

我不得不接受我所反对的东西，如果不接受，事情会变得更糟，一直都是这样的。

“你的第一次评估听证会将在两年后举行。如果那时候确实发现你没问题，像你说的一样正常，我们就允许你出院。”

两年的时间很长，但是比 8 年的牢狱生活短多了。“离开你的办公室之后，我该怎么做？”

“你必须遵守规则。”

我能做到，没问题，这是事实：“还有呢？”

胡默曼医生给了我一些建议：“你喜欢写信，不是吗？我知道你擅长写信，你可以先给邻居写封信。”——他翻了一会儿文件——比如萝丝塔。”

“她死了。我为什么要给死人写信？”

“假装给在天上的她写信。”

“但她死了。”

他叹了口气：“那就假装她还活着。”

“我应该写什么？”

“取决于你，想到什么就写什么。告诉她你对她的想法，你的感觉，你有什么观点，你对……已经发生的事……感觉如何。”

我点点头。

“你可以后天把信交给我，在我们第二次治疗的时候。但如果你需要更多的时间，下周或者下下周也行。”

更多的时间。我最需要的就是更多的时间。但是我也想表现出充分合作的态度，于是我说：“我会写好的。”

第六章

艾丽斯

我和彼得·范－本肖普的会面定在10点半。他准时到达，穿着牛仔裤和一件看上去很贵的天蓝色夹克。

我让实习生给他端来一杯咖啡，在他对面坐下。

“好了，范－本肖普先生，我彻底了解了你的案情。”

“所以呢？你怎么想？你看过DVD了吗？你想知道我们接下来会出什么新片吗？这些天来，MILF卖得很火啊。”

“其实，我对这个案子的法律方面更感兴趣。”

“我没告诉你老板你昨天撇下我走了。我告诉他，我们谈得很成功。”他眨眨眼，“所以你一定会好好补偿我，对吧？”

我忍住了不耐烦：“当然。我们讨论一下案情，好吗？”

“好吧，你有什么看法？”他拿出一个笔记本。

“坦白地说，我的感觉并不好。”我故意停顿了很长时间，希望给他一个警告，让他严肃对待这件事。

“你面临很多严重风险，我建议你解决它们。”

他安静了一会儿。看到他拉长了脸，我觉得很高兴。他紧张地轻轻敲打着自己的金色钢笔帽，问：“有哪些风险？”

“你也许必须把片子从网上撤下来，赔偿德布尔小姐。”

“我已经给她钱了。2000欧元。眼睛都没眨。”

“我们回顾一遍案情的重点，好吗？”

他又敲了几下钢笔帽，然后在笔记本上用大写字母写下“解决”这个词。

“法官有许多理由可以定你的罪。首先是制造和发售儿童色情片。”我看到他记下“儿童色情片”几个字。

“还有性虐、强奸，甚至企图谋杀。”我顿了顿，给他时间写下这些关键词。

“德布尔小姐很可能指控你强迫她参与拍摄。她会说自己天真无知，被你哄骗了。”

“是她先来找我的，其实。”

“你能证明吗？”

他考虑了好一会儿：“我不知道。也许能。”

“希望你能，否则法官很容易相信原告的故事。毕竟，比起喜欢穿紧身皮裤的大肚腩中年男人，18 岁的女孩更能博得同情，你觉得呢？”我友好地微笑道。彼得·范－本肖普也笑了。

“受雇拍摄期间，德布尔小姐尚未成年。拍摄未成年人性行为是一种应受惩罚的罪行，支付参与拍摄的未成年人费用也是一种犯罪。年满 16 岁的两个人自愿发生性行为是合法的，然而涉及到钱的话，就属于胁迫未成年人卖淫，这是违法的。”

“很荒唐的法律，不是吗？”

“你这么认为吗？你有孩子吗，范－本肖普先生？”

他摇摇头：“据我所知，没有。”

“我可不这么觉得。无论如何，你的优势是：那个女孩看上去不像未成年人。”

“是‘年轻女人’，别忘了。”彼得·范－本肖普听上去很激动，“‘年轻女人’。而且她很有街头智慧，你明白我的意思吧？”

我无视了他的话，继续说：“此外，你并没有把电影制作成儿童色情片的打算，也没有把它们当成儿童色情片来销售。”

“当然，我才不会拍什么儿童色情片，从没拍过。”他像得了诺贝尔奖一样傻笑道。

“这很好，范－本肖普先生。”

他又敲了几下钢笔。

“制作儿童色情片是一种犯罪。事实上，德布尔小姐选择不追究你的刑事责任并非明智之举，法官一定会怀疑她的动机。”

范－本肖普热切地点头，脸色瞬间阴转晴，像个小孩。

“问题在于，她为什么提起民事诉讼？她为什么不走报警这条路？我认为这只能意味着一件事。”

我的客户倾身过来，显然不想漏掉任何一个字。

“她想要钱。刑事案件是由公诉人提起诉讼的，民事案件则是一个公民起诉另一个公民，就像这个案子一样。”

范－本肖普写下“刑事案”和“民事案”几个大字。

“现在，刑事庭也可以审理民事案件。在这种情况下，会由法官决定赔偿受害者多少钱，而且数额一般不会太多。所以我猜，德布尔小姐会要求民事庭审理此案，因为她想要钱——很多钱。”

“她们都想要钱，就不能换个花样。”彼得·范－本肖普不胜其烦地说。

“你应该感谢你的运气。因为如果德布尔小姐打的是刑事官司，你就坐等法庭宣判吧！如果法官认为强奸、性虐或者我提过的其他罪名成立，你最少要蹲 4 年大牢。而且，要是警察继续挖你的黑历史，谁知道还会发生什么事？”

“比如？”

“还是你来告诉我吧。你昨天提到你想去巴哈马，我猜你是不是把钱存在了外国银行的户头上？”

他没有回答。

“明白我的意思了吧？”

彼得·范－本肖普又敲了一下他的钢笔，在笔记本上的“解决”两个字下面画上了着重符号。

第七章

雷

为了早点回家，我想要取悦医生，然而却写不出一个字。当天晚上，我辗转反侧，仿佛回到了曾经工作过的艾琳公主街上的法式糕点店“普罗旺斯面包坊”。20 世纪 70 年代，面包师皮埃尔·亨利追随他在某个夏天浪漫邂逅的女朋友玛格丽特来到她的荷兰老家，在这片蓝领居住的街区开了这家糕点店。那时候，本地人从没吃过羊角包、法棍和法式牛油包，甚至不知道普罗旺斯在地图上的什么地方。不过普罗旺斯面包坊最后还是成功了，非常成功，还在另外几个街区开设了连锁店。

当他无法一个人打理自己的生意时，皮埃尔收我做了学徒。玛格丽特现在已是他的妻子，也是面包店的经理，嗓门很大，无论在店里的哪个角落都能听见她吆喝：“四个原味、两个巧克力味羊角包，给这位女士，马上就来。”

“切，下午吃羊角包。”皮埃尔会说。“你们荷兰人疯了！在法国，我每天卖 150 个羊角包，这儿能卖出五六百个，周末有时候甚至卖到 1000 个，你们真是太爱羊角包了。”

皮埃尔认为，我在烘焙学校学的东西都没有用，甚至还是错的。例如，在学校做面包时，我们会用酵母发面。

“酵母人人都会用。”皮埃尔说，“但那些不专业的糕点师才会用酵母，它属于工厂、机器人和烘焙新手。亏你还上过专门的学校，他们就教了你这些？难以置信！”

皮埃尔一直用他父亲 30 年前给他留下的一块老面酵头发面。最初的几年，他根本不准我靠近它，皮埃尔叫它“面团之母”，将它保存在带温度控制功能的特殊橱柜里，远离任何可能危及它的东西。皮埃尔每天会揪下一小块“面团之母”，用它制作普通面包、法棍和羊角包，然后再给“面团之母”添加新面，确保它永远不会用完。

“面团之母”每天定时“进餐”，然后被放回设好温度的橱柜里。

皮埃尔甚至会和它说话："你今天感觉怎么样，我的宝贝？还满意吗？"

他告诉我："这有点像酿酒，雷，全在于时间和温度。记住：时间和温度。"

有一天他把我叫过去。"闻闻。"他捧起"面团之母"住的那只陶土面盆，搁在我鼻子底下。

我向前靠，慢慢闭上眼睛，谨慎地嗅着味道。

"闻到它有多甜了吗？很新鲜而且不是太酸？它就是我的生命，雷。有了它，我们的面包才会外酥里软，它赋予了面包鲜甜味。没有它，面包就只是面粉和水。没有它，它们什么都不是，我的孩子。"

他教我如何侍候"面团之母"，因为它是一块严谨、挑剔的面团。"比女人还麻烦。"皮埃尔说。他把它喜欢什么、讨厌什么都告诉了我，比如它最适合在什么温度下工作，需要什么时候进餐、进多少。

1年后，由我全权负责照顾"面团之母"。因为皮埃尔认为我比他还善于估测它的进食量，温度也控制得很出色。他从来没有见过任何人像我一样精确。

5年后，我正式接手整个厨房的事务，每天凌晨3点1刻准时启动烤箱，把法棍、坚果面包、谷物面包、巧克力面包、羊角包和牛油包送进炉膛后，我就开始称重，准备好当天需用的所有原料，放进一只只小碗里：面粉、巧克力、葡萄干、瓜子仁、奶酪、杏仁酱……

玛格丽特和皮埃尔6点30分到店里来，把刚出炉的糕点摆好。7点钟开始营业后，来自那些体面街区的人以及少数比较精明的本街区居民（"他们疯了！"皮埃尔通常如此感叹）会排起长队，皮埃尔和我做的面包有7种花样，还会烤卡娜蕾、蛋挞和水果挞。下午全力制作羊角包，把黄油包进面团，不停折叠，直到出现几百层油酥才算成型。

"啊，完美。"皮埃尔终于说。绝对完美。

我在那里工作多年后，皮埃尔和玛格丽特把店卖了，搬去了法国。收购"普罗旺斯面包坊"的是一个戴着俗气样式眼镜的男人，他喜欢拍我的背。玛格丽特说，他这样做是想成为我的朋友。毕竟，假如没有我，面包坊分文不值，不是吗？她说。

他们离开的前一天，皮埃尔把我叫过去，怀里抱着陶土面盆，面盆里是那块老面酵头。"这是我最珍贵的财产、我的宝贝。我自己的第一家店开业时，我父亲把它给了我。没有它就没有现在的我。因为我没有儿子，玛格丽特也过了生育年龄，所以我把它送给你。"他老泪纵横地说。

泪水里有盐，盐对老面酵头来说是致命的，因此我迅速接过陶土面盆，以防他的眼泪滴到“面团之母”身上。

“欣赏它，运用它。到了时候，我相信你也会找到一个人继承它。如果找不到合适的人，我希望你能毁掉它。你会答应我吗，雷？给我一个保证？”

“好的。”我回答。

皮埃尔和玛格丽特离开后，面包店的新主人决定重新装潢。之前，食物准备区和烤箱都在店铺后方，有自己专门的位置。而新店主认为让顾客看到制作过程应该很有趣，还能让他们知道每样食材都很新鲜，而且面点完全由本店制作，并不是交给外面的工厂加工的。于是，隔开店堂和厨房的那堵墙被拆掉了，取而代之的是一块玻璃隔板。

突然之间，我要在众目睽睽之下为水果挞削苹果了，还得故作镇定、动作夸张地揉面，这让我感到害羞，让我失去了自信。

此前，我做的花冠面包每一只都正好是 525 克，这对我来说很重要。而玻璃隔板出现后，花冠面包有时接近 600 克，因为给食材称重时我的手会抖，有时我会把它烤煳了。我憎恨被人盯着，直到我遇到萝丝塔，从那一刻起，我不断地密切关注玻璃隔板。这样等她进店的时候，我就不会错失每一分钟看着她的机会。最后我甚至习惯了那些讨厌的视线，面包的重量也恢复了正常。

我很少和邻居打交道，因为不知道该对他们说什么。他们有时会和我打招呼，我便也跟他们打招呼，仅此而已。而且我每天都很忙：面包店、我的鱼、吃饭、睡觉、洗澡、打扫卫生、洗衣服、熨衣服、买东西、喘气儿。

萝丝塔搬到我家隔壁那天，艳阳高照，天气炎热。她开着一辆生锈的老货车，褪了色的蓝色儿童座椅上坐着个孩子，车里还有个头发油腻、梳马尾辫的男人。萝丝塔和那个男人把几件家具拖进屋里：一套棕色沙发、一只小桌子和两把椅子，还有一张我见过的最大号的双人床。

那个男人看起来很累，而且挺老，甚至比她家的破床垫和棕色皮沙发的年纪还大。萝丝塔却总是笑容满面，她穿得很简单：一条很短的短裤、一件无袖 T 恤。汗水沿着她深色的鬈发滴下来，她的背部湿了一大块——我觉得她应该没有穿胸罩。

我认定萝丝塔是我见过的最美丽的女人，甚至比电视上的女孩都美，当然比我在街上见到的女人美得多。街上的女人都有一口大黄牙，虽然也不穿胸罩，但她们的胸不像萝丝塔的那么挺。而且她们总是吵吵嚷嚷，吵嚷的对象包括她们的丈夫和孩子，还有在她们家的前院拉屎、把威廉敏娜女王街搞得臭气熏天的流浪狗，尤其是在初春，雪刚融化的那一阵。

然而，为什么她们连自家的前院都照顾不到呢？那些受到忽视的前院真的惹恼了我。有时候，晚上值夜班之前，我会带上一把树篱剪。虽然我不能把邻居家的花园当成我自己的那样精心收拾，但至少可以把威廉敏娜女王街上疯长的树篱好好修剪一遍。

我很庆幸自己很少遇到那个发型怪异的老男人，而是经常看到萝丝塔。我喜欢躲在我母亲为我挑选的深红色窗帘后面看着她。下班回家后——通常是下午 3 点 05 分——我会坐到厨房窗下的一把椅子上向外望，期待着见到她。

不下雨的时候，她经常会推着婴儿车出门散步，我从自己坐的地方可以一直目送她走到街那头，拐进比阿特丽斯公主街。

她走路的方式迷住了我——昂首挺胸，每走一步，高跟鞋都会响亮地敲打一下地面。还有她的屁股，仿佛合着无声的节奏扭来扭去。我有时甚至会跟随她的步伐大声数起拍子：一二三四、一二三四。她从来不会弄错一拍，甚至精确到了几分之一秒。

有时她会停下来与邻居聊天，或者把橡皮奶嘴塞进宝宝嘴里。但大部分时间她都会径直朝街那头走去，完全不会停留。

第一次看到她拐进比阿特丽斯公主街时，我立刻跳起来，跑到她家门口，读门旁的名牌，上面写着“萝丝塔和安娜·安杰利”，刻在一块棕色的石板上。我一定大声念过她的名字上百次：萝丝塔、萝丝塔、萝丝塔，听起来就像美味的奶油蛋卷，加了普罗旺斯的奶酪和香草。

我最喜欢她散步回来的时刻，那时我能看到她的脸，连她两侧锁骨中间的那个坑我都觉得比往常更有吸引力。

有时她会对我挥手，我就在窗帘后面挥回去。想到自己要对她挥手我就紧张，没有办法不紧张。

第八章

艾丽斯

我的母亲仍然住在我出生的房子里，那是位于阿姆斯特丹郊区的一套漂亮的带花园的平房。我父亲 10 年前去世了，那时他刚退休不久。他一直期待和我母亲出门旅行，还希望打理花园和读书，然而《安娜·卡列尼娜》还没读到一半，他就心脏病发作，两天后便去世了。

出门度假前，母亲让我帮她看家，反正我要和亚伦在一起待几天，加上天气非常好，我这次没有反对。因为我家只有一个 6 英尺宽、10 英尺长的屋顶阳台，小孩子根本活动不开。而我母亲的花园里有足够的空间给亚伦搭一座儿童戏水池，亚伦可以随心所欲地玩水，摆弄他的塑料鲸鱼玩具，我则在阳伞下努力工作。

尽管花园很棒，但房子快把我搞疯了。我母亲很在意她的东西，为了防止亚伦弄脏沙发，她逼我在沙发上铺了一床被罩。“我只买品质最好的东西，”她说，“只要精心使用，一辈子都不会坏。”所以她为屋里的每一样东西制订了维护计划，买来专门清洁厨房地板的特殊肥皂、木质餐桌专用蜡、施华洛世奇藏品专用清洁剂、不锈钢厨具亮光剂、沙发套和椅套专用的柔顺剂……光是各种清洁装备就填满了门厅的壁橱。我母亲还为此写了 5 页纸的说明，确保她的宝贝东西得到应有的重视。

天气晴好时，花园足以胜过所有麻烦，而且亚伦喜欢那只水族箱——大得离谱的水族箱。几年前的某一天，它突然出现在这座平房的起居室，仿佛从天而降。亚伦那时还没出生，我刚刚完成学业，感觉自己能轻易征服全世界。

“我不知道你喜欢鱼。”我对母亲说。

“你不知道的多着呢。”她回应道。

这不是你家那种普通的水族箱，而是结构复杂的海水箱，有许多报警装置，遇到紧急情况，可以随时启动保护机制。那些娇弱的珊瑚、热带鱼和海葵必须在恒温下才能养活，而且还需要控制水的盐度、酸碱值，每周都要换水、施用特殊的维生素。我母亲请了一个男人来帮她打理水族箱，主要的工作都是他负责。

“买个小圆鱼缸养条漂亮的金鱼不好吗？”我问。

“噢，打住。”

“养狗呢？你不喜欢可爱的德国腊肠？”

“当然不喜欢，狗毛什么的烦死人。我一直搞不懂，那些年纪一大把的家伙为什么要对着自己的狗喊：‘干得好，小狗狗！’而那些狗不过是光天化日之下在马路中央拉了一泡屎。反正我不会养狗，不过非常感谢你的好意。”

我说不准水族箱是否适合我的母亲，它似乎没必要如此复杂；那些施华洛世奇藏品也不必一直闪闪发光；木质厨房柜台也不需要每个月都要上油。

亚伦出生后，我却发现了水族箱的巨大好处，每当他哭得停不下来——这种情况经常发生——我就开车带他去我母亲家，用儿童座椅把他拎到水族箱前，水族箱是他最喜欢的“玩具”。比起他心爱的芝麻街搔痒娃娃和摩比世界玩具飞机，亚伦甚至更喜欢水族箱。他会在那儿一坐就是好几个小时，看着摇曳的珊瑚和亮闪闪的彩色鱼。

为了庆祝他的 3 岁生日，我母亲送他一本海水鱼百科全书。从那以后，我就得每天晚上给他读那本书，亚伦会随便指着一条鱼，高兴地告诉我：“看，旗鱼！”或者“刺尾鱼”！

坐在我母亲家的后院里，我开始研究范 - 本肖普的案子，网上搜到的“撒尿的彼得”图片令我震惊。我浏览了他的 DVD，然后试图赶紧忘掉它们的内容，尤其是看到那个“年轻女人”一开始歇斯底里，后来却麻木冷漠之后。然而工作就是工作，我必须集中精力拟出最切中肯綮的辩护词。

在结辩陈词中，我打算邀请原告律师协助提出调解意见，就在这时，我听到亚伦在叫我。

“妈咪！妈咪！”

我这才发现刚才忽视了他，他一定走进房子里了，他的声音听起来很苦恼。我跑进屋，以为自己会看到破碎的展示柜，或者地毯上汪着一摊门厅橱柜里的全部清洁剂都无能为力的污渍，却发现亚伦坐在水族箱前。当然，除了这里他还会去哪儿？

“怎么啦，亲爱的？”

“鸡缸死啦，鸡缸死——呜呜呜——啦。”

“金刚”是亚伦最喜欢的鱼，一条深蓝色的大刺尾鱼，尾巴是亮黄色的。只见它漂在水面上，嘴巴张着，似乎仍然想吸到最后一口氧气。

死鱼意味着灾难，说明整个水族箱都需要检测和清洁，而上一次这么做是在一个月前，那是我第一次听到母亲抱怨水族箱。

“死——呜呜呜——啦。”

亚伦又哭起来。

“我知道，亲爱的，太糟糕了。”

“我想摸摸鸡缸。”

“不，我们不能这么做。”我决定还是给维护水族箱的那个家伙打电话，他好像叫莫里斯，有只著名的海象首领也叫莫里斯，总之他的名字和工作很衬。来我母亲家时，我见过他两次，虽然他不太友好，但我相信他知道该怎么做。我发现水族箱顶部贴着一条胶带，上面用防水记号笔写着莫里斯的电话号码。

然而接电话的是莫里斯的语音信箱。我试着打电话给我的母亲，也没打通。每年她都和她朋友琳娜跑到斯洛文尼亚的什么养生度假村去，在那儿清肠道、挤粉刺、修眉毛，以及计划着每天游泳1000米。我仿佛看到一位严肃的东欧救生员站在泳池边缘，手里拿着一根长杆子，大声鼓励我母亲继续游。尽管她痛恨水疗，可年年都会到那里去。

看来我不得不自己想办法。我抬起水族箱沉重的盖子，用网子把“金刚”捞出来，它的表皮似乎生了斑点，颜色也变浅了——至少不是我上次看它在水里游时的那种深蓝色。

“给我！”亚伦喊道，“我想摸摸它！”

“甜心，鱼不能摸。尤其在它们死了后。”

我捏着“金刚”来到厨房，用印着小猫图案的纸巾把它包好，放进冰箱。我母亲把上一条死去的鱼“汉尼拔”的遗体送到乌得勒支大学兽医系解剖，我不记得尸检结果有什么可疑之处，但毫无疑问，“金刚”也必须接受尸检。

“看它！我想看它！”

“它在冰箱里，亚伦。”我说，“我们去玩拼图吧？”

“我想要鸡缸！”

“你还记得那个鲨鱼拼图吗？大鲨鱼张着大嘴，你能看见它的所有牙齿。”

“鸡缸。”他嘟囔着。不过走运的是，他拉住了我的手，跟着我进了起居室。

注意。我必须多多注意他。托儿所有位护工告诉过我，亚伦之所以让我头疼，是因为我总希望同时做很多事。“如果你接受事实——陪他玩的时候，你没法做别的事，甚至连读报纸都不可能——的话，就会发现看孩子容易多了。”然而，谁有那么多的闲工夫光看孩子？而且，那个女人还告诉我，当她儿子突然发脾气时，她会把他拎到喷着冷水的花洒下面——对于这样的处理办法，她好像还觉得很自豪。

不过我还是决定听从她的建议。接下来的两个小时，范－本肖普案件和冰箱里的死鱼可以先等一下。

于是，亚伦和我坐在那里，开始第三次拼那套鲨鱼拼图——就在我遵照亚伦的指示，把 75 块小碎片按照特定的顺序组合起来的时候，电话响了。

“嘿，我在露营。”一个男人的声音响起，说完这 5 个字，他就开始等我出声。我猜他一定是莫里斯。

“太糟糕了，”我说，“我该怎么办？”

“你该怎么办？不要问我。我告诉过你母亲，我这周出门，请给水族箱的经销商打电话。”

“你能推荐一个吗？”

“给‘海底世界’的范·德尔克打电话，他在阿默斯福特，水族箱就是从他那里买的。”

范·德尔克先生原来是帮助最大的人，他马上表示打烊后亲自过来。

“你会从阿默斯福特来吗？”

“水族箱是我们的重要业务。维护日志在你手边吗？”

“维护日志？”

“应该有这么一本东西的，如果没扔的话。”

“我找找看。”

我再次尝试呼叫我的母亲，这次是为了问她如何找到维护日志。她终于接了电话，刚刚说完“你好”，电话里就传来一阵“嘎吱嘎吱”的噪音。

“妈妈？”我试探道，“你能听见我说话吧？请你告诉我水族箱的维护日志在哪里好吗？”

“妈妈？”

我妈似乎说了几句什么，然而根本听不清楚。

“妈妈？”

“嘎吱”声变成更响亮的“嗡嗡”声，然后电话断了。我又打了一遍，被转到她的语音信箱。

看来我必须自己找到维护日志了。

除了对永久性污渍、裂缝、凹痕和划痕的厌恶，我母亲还讨厌你碰她的东西。从记事起，我就记得她专门收拾出一间屋子当书房，我始终没弄明白她到底在书房里研究什么。那个房间也始终锁着，连我父亲都不让进。

我小的时候，有一次，趁我母亲偶然放松了警惕——我猜当时她在浴室——我往她的那座暂时没锁的堡垒里面瞟了一眼，看到的东西却令人失望：一张写字台、一把椅子和一个巨大的柜子，柜子里塞满了大号文件盒。为了看看盒子里有什么，我走了进去。我把她想象成国际犯罪集团的首脑，可这个身份与她烫得完美无瑕的发型和闪亮的鞋子并不符合。这时母亲进来抓住了我，她很生气，甚至打了我屁股一下。

“你在那个房间藏了什么？孩子进去看看又有什么要紧？”我父亲问她。在我记忆中，这是父亲第一次对母亲动怒，也是唯一的一次。

“你有你的办公室，艾丽斯有她的学校，所以我也想有个自己的地方，这样不算过分吧？”她退到自己的房间里，“啪嗒”一声锁了门。

“不管她，”我父亲对我说，“我们哪天晚上偷偷进去看看，等她睡着了以后。”当然，我们后来也从没进去过。

从那天起，我就对我的母亲保持警惕，可我从来没撞见她搞什么见不得人的黑帮生意，只好猜测她或许是在书房里记账，或者研究刺绣技法，后来便渐渐不去注意这件事。我还悟出一个道理：如果我想过刺激兴奋的生活，就得自己去创造。

按照逻辑，与水族箱有关的东西应该都放在一起，于是我打开存放鱼食、PH 试纸、备用过滤器、微量矿物质补充剂、藻类清洁刷的橱柜。没有维护日志。不过我找到一本蛋白质分离器的使用说明，有人在封面上工工整整地写了一个名字："R. 伯伦斯"。

伯伦斯是我母亲的娘家姓，但她以前叫阿加莎·安东尼娅·伯伦斯，所以缩写应该是"A.A. 伯伦斯"，不是"R. 伯伦斯"。我外祖父母的名字分别是"图鲁斯"和"简"，而且他们很久以前就去世了。

"没有维护日志。"我对亚伦说，当然，他听不懂我的话。"我们再看看书柜？还有门厅的壁橱？厨房的柜子？如果还是找不到，你猜我们该怎么办？"我抱起亚伦，鼻尖压着他的鼻尖，"然后我们就去看看外婆的秘密房间。你觉得怎么样？"

"鸡缸，我想看鸡缸。"

"说不定在那里我们可以找到比死鱼更精彩的东西。"

然而，我在水族箱底下的抽屉背面找到了维护日志，它的封面上也写着"R. 伯伦斯"，和刚才我见到的那个签名的笔迹如出一辙，似乎属于同一个人。我迅速翻了翻，发现这本维护日志最早的记录始于 1990 年。从记录可以看出，R. 伯伦斯谨小慎微地维护了这个水族箱 13 年，忠实地记录下它的情况：买了哪些鱼、哪些鱼死了，水的盐度、温度……然而 2003 年年中时，记录的笔迹变成了另一个人的。这个水族箱不正是 2003 年出现在我母亲家的吗？而且另一个人也冷静地记录了鱼的购买和死亡情况，还有许多与水质测试和温度有关的符号，但这个人的字体略微有些潦草。

我从来没有听说过 R. 伯伦斯这个人，他也许是我的某位已经进了养老院的舅舅，抑或是我母亲帮助另外一个与她同姓的人照看水族箱，不过无论如何，这件事都有些蹊跷。

晚上 6 点半，我刚做好亚伦的晚餐——土豆泥和青豆浓汤，范·德尔克先生就来了。

"啊，了不起。"他发出虔诚的赞叹，仿佛在教堂做礼拜，"这是我在这个国家见过的私人所有的最令人印象深刻的水族箱。啧啧啧。我记得它 2001 年赢得了荷兰海水鱼养殖协会颁发的最高奖项。当时它十分惊人，现在仍然相当壮观。"

"在你的商店买的？"

“是的，”他自豪地说，“他是我那时最忠实的客户之一，你长得像他，你的儿子更像他。”

“鸡缸，”亚伦说，他在我身后蹒跚而行，“鸡缸死啦。”

“像谁？R. 伯伦斯？”

“当然。”范·德尔克若有所思地说，“可怕，后来发生的事情，真是可怕。”接着他朝水族箱走去，盯着一丛海葵研究了一会儿，“我能看看维护日志吗？”

我把那本硬纸封面的笔记本交给他。当然，我很想问问他后来究竟发生了什么，但现在似乎不是好时机。

范·德尔克仔细查看了最后一页：“数值都正常，6 周前加了活石，可不久之后另外一位小朋友死了，这说明水受到了污染，但如果是这种情况，其他鱼也应该受到影响”。

他拿出一个温度计——反正看起来像温度计——把它放进水里，瞥了眼刻度：“水的盐度也没问题。”

“你想看‘金刚’吗？”

“看鸡缸。”亚伦强调。

“是的，你也可以看‘金刚’，只要你把晚饭吃完，所以现在就坐下吃吧。”

“不。”

“听话。”

“不！”

我抓住他的胳膊，把他放进椅子里。“先吃饭，然后就能看‘金刚’。”我用好母亲该有的平静友好的语气说。

电话响了，我接起来，但只能听到线路那头传来的杂音。“喂？”我重复了几次，回答我的是刺耳的噪音，我只好把听筒放回机座。

趁我接电话的工夫，亚伦已经爬出椅子，回到水族箱那里。“不！”我严肃地说，“先吃饭。”我坚决地把他抱回椅子里。

亚伦开始大声哭叫，我立刻后悔刚才没顺着他，但既然选择和他对着干，我就得坚持到底。不能没有原则，每本育儿书都是这么告诉你的。

“留在椅子上。听见没有？不吃光盘子里的东西不准下来。”我几乎听不清自己说什么，因为亚伦的哭声震耳欲聋，真希望我有个能给他静音的遥控器。

我从冰箱里拿出包着“金刚”的纸团。

“在这里。”我对范·德尔克先生说，声音足以压过亚伦的尖叫。

他戴上一副阅读眼镜，开始检查死鱼。

“对不起，太吵了。”

“没关系。”他也大声对我说。但我注意到他的脖子开始变红，显然对噪音的忍耐程度并不高，而且还得检查死鱼。

电话铃又响了，屋里比刚才还吵，我拿起听筒，然后马上挂断。亚伦号叫得更厉害了，我走过去，尽管内心深处真的想要尖叫，我还是尽量用既端庄又严肃的语气对他说：“不许叫，如果再叫，你就永远见不到‘金刚’了，听见没有？别叫了！”

他只是眼泪汪汪地盯着我，同时继续尖叫个不停，像一台不屈不挠的机器。

我抓住他的胳膊——动作有点粗鲁，我得承认——“别叫了！看在上帝的分上，别叫了！”

他依旧眼泪汪汪，然而半点害怕的表情都没有，这让我更愤怒。

“好吧，你现在回卧室吧！”我把他拎出椅子，他开始疯狂地甩动胳膊，首先把盛着食物的盘子扫到地上，然后对我又踢又打。

“抱歉！”我朝范·德尔克吼道，“请等我一分钟！”

亚伦把我的屁股踢得又青又紫，还咬了我的右边肩膀，但我不会松手。我把他扔进他的房间，“砰”地关上门。可惜我的母亲没把这间屋的钥匙给我，否则我可以把他反锁在里面。我听到他在里面摔东西。

我打开门。“够了！住手！不准碰任何东西！”我已经失去自控，开始站在门口对我的孩子歇斯底里地大喊大叫，甚至忘记了范·德尔克先生就在隔壁。

我再次用力关上门，两手按着太阳穴，做了个深呼吸。看在上帝的分上，我已经坚持了原则，然而仍旧没用。为什么对我就没用？我哪里做错了？然后我想出一大串其他母亲根本不会想到的疑问：如果没生下亚伦会怎样？如果我发现怀孕之后做了流产呢？如果我和另一个男人生了个听话的孩子呢？

我听见亚伦在门的另一边疯狂地撕纸、撞头、哀号，里面仿佛关了一只野生狒狒。太晚了，我对自己说。我活动了一下肩膀，走回起居室。

“好了。”我对范·德尔克说。他很善良地假装什么事都没发生。我们虽然还能听到亚伦的号叫，但至少可以用正常的音量交谈了。我强自压抑着愤怒和委屈的泪水，问：“你发现什么没有？”

“我不能完全确定，可能是由于细菌感染。如果你不反对，我想取一些水样，把这个——”他朝“金刚”点点头，“送到实验室检查。”

“好的，”我说，“听起来像个好主意。”

尖叫戛然而止，仿佛有人终于找到了静音开关。

我发现自己又能喘气了。

“那就这样。”

“那个R. 伯伦斯，”我说，“他是谁，他怎么了？”

“你不知道吗？”范·德尔克摘下眼镜，怀疑地盯着我。

我摇了摇头。

他犹豫了：“我不知道自己该不该说，我，唉……”

“为什么不行？”

“对不起，”他坚定地说，“我不能说。”

“我不明白，这家伙显然和我们有关系。我的儿子长得像他，你刚才告诉我的。”

“我建议你问问你的母亲。”他紧张地挠挠头，“至于水族箱，最好换掉四分之一的水，把其余的水过滤几次，拿到检验结果后我就给你打电话。”他突然急着要走。

“伯伦斯死了吗？”我最后一次试探道。

范·德尔克没有回答。

亚伦的卧室已经变成满目疮痍的战场，他躺在一个角落里咂大拇指，看起来很脆弱。几分钟前我还差点杀了他，现在神出鬼没却异常强大的母爱却重新控制了我。

“嘿。”我伸手把他拉过来，“你到底想怎么样，小家伙？”

他没有回应，但他靠近我的感觉真好，闻着他身上的甜味儿，听到他的呼吸，真是棒极了。过了不到15分钟他就睡着了，我小心地把他抱到床上，抚摸着他棕色的脑袋。

“我这么爱你，”我低声说，希望他能听到，我知道他能，“你是我在这个世界上最爱的人，你知道的，对不对？”

我收拾了碗碟。为了清理地毯上的菜汤渍，我在门厅壁橱找出一瓶看上去不错的地毯清洁剂。它冒着臭味化解污垢时，我思索着那个神秘的R. 伯伦斯。我所掌握的情况不多，只知道他1990年从阿默斯福特的范·德尔克那里买了水族箱，水族箱2003年被托付给我母亲，他遇到了非常可怕的事，这件事显然必须保密，就像地毯上那些必须用家具盖住的清除不掉的污点。R. 伯伦斯到底是谁？我站在书房门外，发现那儿仍旧锁着，想要试着打开它。当然，我知道自己没有任何权利窥探母亲的隐私，我还不得不权衡究竟是否值得与一位可靠的保姆吵架，过去我巴不得摆脱她的管束，而现在我早已不再追求这种自由，我需要她，可恶，我非常需要她。

我在那里站了一会儿，手放在门把手上，我可以用一根铁丝试着撬锁，或者给锁匠打电话，假装丢失了钥匙。接着，我突然灵机一动，范·德尔克不是说这个水族箱赢得过荷兰海水鱼养殖协会2001年颁发的奖项吗？我打开笔记本电脑，把协会名称加上“伯伦斯”这个关键词搜索了一下，发现两条可能有用的结果：第一条是协会的成员名单，R. 伯伦斯的全名和住址出现在名单的中段：原来他叫雷·伯伦斯，住在阿默斯福特附近的一个小村子里。我知道它在哪里，但不记得自己是否去过。

第二条是马斯特里赫特青少年足球队的球员住址清单，加入球队时只有11岁的伯伦斯赫然在列。

我大声念了几遍他的名字：“雷，雷·伯伦斯，雷。”听起来似乎很熟悉，但我不知道为什么。

第九章

雷

霍普研究院由好几个部门组成，穆告诉我。我们刚从医学部出来，在那儿，一位医生听了听我的心跳，抽了血样送去进行艾滋检测。现在我们的目的地是培训部。

培训部白天有两名社工值班：穆和另外一个人。穆告诉我，闲暇时我待在病房，可以玩纸牌游戏，但首先要完成一定时间的工作和接受治疗，还可以去健身房、报名参加各种团体，比如治疗俱乐部或者园艺兴趣小组。

此外，我大部分时间都必须留在培训部，逐渐熟悉这个地方，让他们观察我，给我做检查，然后确定我最适合待在哪个部门。“研究院根据不同症状划分了不同的病区，比如自闭症患者与精神病患者就待在不同的病区。”穆说。

研究院的走廊粉刷成柔和的暖色调。在“梅森之家”的时候，我们经常玩色彩游戏，一个心理医生会给我看各种颜色，让我给它们命名，可以是有实际意义的名字，比如“砖红”，或者抽象的名字，比如“胡巴胡巴”，这是我唯一想得出的抽象名字。如果你问我，我会说这儿的墙的颜色就像是纹腹叉鼻鲀的尾鳍。

“你暂时在这里吃饭，午饭通常是三明治、汤或者沙拉，晚上有热菜。周四供应法式薯条。”

穆拿出一张电子身份卡，在灰色的塑料传感器上刷了一下，机器发出“嘀”的一声，门开了。“这里是公共休息室，”穆说，“你觉得怎么样？”

病人——或者说是犯过罪的精神病患——坐在一张长桌旁吃午饭。他们吃得很文明，使用刀叉，会互相递奶酪、黄油或者芥末。我走进去时，他们都抬起头来看我。

“小伙子们，”穆说，“这是雷·伯伦斯，这里的新居民。”

我低头看着我的鞋子，鞋带是棕色的，已经旧了。8 年前我刚入狱时，我母亲给我买了这双鞋。

“雷——诺斯，”一个熟悉的声音说，“我们的雷诺斯来啦。”

我感到我的脸变热了。

“你们认识？”

“当然。便秘的雷诺斯，”我的前室友埃迪说，“改天我给你们讲他便秘的故事，伙计们。”我听到人们笑起来，笑声令我惊慌失措。

“雷。”穆郑重地叫了我一声，“你想和大家握个手吗？”

“得啦，伙计，坐下吧。”一个戴着亮闪闪的银耳钉的大块头从自己旁边拖出一把椅子。

“你真好，汉克。”穆说。

我坐下来，穆坐在我对面的空椅子上。

“棕色的还是白色的？”耳钉男把面包篮子推到我鼻子底下，里面是生产线上出来的那种索然无味的面包片。“这种面包的皮和瓤几乎是一样的，都很难吃。”皮埃尔曾经告诉我。

“棕色的。”

“白面包吃了便秘，对吧，雷诺斯？”埃迪问。

“所以，雷诺斯，”一个鼻孔上翻、让你忍不住想往里塞几颗弹珠的年轻人开口道——我讨厌他们叫我过去的外号——他的眼球很鼓，虹膜发白，“让我猜猜：你管不住自己的爪子，总想着去碰人家小姑娘，对不对？”

“我相信你也强不到哪里去，梅尔文。”穆说，“好了，我们为什么不能让雷安安静静地吃饭呢？”

我给自己做了一个花生酱三明治，不是因为想吃花生酱，而是因为我只能够到花生酱。我想用餐刀把花生酱抹匀，但我的手在抖，他们都看到了，这下他们都知道我害怕了。

“你们昨晚看了《美国超模预选赛》了吗？”一个留小胡子的男人问。

他们立刻聊起了天，我如释重负。他们很快形成了对立的两派：一派支持艾丽卡，另一派支持一个叫贝弗利的女孩。我吃掉花生酱三明治，又给自己做了个猪肝肠三明治，因为现在猪肝肠的盘子离我最近，花生酱的罐子已经不见了。

“你最喜欢谁，雷？”汉克问，就是那个耳钉男。

“我没看过那个节目，”我说，“我更喜欢动物星球和探索频道。”

“我来给你一点提示。”汉克挪动他巨大的身体靠过来，他身上有股熏人的烟草味，一道细细的疤痕从上嘴唇延伸到鼻子底部。他小声说：“你支持贝弗利，明白了吗？最好支持她，哪怕是暂时的。”

午饭后，汉克说他要去参加社交技巧培训，但首先得到院子里抽根烟。“你想来吗？”他问。

我询问地看着穆。他说可以：“但是之后你最好回房间休息一下。”

所谓的院子就是个毫无生气的砾石平台，旁边是公共休息室，透过玻璃可以看到里面：两个男人在收拾午餐的碗碟。院子中央有个大桶，里面的烟头多得快要溢出来。汉克主动要为我卷一支烟，我拒绝了。二手烟的味道本身就很可怕，我无法想象亲自吸进去的时候是多么恶心。

我们附近的一只摄像头发出“咔嗒咔嗒”的声音，我抬起头，听到它对准我们变焦的声音。

“听着，雷。”汉克说，现在我站在他旁边，更加意识到他的庞大，只要一拳就能把我捣成肉酱。

“我已经在这里待了一阵子了，所以我要帮你了解一些不成文的规则。穆会告诉你官方的规定，还有其他在这儿说了算的那些人的要求，但我会告诉你真正重要的东西——如果你想在这里开心生活的话——该远离谁，该说什么、不该说什么，如何请假和允许别人探访，尤其是那种特殊类型的探访，如果你明白我的意思。有我指导你，算你走运。”

我点点头。

“至于你做过什么，我根本没兴趣，我们都有软弱的时候，但你看起来像个好孩子。”他把烟头丢进桶里，强调道，“非常好。”

这时，穆探出脑袋：“你来吗？”

汉克把他的大手搁在我肩膀上：“记住我说的话，我是你在这里唯一可以信任的那几个人之一。”

穆说：“很感谢你能帮助雷，汉克。”但不到一分钟之后，快要走到我房间门口时，他说：“小心那个家伙。”

这让我困惑，我现在还不了解汉克，也不知道穆的底细，究竟该怎么办？我决定见机行事，选择最正确的道路。

我母亲有时说:“你是好孩子,雷。”但大多数时间她会责备我:“别傻了,雷,难道你看不出你的朋友们在利用你吗?制造麻烦的是他们,你被拉过去背黑锅。他们还会激怒你,让你做出冲动的事,然后在背后嘲笑你。你就像蹩脚的电视节目、失控的火车,你总是往前冲,却没有刹车、没有报警系统,什么都没有。你做了这么多的蠢事,我却始终没弄明白你究竟是哪根筋不对。”

我小的时候,街上有人养了一只狗。那只小狗脾气不好,经常会朝靠近它的人狂吠,甚至还会咬你的脚踝。狗主人却对此不闻不问。有时候它甚至会跑到我家的后院里。

我很害怕。我的朋友说:“我们敢和你打赌,你不敢拿这块石头打那只狗,雷,想打赌吗?赌你的老妈?”

“关她什么事?”我问。

“要是你不敢打狗,我们就把你老妈的裤子拽下来,让她光着屁股站在街上。”

我当然不想让朋友们看到我母亲的裸体,就接过他们给我的石头,它又圆又光滑,手感很好。

“扔出去!扔出去!”他们在我耳旁尖叫,至少7个孩子在我身边推推挤挤,我没法理智地思考。

狗在离我们大约15码的一块草地上跑来跑去,嗅着地面上的雪糕包装纸,脖子上还套着皮带。

“扔出去!扔出去!”

我举起胳膊,石头的手感真是好,我稍微弯曲手腕。

“扔!扔!”

我把石头甩了出去,仿佛我的手是一只弹弓,这是我从小到大扔东西扔得最远的一次.。石头呼啸着砸到了狗头上,正中小狗双眼之间的位置。

小狗没有发出一点声音,身体晃了晃,随即倒在地上。大家沉默了一会儿。

“快跑!”我的一位朋友说,“雷杀了邦妮!”

他们一哄而散,我独自站在那里,对着那只狗。我不知道该怎么办,太阳照在狗身上,它看上去似乎随时可能跳起来,咬住我的脚踝。然而,5分钟后它还是躺在草里,一动不动,旁边是那张雪糕包装纸。事情很严重,我决定回家玩我的乐高玩具。

那天晚上，邻居上门来找，已经睡着的我被他们吵醒。我听到母亲上楼的声音，她推开我的卧室门，叫道："你真的用石头打了那只狗的头？"

"是的，妈妈。"

她冲到我的床上，开始摇晃我："你疯了吗？你这个笨脑袋怎么会想起做这种事？你没有一天不会做那些令人难以置信的蠢事，我该拿你怎么办？"她瘫坐在我的床上哭了起来。我开始拍打她的头发，我不知道还能做什么。她的头发非常柔软，颜色像北海海滩上的沙子。

可她把我的手打到一边，跺着脚走出房间。我听到楼梯上传来她愤怒的脚步声，然后是她和邻居的说话声。我凝视着床头挂的星系图，背诵道："水星离太阳最近，然后是金星和地球。"但我知道自己犯了可怕的错误。

两天后，母亲告诉我，我要到"梅森之家"去住，这对我有好处，他们会提供我需要的帮助。

"可我不想离开你，妈妈。"

"总有一天你会感谢我，相信我。"她说。因为她是微笑着说这些话的，我猜她是对的。

然而，过去了这么多年，我仍然不觉得应该感谢她。我甚至质问自己，到底还有多长时间我才能对她说出感谢的话。

"我想回房间去，"我说，"我累了，而且心情不好，但主要是累。"

"好的，"穆说，"晚饭之前你都可以待在那里。"

第十章

艾丽斯

雷·伯伦斯住过的那条街——或者说我们曾经住过的街——两侧有很多20世纪50年代的丑陋排屋.。二战结束后，城镇的规划者不再那么讲究审美，转而追求实用。因此一切都变得灰扑扑的，加之年代的关系，这些房子已经相当老旧。我把车停在13号门口。

“我们在干什么？”后座上的亚伦问。

“我们在找雷。雷是小鱼鱼的主人。”

“鸡缸？”

我踢了自己一脚，真是哪壶不开提哪壶，亚伦好不容易一上午都没有念叨“金刚”，甚至表现得异常听话，我真希望保持这种状态。我有时认为亚伦有点像时常需要通风的散热器，脾气大爆发之后，他总会暂时变得既安静又可爱。

趁他还没有进一步怀念“金刚”，我赶快说：“我们等一下去吃冷饮吧？你喜欢什么样的？甜筒还是雪糕？”

“甜筒！”

“好的，听你的。”我把他抱出后座，放在人行道上，“首先你得好好表现，跟我一起去看看雷在不在家。”

我们拉着手走到13号的前门，房子显然无人维护，前院远看绿油油的，近看却净是杂草。有人曾在这里种了紫丁香、绣球花和飞燕草，现在这些植物早已被野草包围，铺天盖地的野草像爆炸一样疯长。

窗户后面挂着酒红色的破旧窗帘，虽然现在是中午，房子里却很暗。

我有些不安，但还是按了门铃。没人应门。过了半分钟，我决定再试试。我听到门铃声在屋里的某个位置响起，过了很久，我才看到一个笨拙的人影朝门口这边走来。

钥匙在锁孔里至少转了4圈，前门才被打开。

“干什么？”开门的是个大约40岁的男人，穿着牛仔裤，光着上身，脚边堆着许多邮件、购物指南和广告单页。一股霉味扑面而来，我必须抑制捏住鼻子的冲动。

“雷？”

他没有回应，继续咄咄逼人地盯着我，顶着一头油腻的乱发。

“你是雷·伯伦斯吗？”我问。

“他不住在这里了。”男人准备关门。

“你知道他住在哪里吗？”

亚伦蹲了下来，开始玩地垫上的信封。

男人哈哈大笑，声音怪难听的，我觉得他可能是那种幸灾乐祸的类型：“嘿，我当然知道，你觉得雷·伯伦斯会住在哪里？我的建议是，去监狱看看，他要是不在那儿，那就试试地狱。”

我想说点什么，但那家伙已经关上了门：“告诉那位穿开裆裤的先生，离我的邮件远点儿。”吃了闭门羹的我无声地骂了一句“王八蛋”。

回到汽车旁，我又听到钥匙在门锁里转了4圈的声音。“王八蛋。”我又说，这次声音很大。

“王八蛋。”亚伦跟着重复，开始边笑边喊。

“挺有意思的，对吧？现在我们去吃冰激凌啦。”

我帮亚伦系好安全带，吻了他的前额：“你今天真是个好孩子，真棒！”

拐角处的面包店也卖冰激凌。排队等待时，我看到面包师在一道玻璃墙后面工作。

“这里不像以前那么好了，”我旁边的一个老太太说，“以前的面包师很厉害，这个却一般般。”

亚伦和我拿了甜筒，坐在面包店对面的长凳上。如果雷真的在哪里坐牢，应该有可能找到他。我可以查查水族箱的维护记录，看看雷是什么时候不再照顾那些鱼的，然后我就上网搜索，说不定输入“雷·B”这样的关键词还会有意外收获。

我拿出苹果手机，输入他的名字，搜索结果中蹦出来几个触目惊心的词：屠杀、雷·B，杀人狂邻居。我发现，《每日要闻》曾经报道过：雷迷恋女邻居，因为她没有回报他的爱，就谋杀了她和她的女儿。

我感到一阵恶心。我母亲为什么要接管这个和她同姓的杀人犯的水族箱？

冰激凌甜筒上的巧克力滴到亚伦的衬衫上，我从包里拿出湿巾给他擦干净："你必须快点舔，宝贝，要不然全化了。"

两具尸体是在门厅里被发现的，倒在血泊中。凶手用某种利器捅了女人 14 下，捅了小女孩 5 下。连无辜的小孩都不放过。但最可怕的细节是关于香烟的，令人发指的恶行结束后，雷坐下来抽了一支烟，最后在小女孩的尸体上按灭了烟头。世界上竟然有这么残忍的人？

亚伦没来得及吃掉的冰激凌全部融化在我的鞋子上。

我关掉手机，拿出包里最后一块湿巾，擦拭鞋上的污渍，鞋面上留下一个难看的斑点。擦完之后我才意识到，应该省下这块湿巾给亚伦擦脸的。

第十一章

雷

那天是个星期一，我一直在给做葡萄干面包用的葡萄干称重量，时间已经快到中午了，我非常投入地干着活儿。所以，听到她的声音，我吓了一跳。

“我能进来吗？”

我熟悉她的声音，虽然她此前从未和我说过话。萝丝塔站在分隔厨房和店堂的玻璃墙的开口那儿，儿童车里坐着安娜。

我不由自主地松开了手中的袋子，里面的葡萄干滚了一地。

“我吓到你了吗？”她迅速弯下腰，开始捡拾葡萄干。我看到她的牛仔裤的裤腰那里露出一点内裤的红边。

“别管了，”我赶紧说，努力不去看那令人浮想联翩的红色织物，“当然，我不会把葡萄干留在地板上的，我们不允许这样。等一下我会捡的，等你走了，不是说我希望你走，当然。但你总会回家的，对吧，等你回去后我再收拾。”

她直起腰，高兴地对我笑道：“好吧。”

我看着安娜，她大概三四岁，又大又亮的眼睛盯着我，鼻子下方沾着一点鼻涕。

“她想吃点东西吗？”

“你可以问她。”

我蹲在儿童车旁，突然意识到这是我成年后第一次和小孩说话：“你想吃羊角包吗？还是杏仁面包……奶油蛋卷，或者蛋挞？”

她只是盯着我。

“我觉得她想要一个小面包，”萝丝塔说，“软的那种面包卷，你们有吗？”

“我们只有一种带硬壳的面包卷，叫‘小卷子’。不过明天我会给她做一个软的，好吗？”

“好的，那么现在先给她一只羊角包吧。”

“羊角包？你喜欢吗？”我扶着儿童车，尖着嗓子问安娜，我听到别人跟小孩说话时都会尖着嗓子。

“羊角包。”安娜重复道。她真是个聪明的小孩。

我跑到放羊角包的架子旁，它们全是刚出炉的。我最擅长的事情之一就是把所有羊角包都做得一样大，仿佛一个模子里出来的。安装玻璃墙之前，老板曾经对我说：“雷，这些羊角包太完美了，太完美了，简直不像手工制作的。”玻璃墙安好后，人们可以亲眼看到我是如何把柔软蓬松的面团变成尺寸完美的羊角包的，老板也不再说什么“不像手工制作”之类的话了。

即便如此，我还是从那些完美的羊角包里努力挑出一个最完美的给了安娜。

她立刻咬了一口。

“好吃，对吧，甜心？”萝丝塔说，“你该对我们的邻居说什么？”

“谢谢你。”孩子满意地说。

“我以前在这儿看过你做面包，”萝丝塔说，“但你工作时从来不抬头。你知道很多人大老远地过来买你的面包吗？”

我觉得自己的脸变得很热。

“你不觉得骄傲吗？”

“是啊？”

她突然笑了。“你真有趣，我喜欢你。”她伸出手，“萝丝塔。”

“呃……雷。”

“这是安娜。”

我不知道自己是否也该和安娜握手，但她忙着啃羊角包。地板上既有面包屑又有葡萄干，可我不在乎，一点都不。

萝丝塔开始笑。我从来没见过笑容如此有感染力的人，于是我也笑起来。起初我只是谨慎地轻笑几声，主要是为了取悦她，毕竟其实没有什么特别好笑的事。然而我逐渐开始发自内心地笑起来，以至于我的老板都探过头来说：“嘿，小点声！”

萝丝塔似乎觉得我老板的话也很有趣。

我们笑啊笑啊，萝丝塔最后甚至笑出了眼泪：“我得走了，雷，下次我朝你招手的时候，不管你在不在你家的窗帘后面，都要对我招手，好吗？”

第二天，我给安娜带去一个玛德琳蛋糕，不是那种软面包卷，因为法式糕点师不做软卷，这是原则。皮埃尔讨厌软卷："没味道，湿乎乎的，工厂加工的软食，吃这种垃圾简直是犯罪，恶心！"

我按响萝丝塔和安娜的门铃，很害怕，但也很兴奋。

萝丝塔开了门，她穿着运动裤和短上衣，锁骨之间的凹坑特别明显,我简直挪不开眼睛。她捏住我的下巴,抬起我的脸:"我在这儿。"

"呃，是的。"我拿出玛德琳蛋糕，我把它用餐巾纸包着放在面包店的纸袋子里。她接过纸袋:"这是什么？""给安娜的玛德琳蛋糕，它的味道比软卷好。你昨天不是说她喜欢软卷吗？玛德琳蛋糕又软又甜，我觉得她一定喜欢。"

"你真是太好了。你为什么不自己给她呢？"

她把纸袋塞回我手中，顺着门厅朝起居室走去。她家的户型和我家差不多,我家走廊虽然没有儿童车,却有地毯,她家走廊只有水泥地。走到半路上，她回头叫我："来吧。"起居室也没地毯，只有一块地垫，上次我看到那个老男人和她一起把这块垫子拖进屋里。我还认出了那套皮沙发、木头桌子和塑料椅子。墙上有张萝丝塔怀孕时的照片，她一丝不挂，肚子巨大，双手挡着胸部。由于拍摄的角度，你看不到她的私处，然而她依旧是全身赤裸的。这张照片简直既美好又可怕。

"看看谁来啦！雷叔叔，我们的邻居。"

我强迫自己不去看萝丝塔的裸体，扭头看安娜，她坐在沙发上看电视。"我不是你真正的叔叔哦。"我说。但她聚精会神地看着电视上的 4 个彩色的卡通人物，一直在说"噢噢"。《天线宝宝》，我后来才知道这个动画片的名字。

"安娜？看这里？"萝丝塔说。

我把纸袋塞进她手里："给你的。"

她打开袋子，展开纸巾，拿出里面的玛德琳蛋糕。

"你该说什么？"萝丝塔严肃地问。

"谢谢你。"女孩咬着蛋糕，眼睛一直看着电视。

我看着她的小牙齿一下一下地咬在不是太黏又不是太干、口感刚刚好的小蛋糕上，眼睛依旧盯在屏幕上。

"它很完美，"我说，"别的地方没有比这更好的糕点了，甚至连法国都找不到。"

"小孩子不明白这种事情，"萝丝塔说，"你可不能怪他们。"

我一直想着萝丝塔，没注意到那个戴眼镜的社工站在我的牢房里盯着我，这让我感到非常不舒服。

“我来叫你吃晚饭。”他说。

我站起来，期望他和我一起离开我的牢房，但他站着没动。

“你最好快点。”他仍然不动，仿佛打算留在这儿。

我不想把他单独留在我的牢房里，但也不希望惹麻烦，于是我从他身边走过去，来到通往公共休息室的走廊。我不停回头看他会不会跟上来，但他没有。

“过来坐我旁边，小雷诺斯。”汉克拖出他旁边的椅子。

我不确定地环顾四周，也许那个叫珍妮的女人会来救我，但她在和另一个社工说话。

“你在等什么？”汉克不耐烦地拍拍塑料座椅。

我不知道还能做什么，只得坐下。

“他们不会怎么打扰你吧？”

“我大多数时间都待在我的牢房里。”

“是你的套间。”珍妮说。她来了，坐在我的另一侧。她闻起来就像山谷的百合花，不知道这里是否允许女工作人员用香水，我猜大概不行。

“你想怎么叫就怎么叫，孩子。”汉克眨眨眼。那个戴眼镜的社工走进房间，坐在桌子对面，但愿他刚才不是一直待在我的牢房里，哪怕坐了这么多年牢，我依旧不习惯没有隐私。

工作人员推进两辆小车，我闻到煮得时间过长的蔬菜味和烧煳了的肉味。

“狗屎，连像样的饭都没有。”桌上有人抱怨。

“比你们国家的咖喱和米饭强多了，”埃迪说，“至少是荷兰饭，住在荷兰就得吃荷兰饭，吃蛆也得是荷兰蛆。”

“文明点好不好？”珍妮说，“虽说不是什么高档美食，也没有必要吵架吧。”

“除了吵架还能干吗？”埃迪大声问，“每次我去图书馆都借不到《十七岁》，究竟是被谁借走了？”

“埃迪……”珍妮无言以对。

“怎么啦，亲爱的？”

"我发现你喜欢时常找点麻烦，如果你继续这样，会有后果的。"

食物分发下来，传给了每个人。

"没有什么比一块好牛肉更让人满足的了。"汉克开始锯他盘子里的肉片，他的耳钉闪闪放光，"对吧，雷？"

我咬了一口土豆，淡而无味，恶心。

汉克试探地看了珍妮一眼，但她正在和坐在她另一边的男人说话。于是汉克转身对我说："你想让人来看你吗？"

"不是特别想，"我说，"也许吧。"

"哦。好吧，如果你期待有人探访，就告诉我，好吗？"

"为什么？"

他看了一眼珍妮，压低声音："因为这里和外面不一样，不能想要什么就有什么，你明白我的意思吧？"

我切下一块肉，塞进嘴里，味道没那么坏。

"我会告诉你怎么把你需要的东西弄进来，就是那些让你感觉更好的东西。但是我的建议是有代价的，你明白吧？没有白吃的午餐。"

菜里面有芸豆，上面的丝没有摘干净。

"嘿，雷。"珍妮对我说，"你以前真的是个面包师？"

我扫了周围一眼，我不喜欢别人知道我的事。"是的。"我低声说。

"所以，告诉我这是怎么回事，我家有台面包机，我完全按照食谱操作的，但每次做出来的面包都发黏。"

"你用了酵母吗？"

"是的。"

"酵头，必须用面包酵头。"

"真的吗？"她漂亮的眼睛凝视着我，使我全身发热，很久不曾有这种感觉了。她想要什么？

"我可以给你配方，自己做很容易。"我有点口吃。

"雷诺斯在对女士们炫耀呢。"埃迪喊道，声音大得每个人都能听见，男人们笑起来。

"埃迪，最后的警告，"珍妮说，"如果再次违规，下周你就一直待在套间里吧。"

"小心那女的。"汉克倾身过来耳语道，他的牙齿是棕色的，我很想和他保持距离，"她是最狡猾的一个，但她喜欢在这儿发情，你能看出来。"

第十二章

艾丽斯

“什么？你说什么？”

“你很清楚我在说什么，妈妈，雷·伯伦斯到底和我们有什么关系？”亚伦睡觉了，斯洛文尼亚的国家电话网也终于好使了。

电话那头沉默了一阵，是愤怒的那种沉默，我母亲显然在酝酿长篇大论的指责：“老天爷，艾丽斯，之前你给我打电话，我还以为出了什么大事，就给你打了好几十遍电话，你不知道我在度假？原来就为了什么雷·伯伦斯，你真的要拿那些无关紧要的事来烦我吗？”

“那么他是谁？”

“无名小卒。”

“啊！你不想告诉我，我只会更感兴趣哦。”

“艾丽斯，别问了。你不是还有更重要的事情要担心吗？比如你儿子。”

我可不会轻易放过她，即便她提到了亚伦——他确实让我心烦：“虽然我看不出这件事到底重不重要，但这么些年来，你为什么一直帮他照顾那个水族箱里的鱼？”

“你给我听好了，这件事与你无关。如果你坚持管我的闲事，那就回你自己家去，我会请邻居帮我浇花、照顾水族箱。”

“这么说——雷·伯伦斯是你自己的事情啰？他是你什么人？”

“把你律师的那一套收起来，留在法庭上用吧！”

“你为什么这么生气？”

“我没生气。”她坚定地说，不过语速很快。

“得了吧，你为什么不能告诉我呢？他是你的兄弟吗？”

她挂了电话，抑或是斯洛文尼亚的电信运营商决定是时候结束我们的谈话了。

我又给她打过去，被转到语音信箱。“我们还没完呢，亲爱的妈妈，给我回电话哦。”我留言道，尽管我知道她不会回电话。

凭良心说，她一直是个称职的母亲，没那么好，也没那么坏，也不是很温柔。我母亲仿佛是按照教科书的说明来做母亲的，为小时候的我提供了衣食无忧的舒适生活，体贴周到地照顾我。对于这样的母亲，我实在没有抱怨的理由。

我们大约15岁的时候，宾妮的哥哥给她一根大麻烟。我们那时常在法语课和经济学课之间休息时跑到学校自行车棚后面抽烟。她把大麻烟给我看了，但我们此前从来没吸过大麻，宾妮说她哥哥几乎每天都吸，它会让你飘飘然。

我看着圆锥形的烟卷："你打算让我去哪儿抽？什么时候抽？"

"放学后，在公园里。"宾妮说，好像大麻烟是一种很普通的东西。

"好吧，"我说，"那就这样吧。"

那玩意儿并没有对我产生太大的影响。我们你一口我一口地分享了它，像分享香烟那样，若有所思地吸一口，然后凝视着天空，等待传说中的感觉袭来。我们躺在草地上，一人耳朵里塞着一个我的随身听的耳机，听着 Womack & Womack 的歌。

"我觉得非常放松，"宾妮说，"你有感觉吗？"

"我也觉得很放松。"

"你知道吗，抽大麻烟时你会'咯咯'地笑。"她试着"咯咯"地傻笑了一下。

"真的？"

"是啊，我哥哥说的。"

"真好玩。"

然后我们跟着音乐一起唱歌："下一次我会真的……我会真的……我会真的……"

回到家，我有点头痛，想要睡觉。

"你回来晚了。"母亲皱着眉头看着我，"你不舒服吗？"

我嘟囔着要写作业，正打算钻进自己房间，却被她拦住了："你去哪儿了？"

她使劲嗅了嗅我身上的味道："艾丽斯，你吸毒了吗？"

我觉得自己脸红了，意识到撒谎没用，现在只能说实话。

她震惊地盯着我，我感觉她要臭骂我一顿，然后至少禁足一星期，然而她说："你和我今天晚上开车出去透透气，你太臭了。"

那天晚上我们开车去了阿姆斯特丹，我根本不知道她要带我去哪里，也许是看心理医生，我猜，或者到什么精神健康诊所去。但她开车进入市中心，停在了亨德里克王子码头："下车。"

我跟着她走进红灯区附近的拥挤街道，当时那里对游客而言并不安全，还有很多连警察都不敢去的黑暗角落。

我们从那些亮着灯的红色窗户外面走过时，太阳也下山了。此前我从未来过这里。我母亲平静地朝前走，仿佛在周六时逛超市那样。我偷瞟着窗户里的那些女孩，不得不小跑着才能跟上我母亲。

街上的人不是很多，但时常有男人从那些挂着帘子的门后面钻出来，消失在夜幕中，还有乞讨的流浪汉和穿着长款皮大衣在街上溜达的中国男人。

我们拐进一条小巷，停在一座破房子门前，房子的窗户被木板封死了，前门的玻璃被砸得粉碎。

"我们到了，进去吧。"

我既犹豫又害怕，不知道母亲想干什么，她推推我的背："快点。"

我们跨进一条混凝土走廊，墙上发了霉，还有股汗臭味，墙上到处刷着各种标语口号，比如"为和平而战，为贞洁而干"之类的。

"我们来这里做什么？"我声音颤抖地问。

我母亲没有回答，而是把我推进一个黑暗的房间里。过了几秒钟，我的眼睛才适应黑暗，我看到有人点起一支烟，这才意识到地板上横七竖八地躺了不少人，他们身下是破旧的床垫，衣衫褴褛，瘦骨嶙峋，我的脊椎顿时蹿起一股凉意。

一个简直像活骷髅的人走过来，他的眼珠仿佛要从眼窝里爆出来。"有东西给我吗？"他伸出手。

我母亲把我推过去："你问她。"

我深感震惊。我的母亲，总是担心我吃饭前是否洗了手的母亲，竟然把我推给一个瘾君子。

瘾君子越走越近，身上飘出恶臭。

"你有什么？快点给我。"

我想，万一他有刀怎么办？万一我妈打算把我留在这里怎么办？

"妈妈。"我恳求道，这时她紧紧地拉住了我。她并没有把我留在那里，没有后退一步，更没有转身离开。虽然我已经 15 岁，但我母亲仍然比我强大得多。

瘾君子向我伸出一只手，我不知道他想摸我还是我的衣袋，我只看到那只手慢慢伸过来，好像秃鹫的爪子。“妈妈，求求你。”

那只瘦削蜡黄的手即将碰到我的脸时，我母亲把我向后猛地一拽，从包里拿出 25 荷兰盾，扔到地上。“拿着，”她说，“享受去吧，趁你还活着。”

瘾君子趴下捡钱，我母亲和我离开了那座建筑。

“看见没有。”我们回到车上，她说，一群拉皮条的和揽客的妓女已经围了上来，贴在车窗上，“这就是我想对你说的。”

我盯着那个水族箱，凝视着里面那些精心培养出来的珊瑚。它们每年只长几毫米，对水质非常敏感。雷为他的鱼营造了一个非常了不起的栖息地，然后他就谋杀了邻居和她的小女儿，真是有意思。

我拿起维护日志，仔细翻看起来，里面的记录严谨认真，雷从未漏掉一天，字迹整齐干净，纸面上也没有食物的残渣或者水渍。2003 年之前，除了雷，没有人在这个本子上留下任何记录。然而那一年，不知是谁用幼稚的笔迹写下“金刚”两个字，雷在这两个字后面又写了一个日期“1 月 25 日”。“金刚”这两个字写得挺大,占了 3 个整行,与雷整齐的手写风格恰好相反。一个孩子。雷曾经和一个孩子在一起。

孩子的笔迹歪歪扭扭，似乎还没学会正确握笔。这个孩子多大？4 岁？ 5 岁？ 6 岁？我不知道这是不是雷的邻居家的那个小女孩写的。单是想到这个问题，我都会不寒而栗。

第十三章

雷

从那天起，我每天带给安娜一个玛德琳蛋糕。萝丝塔一般都会邀我进去，给我一杯咖啡，我们聊上一会儿，然后她会说你该走了。有的时候，萝丝塔却只会把门敞开一条缝，把蛋糕拿进去："今天不行，雷。"

我向我母亲寻求建议，她说可以理解，因为萝丝塔不可能每天都让我进去，人们不会总是有时间，她并不是讨厌我。毕竟那时候我母亲也没有太多时间和我说话，她会每隔一个月来看我一次，带着东西，比如桌布、红色的条纹被罩什么的。我的高身水杯和墙上挂的一幅小船的画也是她送的，她认为让我的房子体面好看很重要。

我却不理解，因为除了她没人到我家来。

萝丝塔家也不常有访客，但她的客人肯定比我的多，比如那个帮她搬家具的老男人，他至少每月来一次。萝丝塔告诉我，他是她的继父。

"那你母亲呢？"我问。

她告诉我她的母亲死了，在与她的继父结婚后不久就死于癌症。萝丝塔说她的母亲得到了继父的精心照顾，所以她会永远感谢他。

"他为什么来这里？"我问。

"他来和我聊天，修理我房子里的东西，看望安娜。"

"你喜欢这样吗？"

"我更喜欢你来，你更有趣。他人很好，也很勤快，像我这样的单身母亲需要他的帮助，可如果你问我喜不喜欢他，我觉得很难说。其实，他过来帮我主要是因为他很孤独，他过去很有钱，做郁金香种植生意的，非常成功，但后来又输掉了一切，染上了酒瘾。"萝丝塔点燃一支烟，继续道，"遇到我母亲后，他戒了酒，他说终于找到了幸福。但后来我母亲病了，所以他从来没能真正得到他想要的东西。"

我倒并不担心她的继父，据我所知，他经常过来通水管或者给家具上漆。让我心烦的是另外一位访客：安娜的父亲。他是个有妇之夫，并且拒绝离婚，所以没和萝丝塔、安娜住在一起。但他会过来，虽然不经常，像我母亲拜访我那样，想来的时候就过来。

“他会在他觉得合适的时候离婚。”萝丝塔说。我不确定她脸上的表情是愤怒还是悲伤。

“可安娜怎么办？他必须照顾她，对吧？”

“他已经和那个女人生了3个孩子了，而且他们结婚了。”

“可他难道不想和你住在一起吗？”

“他想，但不能。你知道为什么吗？”萝丝塔用力吸了一口烟，慢慢吐着烟圈。

我真不明白为什么还会有人不想要萝丝塔，换作是我，我会不惜一切代价。

“因为她是第一个。所以我和他的孩子搬进这座没有地毯的房子里，而她和他住在一座漂亮的联排别墅里，无忧无虑地生活。这不是因为她比我好、比我漂亮、比我聪明，而且绝对不是因为她比我苗条！”萝丝塔嘴上笑着，眼睛却没笑，“甚至也不是因为他更爱她，只是因为她是第一个。”

“你需要另找一个人。”我说。我的意思是：你需要我。不过她其实不需要我，真的。

“她不是因为已经有人了才不要你的，”我的母亲总是对我说，“没有女人会永远跟着你，所以你最好离她们远一点，在你陷入麻烦之前。”

“我当然应该结束这段关系，”萝丝塔对我说，“但问题是我爱他，别人不行，我只想要他，你懂了吗？”

安娜的父亲通常半夜过来，但我有时候给安娜送玛德琳蛋糕时，也会碰见他。萝丝塔会让我暂时帮她看一会儿孩子。

“我们在一起的时间太宝贵了，我和维克多。”

有一次，维克多来了，我进门时看到他们两个在门厅里站着，他从后面抱着萝丝塔，脑袋搁在她的肩膀上凝视着我。她看起来很高兴，我难受极了。据我所知，维克多并没有什么特别之处，也许他很聪明，他开的车也很好，在威廉敏娜女王街很少见。但我看透了他：他虽然表现得有权利待在那里，但他不过是个让自己孩子的母亲住在没有地毯的房子里的男人。

萝丝塔去起居室找安娜，他试图和我搭话："所以，你是个面包师。"

我没有回应。

"很高兴知道我不在这里的时候有人照顾我的姑娘们。"

我低头看着我的脚，直到萝丝塔和安娜来到走廊。

我把安娜抱到我家看鱼，她是第一个我母亲之外的访客。我告诉她鱼的名字，她跟着我念出来："汉尼拔、弗郎索瓦、玛利亚……"

当她和我坐在水族箱的蓝色灯光下时，我试着不去想象维克多怎样扯掉萝丝塔的衣服，抚摸她锁骨间的凹坑，捧着她的乳房亲吻，趴在她身上，触摸她的私处，让它们变得肮脏。

"辣椒、土星、金星……"我希望通过重复鱼的名字让自己冷静下来。

有时候，安娜和我会坐在那里看着水族箱，直到外面黑下来，床板不再发出"咯吱咯吱"的声音，维克多的车消失在威廉敏娜女王街的尽头。

我坐在牢房的桌子前面，盯着一张空白的纸，胡默曼博士让我给萝丝塔写封信，但我只有一句话要告诉她。

我还是在生你的气。

第十四章

艾丽斯

“可爱的家伙，”听我介绍了雷的情况，宾妮说，“你弄明白你们有什么关系了没有？”

我们坐在桃花心木餐桌旁。这张桌子是一件古董，已经在我父亲的家里传承了几代人，我父亲去世6个月后，他妹妹向我母亲要这张桌子，显然它是我父亲家族存留下来的几件传家宝之一，她甚至表示要给我母亲一张新桌子。“没门。”我母亲断然拒绝。那以后，我们就和父亲家族的人断了联系，但亚伦出生时，我的那位姑姑给他寄来一只泰迪熊玩具。

“也许他是你哥哥。”宾妮说。

“不可能。”我说,然而我也意识到我对母亲的了解不如对父亲多，我只知道他们结婚后不久就有了我。

“你好好想想，你的外公外婆有没有可能老年得子？”

我开始计算年份，我的外祖父母在我很小的时候就去世了。

“写下来。”宾妮说。她还是一如既往的缜密。

我拿起一支钢笔和一张白纸：“我外婆的出生年份，我猜是在1920年和1930年之间，我母亲1948年出生，雷生在20世纪70年代，我1985年出生。”

“如果雷是你的舅舅，你外婆很可能40来岁生了他。”

“但是很晚。”

“但是有可能，当然我们不知道你外婆的确切出生年份。雷或许不是你外婆生的。”

“如果他是我的哥哥，我母亲也许在22岁左右生了他。”

“完全可能。”

“假如是这样，我母亲后来生我的时候，他大概15岁左右。这么多年来，她会让他住在哪里？说不定他是我母亲的表弟什么的。”

“我认为他是你哥哥，”宾妮坚决地说，灌下一大口葡萄酒，“否则你母亲为什么要费劲儿地保守那么多的秘密？为什么对这件事如此敏感？而且你外祖父母许多年前就去世了，要保密也比较容易。”

我也喝了一大口酒：“是的，雷可能是我哥哥。”这个可能性让我有点头晕。

“我们去你母亲的书房看看吧。”

我“咯咯”笑起来，酒意涌上头顶：“不行。”

“如果你有一个哥哥，艾丽斯，你的母亲却对你保密，而且你经常说你的童年过得很孤独，我认为你有权利弄清真相。”

“我不知道。”

宾妮已经站了起来：“噢，别再假装害怕你妈妈啦。”

“你说得对。”我说。

“你知道怎么撬锁吗？”

“当然不知道。”

“得啦，你是个律师，对不对？”

“你是一个记者。所以呢？”

“别告诉我你从来没有为了得到秘密文件什么的撬锁进到某个办公室或者图书室里去。”

“这种事只会发生在电影里。况且，我是世界上最守规矩的女孩，难道你不知道？”

宾妮拿出一只发夹，开始捅锁眼。

“好像这样就能打开似的。”

“你有更好的主意吗？”

“我们去找钥匙吧。”我喝光了杯中酒。

我母亲并没有如我设想的那样把书房的钥匙藏在多么隐秘的地方——很可能是因为她自己一个人住，不用再像过去那样严加防范自己的调皮女儿和好奇丈夫。它就在厨房的某只抽屉里，和橡皮筋、镊子、回形针搁在一起，就是这么简单。

我把钥匙插进锁孔，转动几下，门开了。我心潮澎湃，这是我一辈子都不被允许踏足的禁地。

她的书房看上去还是20年前我第一次溜进去时的样子，同样的樱桃木书桌，同样的大柜子，柜门紧闭，同样的黑色书桌椅。

“快进去。”宾妮低声说。

“你声音那么小干吗？”我小心谨慎地走进了我家的至圣所，好像我的母亲随时都有可能从门后面跳出来似的。屋里有一丝霉味，也许是窗户不常打开的缘故。

宾妮一把拉开柜子的门，只见里面的架子上堆满了文件、杂志和盒子。我随便抽出一沓文件，发现是2000年的电话账单：“谁会把这些东西都保存下来？”

经过半小时的窥探，我们并没有取得太大的进展，只找到我母亲保存的8年来的各种女性杂志、20年来的家庭账务记录，以及一摞已经发黄的填字游戏小册子。

“你母亲有什么爱好？”宾妮问。

“你没看到吗？她喜欢收集纸张。”我从一只盛满了食谱剪报的盒子下面拖出一只褪色的蓝色纸板文件夹。

“我去翻翻桌子？”

“请便。”我说。文件夹的标签上写着“雷”，我盯着这个名字看了几秒，确定这并不是我的幻觉。“上帝，宾妮，快来看这个。”我打开文件夹，然而里面什么都没有。“噢。”我失望地说。

“给我看看。”宾妮说。我把它交给了她。宾妮接过去，用力抖了抖，一张照片掉了出来。

我捡起照片，看到上面是一个大约5岁的男孩，棕褐色头发，骑着一辆红色的小自行车，面带微笑，我的双手颤抖起来。

宾妮把手放在我的肩上：“你还好吗？”

“简直一模一样……”我说。

“和亚伦一模一样！”宾妮大声说，“头发、眼睛、腿……”

我们凝视着男孩套着棕色短裤的细瘦的双腿。

“我敢打赌，他是你哥哥。”

我摇了摇头。如果雷是我的哥哥，为什么母亲要对我保密？这些年他都在哪儿？这不可能是真的。

“你打算怎么办？”宾妮问，“去看他？他当然已经长大了，肯定不会像照片上这么可爱。”

“雷·B，杀人狂邻居。”我说，更像是自言自语。我又看了看照片里的男孩，他的膝盖上缠着一大块绷带。“他是什么时候变成这样的？你觉得发生了什么事？”

“我正在尽最大的努力不把你的母亲想得太坏。”

“我完全理解。”我盯着照片，希望找到一些线索，然而雷的自行车背后的那条人行道并无明显特征，尽管有几丛玫瑰，但看不出更多信息。

“被抛弃的经历不利于孩子成长。你觉得你出生时他大概几岁？”

“15 岁，我猜。”

“你觉得你父亲知道他吗？”

“不。”我坚决地说，虽然我不知道这份坚决来自何方。

“你母亲一定是设法踢走了那个男孩，在他非常小的时候，除此之外没有其他解释。”

“也许他既野蛮又暴力，难以管束。”

“那为什么要保密？为什么不让别人知道他？”

“我不知道，”我说，“但我知道我想见他。”

第十五章

雷

我逐渐习惯了新环境的生活节奏：早晨 7 点醒来，淋浴，穿衣服，早餐，治疗，午餐，工作，晚餐，回牢房，晚上 8 点熄灯。我尽量保持低调，把自己变成“隐形人”，因为其他病人让我害怕。他们总是吵吵嚷嚷，爱管闲事，吹嘘自己的罪行，他们分给我的注意力越少越好。

唯一真正困扰我的人是那个叫伦勃朗的家伙，他是个矮小的黑人，才来这里 3 周，但不知怎么赢得了所有人的欢心，很快便融入了环境。

无论伦勃朗什么时候走进公共休息区，他们都会转过身去，协调一致地喊道：“你好吗，兄弟？”而对别人打招呼则是简单的“嘿，你”。

然后他会趾高气扬地走进来，要么嚼着口香糖，要么叼着烟，仿佛是西部片里逛酒吧的牛仔。

“这儿真是个烂地方，伙计。”他会说。

连那些社工也不怎么敢惹他。我发现穆一直在留意他，但他什么都没和我说。

“那个死胖子心理医生问我杀人的时候感觉如何。”

伦勃朗从沙发上跳下来，其他人都簇拥在他周围，除了瑞基和我。瑞基坐在地板上和电视说话，我站在窗户边凝视着灰色的砖墙，背对着其他人，但我可以从窗玻璃的倒影观察室内的动静。

“所以我说：‘你早晨煮鸡蛋吃的时候感觉如何？’她像个傻婊子那样看着我。‘甜心宝贝儿，’我说，‘这就是我的感觉，杀人很容易，跟放屁和浇花差不多。’”

其他病人哈哈大笑，像往常一样。

“我，我杀人时会硬。”埃迪咆哮道，“用力掐住别人的脖子的时候我最兴奋，掐，掐，掐，直到那家伙一动也不动。”埃迪夸张地演示起来。

“够了，”穆说，“下次演给心理医生看吧。”

“好的，伙计，听你的，”伦勃朗说，“你只是为了干好工作，我也一样，你都明白，对吧，穆。”

其他人又笑了。

据汉克讲，伦勃朗是个职业杀手，他和许多头号罪犯合作过。“他有后台，所以我们最好还是站在他那边。”汉克抽烟的时候告诉我。汉克总是让我陪他到院子里抽烟，尽管我不吸烟。在那儿，他会告诉我其他人来这里的原因——他自己是顶着一系列的严重攻击行为的罪名入狱的——瑞基拿斧子砍了他老妈，我的前室友埃迪则有奸杀女人的习惯。我必须乖乖地听汉克讲故事，因为我没有胆子告诉他，他身上的味道很难闻，而且我讨厌他把烟往我脸上喷。我站在院子里都快冻僵了。

“是的，你是个硬汉，伦勃朗。”穆说，“可你很快就会知道，硬汉在这里可得不到好处。”

“真的吗？噢，我好害怕呀。”伦勃朗站起来，慢慢走到穆跟前，直到两人之间几乎没有一丝缝隙。

我感觉脖子上的汗毛都竖了起来，连瑞基都意识到大事即将发生，也不和电视说话了。房间里只剩下电视机的声音。

“你违反了规定，”穆平静地说，“我已经警告过你一次，你没当回事，所以接下来的 48 小时，你必须待在你的套间里。”

伦勃朗毫不让步：“什么规定？穆罕默德？是让我们像一群绵羊那样无条件地服从命令的规定吗？还是我们只能谈论天气的规定？还有，在这里我们连该死的色情杂志都看不了，每个人都快要憋得爆炸了。你说的就是这样的规定？”伦勃朗的胳膊从容地搭在身体两侧，但你看得出他随时都有可能出手揍人。

“说得对。”埃迪插话道，但没人听他的。

“好吧，伦勃朗，你现在非常过分，48 小时不够，改成 72 小时。”珍妮一定是听到了这边的动静，因为她走过来站到了穆的旁边，她穿着件薄衬衫，你都可以看到她的胸罩。我认为在这样一个荷尔蒙过剩的地方，绝对不适合这么穿。

伦勃朗转脸看着珍妮：“你最近欠抽吗，姑娘？瞧瞧你穿的衣服，还真是饥渴啊。”

“够了,”珍妮说:“我叫警卫了。”

“好的,甜心,请随意,你觉得我会在乎被你们关禁闭?你为什么不亲自把我送过去呢?”

穆动作夸张地按下别在腰带上的蜂鸣器,我听到“嗡嗡”声和门自动锁住的声音。

“靠,伙计!”伦勃朗揪住穆的衣领。“我不过是说个笑话,看把你吓的。”他每说一个字就要摇晃穆一下。穆胸前挂着的身份牌的链子断了,掉在地上。

“嘿,冷静。”珍妮说,她听上去可一点都不冷静,大胸在白衬衣下面起起伏伏。我根本挪不开眼。“放开他,不然你会有大麻烦。”

“少管闲事,婊子。”伦勃朗放开了穆,似乎接下来的目标是珍妮。我背过身去,因为我实在没有胆子帮她。

就在这时,门打开了,6名警卫冲进来,闯入战局。

瑞基大声哀号起来:“他们是来抓我的!不要抓我!不要抓我!”

“他们不是来抓你的,笨蛋。”埃迪吼道。

警卫们控制了伦勃朗,其中两位给他戴上了手铐,他一直高喊着威胁的话,比如诅咒穆的母亲,还要杀了他什么的。

警卫把他拖走了,就在他们把伦勃朗推出门去之前,他突然瞪了我一眼,我环顾四周,发现我这个方向没有别的人。

“你给我等着!给我等着!”他尖叫道,嗓子都喊哑了,我其实不知道他是瞪着我还是瞪着灰色的砖墙,只知道我被他吓得魂不附体。

“我们的朋友走啦。”汉克走过来对我说,“他会在更凉快的地方待很长时间的。”

我没有回应他。为什么伦勃朗要让我等着,为什么到最后每个人都会扯上我?我百思不得其解。难道我像往常一样错过了信号?

我和“梅森之家”的心理医生讨论过这个疑问,他给我看了许多张人脸的照片,让我分辨高兴、愤怒和害怕的表情,后来他又加上另外几种表情的图片:惊讶、宽慰、讽刺和怀疑。最后3种很难辨识,我到现在也分不清楚,永远都无法完全确定,而且你也不能直接问人家:“你现在觉得宽慰吗?”

穆整理好他的衣领，珍妮擦着眼泪，她挺伤心，连我都看得出来。大家都站在周围，我们该怎么办？该干什么干什么吗？

“回你们的套间去。”穆说，“我们都需要冷静一会儿。”

我们朝各自的牢房走去，没人有心情开玩笑，甚至也不去抱怨。门“嗡嗡”叫着锁住了。我站在空旷的牢房里，想着如果那些鱼能过来陪伴我该是多么美好。

“嘿，雷诺斯，”我听到埃迪喊道，“你的小女朋友，那个你喜欢的小婊子，她差点完蛋，对不对？”

我走进淋浴间，坐在放下来的马桶盖子上，捂住耳朵。“土星、玛利亚、汉尼拔、弗朗索瓦、玛格丽、花生、金星、葡萄干。还有金刚。我们永远无法忘记金刚。”

第十六章

艾丽斯

金·德布尔的律师给我们发来了一封建议书，要求范－本肖普立刻把视频从网上撤下来，付给金6个月的工资，因为她一直无法工作，另外还要支付6000欧元的补偿金——加起来一共两万欧元。

建议书是通过快递寄给我的，当时亚伦正在半满的儿童戏水池里玩他的塑料鲸鱼，我躺在躺椅上晒着太阳读完了这份文件。

“我走开一会儿,好吗？”我告诉亚伦,“妈妈必须进屋打个电话。”

他几乎没有反应，而是沉浸在自己最喜欢的游戏中——对着塑料鲸鱼背诵《海底总动员》里的台词。

我裹着一块浴巾坐在我母亲的书桌旁，给彼得·范－本肖普打电话。

他很不高兴:“我已经付她钱了,按照她的要求付的,她也签了字,拍摄期间她看起来也似乎没有任何意见……”

“也许是因为她被拍摄的内容惊吓到了？”刚说完我就后悔了。我望着窗外，亚伦好像仍旧没有注意到我已经进屋来了。

“真有趣。”范－本肖普说。

“抱歉，我不会再讽刺你了。现在，据我……”

“我为什么要雇一个随时都会诋毁我的律师？”

“我没有诋毁你。”

“你就是。”

我叹了口气，又凝视着窗外，亚伦正往天上扔鲸鱼玩具，看它们掉进水池里溅出来的水花，比我幸福多了。

“我们来说正事吧——我认为我已经通过DVD解读出德布尔小姐在拍摄期间的心态。”在视频中，她看起来很开心——起码最初是这样。她穿着热裤和透明T恤，坐在皮沙发上傻笑，但不到3分钟后，你可以看到她的脸上出现了恐惧和厌恶的神情，到拍摄结束时，她已经变得麻木了，几乎像一具僵尸。反正看到这段视频的结尾部分时我觉得很不自在。“但你能告诉我拍摄之后她的表现吗？她直接回家了吗？”

“她去洗了个澡，然后喝了一杯可乐……”

“和你一起？”

“你的意思是和我一起洗澡？”他热切地问。

“我指的是喝可乐。”

“我们都坐下来喝了可乐，全体剧组人员。”

对我来说，拍完了各种各样恶心的镜头，竟然还有心情一起喝可乐，真是太奇怪了。但我决定还是不说什么，因为这样只会使谈话不必要地延长。“所以我们可以得出结论，拍摄之后，德布尔小姐……状态还不错。”我继续道。

“绝对的。”

“还有，你说是她主动找到你的，你能告诉我这是怎么回事吗？”

“她的男朋友给我打电话，说他的女朋友想要赚点外快。”

我不得不抑制我的愤怒：“这不是同一回事，不能说是她主动找到你的，而是她男友找的你。”

“嗯，反正他们两个一起来和我做了交易。”

“你和谁做了交易？德布尔小姐的男朋友还是她本人？”

“嗯，反正她签了字。”

“和你谈判的是谁？”

“她男朋友。”

“更像是她男朋友把她给卖了。”我必须极力控制自己的怒火。

“你的意思是？”

“难道你不觉得，女孩本人在这件事上丝毫没有发言权吗？你真的确定自己尊重了她的意愿？”

“你又开始胡乱谴责别人了。还有，我们不是说好了叫她‘年轻女人’吗？”

我叹了口气：“我只是提醒你不要忘记常识。而且，我没有权利评判你，这是法官的工作，我只是让你看到事情的另一面。”

“你还是不明白，对不对？你也不想明白。你只会指指点点，你为什么不理解一下我的苦心？”

院子里，亚伦仍然陶醉地玩着塑料鲸鱼，坐在屋里的我开始觉得有点冷。

范－本肖普没等我回答就说："虽然有人会说我拍的片子龌龊变态，但它不过是另外一种做爱方式，是通过走极端达到极乐和狂喜的状态。我的电影作品是对人类肉体欢愉的颂歌。"

范－本肖普的这番话让我怀疑他很有可能在某个社区学院选修过研究色情片中的哲学意味的课程。"当然，我以前就说过，你的出发点是好的，我会尽我所能维护你的利益，证明德布尔小姐完全出于自愿地签了合同。而且为了参与拍摄，她甚至主动伪造身份证，假装自己已经成年。我也会告诉他们，拍摄完成后，她还和全体剧组人员喝了可乐。我们就不提她的男朋友了。"

"我们还能怎么办？"

"从网上撤掉视频很难吗？"

"如果人们听说我被起诉了，它会变得很火的。"

"既然如此，我们就得多给她钱，数额要足以让她闭嘴，但也不能太多，显得你心虚。"

亚伦出了水池，光着身子朝后门走去，一路上滴着水。"范－本肖普先生，我明天就把给对方的回复函通过电子邮件发给你。"

第十七章

雷

“今天有人来看你。”穆说。

自从我进了监狱，我母亲只来看过我几次。玛格丽特和皮埃尔也来过一次，他们以前每年夏天都回荷兰，因为法国太热，听说我已经不在威廉敏娜女王街了，他们就来监狱探望了我。但玛格丽特说这也许是最后一次，因为皮埃尔太老，不适合旅行了。

皮埃尔已然不复从前，走路走得更慢，每隔几步就不得不停下来喘气儿，而从门口到探访室的桌子和 4 把椅子只有 10 步路。

“在面包店工作的那些年已经把他的精力透支了。”玛格丽特告诉我，她仍然像以前一样高声说话，“他再也不想做任何事，对不对，皮埃尔？”

他们探访我的 20 分钟里，都是玛格丽特在说话，皮埃尔没说一句话，甚至没看我，我也没怎么说话。我觉得我们三个都很愿意让玛格丽特多谈谈格拉斯的农贸市场的话题来防止出现令人尴尬的沉默。

我们没提过萝丝塔，也没提“面团之母”。

“我母亲来这里了？”我不认为她会来。她甚至拒绝和胡默曼医生谈话，至少他是这么告诉我的。但胡默曼医生还说，现在到了我面对自己所做的一切的时候了，即便我什么事情都没有做。

“不是。另外一位女士来看你。”穆瞥了一眼手中的名单。

“艾丽斯·卡斯特莱恩。”

“那是谁？”

“你不认识她吗？”

“不。”

“奇怪。她说她是你亲戚。”

汉克在午饭时走过来，坐在我旁边。过去几天他一直在逃避我，我不知道为什么，也不想问他。

今天吃鱼糕。鱼糕摆在长桌另一头的盘子里，但我能闻见味道。我很想吃鱼糕。

“你和我，我们是哥们儿。对吧，雷？”

鱼糕的盘子传过来了，但我暂时还够不到。

“我是唯一和你说话的人，对吧？也是唯一照顾你的人。”汉克扭过头去叫道，“嘿！把鱼糕传过来！”

一个新来的囚犯——他叫贾马尔——丢给汉克一块鱼糕，但没有把盘子传过来。

“贾马尔，我知道你还得习惯这里的规则，我们的规则之一就是不能把食物丢来丢去。”戴眼镜的社工说——我总是不记得他的名字。

“进餐时的粗鲁行为可能导致你两天不能出套间，我们都知道。”汉克说，他不怕戴眼镜的社工。我听说这个社工有时候会偷带可卡因进来卖，50欧元一克，质量好极了，我听见埃迪偷偷告诉伦勃朗的。

汉克一直在唠唠叨叨，但我的注意力在其他地方：鱼糕一直没有传到我这边；有新的访客来看我。我不知道这是好消息还是坏消息，我母亲是我唯一的家人，而且她的名字不叫艾丽斯·卡斯特莱恩。

“你在听我说话吗？”汉克呼出的气喷到了我的脸上，一股鱼糕和烟草味。

我点点头。

“你是个聪明的家伙，我会把规矩都告诉你，因为我们是哥们儿，明白吗？”

“是啊，当然。”我赶紧说。

“你可以……”汉克顿了顿，因为社工正在看他，“嘿，你不想要鱼糕吗？”

“是啊。”

“该死，迪帕克，把鱼糕传过来，好吗？”

汉克把盛鱼糕的大盘子递给我，里面只剩一个了，压得有点扁，已经裂开，露出白色的鱼肉馅。我拿起来咬了一口，味道不错，我喜欢外酥里嫩的感觉，还有里面的小块鱼肉。

“快看这孩子吃得多么香啊！”埃迪嚷道，“嘿，雷诺斯，黏糊糊的像屎一样好吃，对吧？”

其他人开始吹口哨和欢呼。

“好啦，够了。”戴眼镜的社工说。

“他们来抓我了！”瑞基哀叫道，“我知道。”

“噢，瑞基，你今天又没吃药吧？”埃迪问。

每个人都认为这很滑稽。

那个叫艾丽斯·卡斯特莱恩的女人走进来时，他们已经让我在探访室的桌子那里坐好了。穆从她身后走过来，坐在门口的警卫旁边。

他对我点点头：“你还好吧，雷？”

艾丽斯·卡斯特莱恩是个漂亮的年轻女人，就像那些特意到法式面包坊排长队买羊角包的住在大房子里的人。

“噢，真有意思，”她开口了，“我的儿子长得和你一模一样。”

她第一次来就已经开始嘲笑我了。我没有回应，极力控制着我的双手。

我觉得有点生气，她让我摸不着头脑。她想干什么？

她坐在我对面的塑料椅上，像“梅森之家”的心理医生那样（他只是偶尔这么做）看着我，似乎打算透过我的眼睛看进我的脑子里。我不喜欢这样。

“你一定想知道我是谁，我来这里干什么。”她的声音很好听、很平静。我得承认，她说话的方式很像谈话节目的女主持，和住在威廉敏娜女王街上的人不一样，更不像这里的家伙。“我更想问你的是，你知道有我这么一个人吗？你已经了解实情了吗？”

我瞥了一眼她的脸，她的眉毛和睫毛都是深色的，涂着黑色的睫毛膏，有点像萝丝塔。

“我想我是你的妹妹。”她颤声说。

我努力了一下才发出声音，这显然不合理，为什么会这样？这个女人疯了，肯定是。

“你能说点什么吗？拜托。”

“我没有妹妹。”

“那么告诉我，你母亲的名字是什么？”

“阿加莎·安东尼娅·伯伦斯。”我说。

“好吧，阿加莎·安东尼娅·伯伦斯也是我的母亲。我出生在1985年，那时候你在哪里？”

我实在有些接受不了，手开始不由自主地胡乱摆动。

她抓起我的手，紧紧握住，萝丝塔就这么做过。

我立刻甩开了她。

“对不起，”这个自称我妹妹的叫作艾丽斯·卡斯特莱恩的女人说，“你需要水吗？能给他一杯水吗？”她问警卫。

回答是不能，在探访期间不能。

自称我妹妹的艾丽斯·卡斯特莱恩看着我，她确实长得很像我母亲，她们两个的眼睛一模一样。我惊讶地发现自己刚才竟然没有注意到，但我很快向别处看去。

“他们又没不允许你看着我，你知道的吧。我明白你一时间可能接受不了，很抱歉给你带来了惊吓，可是……”

我又看着她的脸，看到她的眼睛湿了。她为什么哭？她想要我怎么样？

“你遇到了什么事，雷？这些年来你都在哪里？”

我强迫自己拿下手来，坐在屁股底下，这个办法挺有用。

“你最好别再这么直白地问他问题。”坐在角落里的穆说。

“好吧。”自称我妹妹的艾丽斯·卡斯特莱恩说，“和母亲分开住的时候你多大？”她说得很慢，好像对一个白痴说话，但我还是回答了她。

“9 岁。”

“那之后……你去了……哪里……生活？”

“你可以和我正常说话。”

“抱歉。当然。那之后你住在哪里？”

我还是接受不了，这个女人仿佛从天而降，一上来就提出各种问题，我怎么知道她究竟是不是我妹妹？我母亲从未说过她还有一个孩子，更不用说比我年轻、比我优秀的妹妹了。她是个衣着高雅的体面人，一位有教养的女士。有了她，我的母亲怎么还会要我？

“雷在情绪处理方面有困难，”穆解释道，“我得说，今天的事情他有点消化不了。”

“是的，我非常理解，如果我继续说下去，你觉得没问题吧，雷？你能受得了吗？”

我没说什么。

“你 9 岁后住在哪里？你离开家之后？”

"梅森。"

"那是什么？"

"少年之家。"

"雷进了一所为问题儿童提供帮助的寄宿学校。"穆解释道。我非常怀疑他没有权利泄露我的个人信息。他到底跟谁站在一边？我还是她？

"多么可怕。"自称我妹妹的艾丽斯·卡斯特莱恩说，她的眼睛仍然湿着，"我真不知道该说什么。我不相信妈妈竟然没对我提起过你。难以置信。她去学校看过你吗？你现在还能见到她吗？"

这场对话既混乱又令人疲惫，尤其是她也叫我的妈妈"妈妈"，我完全没有力气回答她的问题。我发现有一只幽灵蛛在墙上溜达，就盯着它看。

"我应该改天再来吗？给你一点时间消化？"

蜘蛛准备在天花板上结网，然后等待另外一只蜘蛛或者昆虫踏入陷阱，再用更多的蛛丝把闯入者紧紧缠住，这种场景我在探索频道看过很多次。

"雷？"穆说，"艾丽斯在问你呢。"

"对不起。"自称我妹妹的艾丽斯·卡斯特莱恩说，她那双肖似我母亲的眼睛凝视着我，但我并不紧张。

"我累了，我想回我的房间去。"我站起来。

"等等。"她在包里翻了翻，拿出一沓照片，"我给你带了点东西。"

"你不能这样把东西交给他。"警卫说，"请把东西放在这里，我们检查完之后会转交给他。"

"哦。"

"对不起，"穆说，"但规定就是规定。最近这儿发现了毒品。"

"我理解。"她转向我，"我给你的水族箱拍了一些照片，雷，我猜你可能想看看它们。"

金刚、汉尼拔、土星，还有玛丽亚！花生和弗朗索瓦！我又坐下了。

"水族箱很好，妈妈雇了一个叫莫里斯的家伙照顾它，他每周来一次。珊瑚长了很多，范·德尔克先生最近也来过。"

"范·德尔克？"

"是的。"她露出一种我不太理解的表情，是恐惧还是担心？"他说，水族箱虽然不像你照顾它的时候那么漂亮，但状态仍然非常好。”

“鱼呢，给我讲讲鱼的情况。”我向前倾倾身子，不打算错过一个字。

“讲什么好呢？土星和金星大部分时间都躲在海葵丛里……”

“是吗？”哪怕只是从别人嘴里听到它们的名字，我都会觉得满心欢喜。

“还有玛吉，它整天转着圈儿游泳，它一直都是这样吗？”

“一直都是。”

“好吧，反正它现在还这样。它还经常和弗朗索瓦打架，我猜可能是因为它们的领地重叠了。”

我闭上眼睛听她讲述，就像我小时候听母亲讲睡前故事那样，那时一切都很好。

“……亚伦，我儿子，他很爱水族箱。他快 4 岁了，就喜欢整天坐在那里看鱼，他能背各种鱼的名字，他最喜欢刺尾鱼。”她顿了顿，“你一定很想它们。”

“想谁？”

“鱼。”

“我每天都在想它们。每天我都会大声说出它们的名字。”

“我敢肯定，它们也在想你。”

“鱼不会想，反正不会以我们的方式去想。它们甚至连不同的人都分不清，所以你怎么能指望它们想念别人呢？”

“我觉得你的妹妹是好意，”穆说，“我认为她的意思是说，你把鱼照顾得很好，没有人能取代你。”

“你是一个非常讲究精确性的人，对不对？”自称我妹妹的艾丽斯·卡斯特莱恩说。

但我没法把她当成我妹妹，我一直觉得妹妹应该是小女孩，像安娜那样。

警卫把那捆照片递给我：“拿着。”

我接过来，紧紧抱在胸口。

“你不想看看这些照片吗？”

“当我一个人的时候再看。”

“我还可以为你做什么吗？你需要什么东西吗？钱？吃的？衣服？”

“我唯一想要的就是回家，去找我的鱼。”

她看起来很难过：“抱歉，这个我帮不了你。”

“那件事不是我干的，他们却把我关起来，不让我走，我是无辜的。”

她沉默了很久，又换了另外一种奇怪的神情注视着我：“我可以看看你的案子，如果你希望的话。”

我不明白她的意思。

“我是个律师，我会看看你的案子，看看我可以为你做些什么，但是我不能承诺什么，当然。”

“不是我干的。”这是我唯一能想到的话。

“不是？”

“不是。不是我干的。”

第十八章

艾丽斯

穆陪同我走到研究院门口，这里简直是个各种走廊组成的迷宫，还有无数上锁的门需要打开，到处都是摄像头。

“你觉得怎么样？”穆问。他仿佛有种使我感到安心的能力，他声音中的那种颤动、柔和的棕色眼睛、自信的身体姿态都让我觉得舒服，但我说不上来这究竟是为什么。我猜穆对这里的病人也有着同样的感染力。

“有点难。虽然我应该早就料到的。”我们路过一个似乎是物资供应处的地方，里面挤满了人，都在盯着我看。想起他们都犯过严重的罪行，我觉得有些不自在。

“你做得很好，尤其是照片，把它们带来是很棒的主意。”

“真的吗？”

“你没有注意到吗？他一开始很谨慎，就像平时那样，但是当你开始谈论他的鱼，我看出他放松了警惕，你做得很好。这里的治疗师和他周旋了好几个月，都没能取得你今天半个小时之内就取得的进展。”

我感到自己脸红了：“一定是血缘关系使然。”

“你怎么可能一直不知道他的存在？”

“我母亲从来没告诉我她有一个比我大的孩子。你相信吗？”

“别忘了，20世纪70年代的人对‘问题儿童’的看法和现在很不一样，那时候家里有这样的孩子是件丢脸的事——人们会觉得都是母亲的错。”

“但我还是觉得我母亲对他只字不提非常荒唐，如果他有正常的童年，情况会有什么不一样？如果他在正常的家庭中长大呢？”

我们到达了出口。穆拿出工作证，在传感器上刷了一下，门开了。

“这就是雷这种人的不幸之处，”穆说，“他其实是个很可爱的家伙。”

“没错，难道不是吗？”

“绝对是。”

我把访客通行证还给穆，和他握了手：“谢谢你。”

他笑了：“别客气。”

“呃，穆？”

“什么？”

“你相信雷——没做那件事吗？”

他笑起来。

“算了。”

因为开车回家的路上接到了劳伦斯的电话，我没有太多时间回想我和我哥哥雷见面的过程。托儿所已经允许亚伦回去了，所以我目前可以回办公室上班。

“彼得·范－本肖普投诉你了。”

我调高了手机扬声器的音量：“哦？”

“你好好想想，彼得可能对哪里不满意？”

“我不会上他的当，你也别想提出一大堆问题来难为我。”

“不错，很犀利。我愿意听这样的话。”

“我一会儿就到办公室，我去找你？”

“我没空，半小时后要和沃纳·B见面。”

沃纳·B是个相当无能的贼，正因为无能，他成了我们最忠实的客户。“他还在拘留所？”

“他们又关了他两周，恐怕我们的朋友这次不会那么容易脱身了。不过你很会转移话题，艾丽斯，我们现在要谈的是范－本肖普。”

我哀叫了几声。我一直希望早点干净利索地结束范－本肖普的案子，然而它的拖沓程度堪比X级电影：动作太单调、重复次数太多、高潮来得太慢。

“让我重述一下问题：你确定你已经尽了最大的努力处理彼得·范－本肖普的案子？”

“如果我真打算尽最大努力处理这个案子，一定会把彼得·范－本肖普和两个经前综合征的母夜叉锁在同一个地窖里。”

“你能不能严肃点？”

“亲爱的劳伦斯，我捂着心口发誓，我已经给予了范－本肖普先生全心全意的关注，而且我会继续坚持下去。”我尽量诚恳地说。

“彼得·范－本肖普认为你的解决方案提得有点早，你觉得呢？”

“需要我提醒你吗？根据律师协会的规定，庭外协商的解决方案都应该在庭审前提出。而且，我认为庭审有风险。”

我在阿姆斯特丹南部的出口下了高架桥，朝办公室开去：“我们没有太多的选择，我想范－本肖普先生应该很庆幸原告选择了民事诉讼，如果那个女孩……‘年轻女人’选择了报警，我简直不敢想象这件事的后果。”

劳伦斯沉默片刻，说：“你去哪儿了？我没看到你的日程表上有什么安排。”

“我去见潜在客户了。”

“那是谁？”他怀疑地问。

“我宁愿暂时保密。”

“不会还是你孩子的托儿所保姆吧？”

我压抑住想要尖叫的冲动，尽可能冷静地说：“这个潜在客户被监禁在霍普研究院，罪名是谋杀邻居和她的小女儿，他或许有兴趣上诉。”

“嗯。”

“代理上诉有利于提高公司声望，劳伦斯。”我知道这样说可以让他动心。

“哎呀，小艾丽斯还想扮演侦探呢。”

“你在嘲笑我吗？”

“当然不是，甜心。可你知道上诉意味着什么吗？你会让全办公室的人都卷进去，让许多利润丰厚的业务遭到搁置，更不用说刑事鉴定、挖掘证据证人之类的成本了。”

“声望，劳伦斯。”

他叹了口气：“你知道我对这个没有抵抗力。”

“没错。”我把车停在那座运河旁边的18世纪老式房屋门口。

“听着，我得走了。接下来几周，你可以做做调查，但是先不要申请法律援助补贴。”劳伦斯走出大门的时候，我刚好走进去，我们同时放下手机。

“如果有充分的理由提出上诉，我们会一起组队，好吗？”

“棒极了。”

“好了，现在好好表现。”劳伦斯钻进他的SUV。

我向他挥手，然后走进办公室。

“一步好棋。”我大声对自己说。

现在我别无选择，我必须仔细研究雷的案子，挖掘其中的可能性。好消息是，我能在了解他的同时得到报酬。然而巴特尔斯－彼得斯有严格规定，不允许律师为家人代理官司。但我认为雷对我而言其实是个陌生人，我不会让任何情感因素妨碍我的工作。

雷，“杀人狂邻居”，虽然这个称号是我始料未及的，但我希望紧紧拥抱他，告诉他：“来吧，我们回家。”这一定是因为他长得像亚伦，肯定是这个原因，毕竟我此前与雷素不相识。

而且，我讲到那些鱼的情况时他脸上幸福的表情打动了我，他看上去就像个听大人读睡前故事的孩子。我母亲给他读过睡前故事吗？那时候他是不是穿着睡衣、头发刚刚洗过，依偎在她的怀里？她爱他吗？有没有人爱他？哪怕只是曾经爱过？

第十九章

雷

萝丝塔大部分时间都很开心，但她有时也会心情不好。有一次，给我开门后，她一言不发地转身走进起居室。除了跟在后面，攥紧手中的玛德琳蛋糕纸袋，我不知道还能怎么办。她一屁股坐在沙发上，脑袋枕着胳膊。

“雷！”安娜高兴地说，她的嘴角翘得高高的，眼睛睁得大大的，像往常一样首先夺过纸袋，直接撕开，把整块蛋糕塞进嘴里。

“别着急，”我说，“你先咬一口，慢慢嚼，这样才能尝出味道。你发现了吗，它的外皮有点脆，里面却又软又甜？”

安娜喜欢坐在沙发上看电视，我不觉得这对小孩来说是什么理想的消遣方式，我母亲也不这么想，所以我买了一大盒乐高积木给安娜玩。从那时起，我每次去都会和她玩积木，我们建造了城堡、农场和豪宅。安娜说，我们将来会住在这种房子里，我就一遍又一遍地给她解释：你没法住在积木盖的房子里。

萝丝塔喜欢坐在沙发上，有时脑袋枕着手臂，有时看我们玩，有时看电视，有时——但不是经常——她会加入我们。

有一天她说：“你从来不问问我怎么样。”

“我不知道我应该问，”我说，“对不起，你希望我问吗？”

“是的，这不是很正常的吗？正常人都会这么问别人。”

我有点受伤，我以为我已经做了各种正常的事情，比如每天都会到她家去，带礼物给安娜，一周前我还帮她打理了花园。

“你不喜欢我说这样的话。”

“是的。”我很紧张，不知道还能怎么说。

“为什么不喜欢？承认吧，你其实并不正常，对吗？你好像老是坐在家里盯着你的鱼，你特别重视时间，比如非要在每天下午 3 点 1 刻准时给她送蛋糕。正常人好像不会这么做，对不对？”

我耸耸肩，不敢看她。

“别再把你的手摇来摇去的了，又不是在面包店揉面。”她抓住我的两只手，把它们按在我的膝盖上。她的手很温暖，又软又温暖。

“还有你母亲，你几乎不怎么和她见面，也不怎么和她说话，这正常吗？”

“她很忙。”我喃喃自语。

“胡扯。你想知道我的看法吗？我认为你的母亲应该为你感到自豪，她知道人们排着队买你做的羊角包吗？”

“大概不知道。”

“我很想和她谈谈。你的母亲，你有她的电话号码吗？”

我艰难地说：“没有。”

“你竟然不知道自己母亲的电话号码？这到底是为什么？”

“我给她写信，她给我回信。她总是回信。”

“写信？搞什么鬼？她给你打过电话吗？”萝丝塔听起来真的很生气。

“有时打，如果她在约定的日期来不了，需要改时间的话。”

“那是什么意思？”

“约定的日期。每隔一个月的第三个星期六。”

萝丝塔翻了个白眼。“好吧，告诉我她的名字和地址，我们查查她的电话号码，我和那个老妖婆说清楚。”她大声说，比平常更大声。

“你生我的气了吗？”我不明白她为什么不高兴，也不喜欢她那样说我的母亲。

她笑了。“当然没有，傻瓜，是你的母亲让我很生气，她怎么敢这样对待你？”她靠过来说，锁骨之间的凹坑也离我越来越近，我几乎不能呼吸。她抓着我的手。

“雷，她是你母亲，假如我把安娜送走，你会怎么看我？”

我看着安娜，她已经不玩积木了，正在看电视。

“明白了吧？正常人不会这么做。”

我只有我母亲的信箱号码，萝丝塔更气愤了，她给查号台打了电话，对方告诉她，阿姆斯特丹至少有 40 个姓伯伦斯的人。“下次你写信时，你必须问她要电话号码，听见没有？还要让她告诉你她的住址，我想看看她怎么搪塞你。”

尽管萝丝塔一直催我，我当然没敢问我母亲。

下次我去时，萝丝塔枕着胳膊坐在沙发上，这回我接受了教训，问她：“你好吗？”

她微微抬头，透过几缕头发之间的缝隙看着我，眼睛红红的，但她笑着对我说：“你真好，雷。”

“你好吗？”我重复道，因为我不知道接下来该怎么说。

“过来坐在我旁边。”她拍拍旁边的沙发垫，“抱抱我。”

我走过去，坐在沙发上，因为我紧张得动不了，她拿着我的胳膊放在她的肩膀上，我们比任何时候都要靠近。

“别那么僵硬，雷，抱着我就可以了。”

我慢慢搂紧她，我希望把这件事做好。

“不用那么紧，轻轻地，抖抖胳膊放松一下，然后搂着我的肩膀。对了，就这样，很好。”

就这样，我们在那里坐了一会儿，萝丝塔发出好似打鼾的声音，我期待着接下来的任务。

“我再也受不了了，”过了一会儿，她说，“我快疯了，像这样生活，快把我逼疯了。”

她沉默了一阵，又说：“你现在应该问我为什么。”

我清清嗓子：“好吧。为什么？为什么像这样生活……嗯，会把你逼疯？”

“你看不出来吗？我和孩子住在这里，没工作，没丈夫，每天将就着过日子。瞧瞧这座房子，你觉得它是个像样的家吗？”

我环顾四周，目光凝滞在墙上那张萝丝塔怀孕时的裸照上，感到阴茎硬了起来。

“我连他妈的地毯都买不起，我也年轻漂亮过，想要什么样的男人没有，收入好的、条件好的应有尽有。可我偏偏选了那个浑蛋。”

萝丝塔哭起来，我用胳膊轻轻蹭着她的肩膀，小心翼翼地伸出手，抚摸着她的头发，她并没有把我的手拍开。她的头发和我母亲的一样柔软，我很小的时候摸过她的头发，但萝丝塔头发更卷，发色更深。

“可是你知道吗？总有一天我也会变成有钱人，非常有钱，我叔公在英国，他很有钱，你知道吗？但是现在不行，只要他还活着，我就得困在这个破地方，我该怎么办？你得帮我，雷。”

我有点恐慌，她希望我怎么做？她想要我杀了她的叔祖父吗？

“我没法忍受这样的生活了，哪怕不为我自己，也要想想安娜。”

起初我不知道该说什么，接着我有了一个主意："明天我们去给你买地毯，买最好的。"

"但我买不起。"

"我会付钱的，我希望你有一个像样的家。"

她看着我："你真的会为我这样做吗？"

我点点头，觉得心里暖洋洋的。

她搂着我，在我的脸颊上吻了一下。

我嗅到她甜美的气味，感到她的乳房压在我身上，阴茎简直快要爆炸了。

"哦，雷。"萝丝塔拍拍嘴巴，"你不习惯别人碰你，对不对？"

她笑了，我和她一起笑起来。我们笑了很长时间。

第二十章

艾丽斯

“原告已经坐在会议室里了，” 前台接待员克莱尔低声告诉我，“我们让范－本肖普先生暂时在你的办公室里等着。”

“劳伦斯让我这么做的。”

我翻了个白眼：“当然。”

我的办公室里有一张小会议桌，然而彼得·范－本肖普并没有坐在这张桌子旁边，而是站在我办公桌前，研究着我和亚伦的一张在动物园里的合影。

“单身母亲，我果然猜对了。”

“下午好，范－本肖普先生。”

“每当谈到和女人有关的事，我总是对的，她们或许觉得自己是一种复杂的生物，然而对我来说她们就像一本打开的书那么简单。”

要是你知道我现在正在想什么，你会直接号叫着跑回家找你妈的，我心想。“不介意坐一会儿吧？” 我礼貌地问，指着会议桌旁的一把椅子，“我告诉你接下来的会面内容。”

他配合地坐下，甚至拿出了记事本。

“原告的法律团队选择让双方都在场的情况下协商解决问题，这很可能说明他们希望在德布尔小姐的精神状态方面做文章。”

“你的意思是？” 范－本肖普问道。

“因为更容易的做法是避开金·德布尔只是个年轻女孩……对不起……‘年轻女人’的事实，我猜他们想拿她的年龄和脆弱性来做文章，这些是他们的底牌。”

“你是说她会哭？”

“有可能，还会说一些听起来对你不公平的事，提出你不会答应的要求，但我希望你保持沉默，除非我让你说话，否则不要说话。明白吗？”

“你是什么意思，我不能说话？我才是被起诉的人，不对吗？”

“没错，但你请了我做你的律师，所以也请让我做我的工作。”

“可我认识金。”

“难道这不正是所有麻烦的源头吗？所以最关键的就是你不能说出任何就法律角度而言不明智的话。”

“好吧。”他在笔记本上写了“闭嘴”两个字。

我忍不住笑了起来：“你准备好了吗？”

“希望如此。”

面无表情的金·德布尔小姐及其父母和律师在会议室里等待我们，今天的会面可不像在公园里散步那么轻松悠闲。

“我就不用自我介绍了吧？”范－本肖普说。

“我们知道你是谁。”德布尔的母亲说。

我原以为这个家庭肯定不正常，德布尔的父母大概是那种生活糜烂的酒鬼，对女儿漠不关心。然而德布尔先生和夫人却衣着笔挺地坐在那里，给人一种体面讲究的感觉，像是很稳重的人，我突然为他们感到有些惋惜。

金·德布尔坐在她的父母中间，没有化妆，油腻腻的头发垂在鹅蛋形的脸庞上。我想要读出她的表情，可她却摆了一张标准的扑克脸。

“今天这次会面的原因想必大家都清楚，”我说，“德布尔小姐要求我的客户范－本肖普先生赔偿她的收入损失和精神损失。”

“没错。”原告的律师亚德里安·德里乌夫说。我之前见过他一次，在青年律师协会举办的鸡尾酒会上，现在想想，这似乎是100万年前的事了。

“我们认为这个案子可不是只有金钱损失或者违反法律那么简单，我的客户——”德里乌夫朝金·德布尔点点头，仿佛我们并不认识她似的——“这个年轻女孩受到的伤害会影响她的一生。”

金·德布尔依旧面无表情地凝视前方。

“你已经在律师函中详细地描述了你的客户的精神状态，”我一本正经地说，“现在请你们提出反要约。”

“看到你们的提议，我觉得你们并没有意识到事态的严重性，我的客户遭受了严重的精神创伤，需要多年的治疗才有可能痊愈。”

“你的客户知道她在做什么。我想提醒你，最初是她联系的范－本肖普先生。她完全清楚拍摄工作的性质，还签了合同。”

“我们已经把丑话说在前面了，对不对？嘿，金？”范－本肖普突然插话道，“我们收工之后还一起喝了可乐呢。”我在桌子底下狠狠地踢了范－本肖普一脚。

“真正的问题在于，未成年人应该负多大的责任。”德里乌夫说。

“她非常希望参加拍摄，甚至伪造了身份证，我的客户根本不知道她的真实年龄。你应该在我的律师函里读到过的。”

金的母亲看上去似乎随时都能哭出来，她的丈夫则随时有可能跳过桌子，把彼得·范－本肖普削成火腿片。快上啊，我边想边愉快地把椅子朝旁边挪了挪，给他让道。

“我对此一无所知。”德里乌夫说。

“这说明你读得不够仔细。”

“真有这事？”德布尔先生问女儿，“你伪造了假身份证参加这种恶心的……表演？”

金仍旧面无表情。

“我们需要你来回答。”我说。

她耸耸肩。

“沉默意味着肯定，我认为。”我讨厌自己说出这样的话，这样做让我良心不安。

“我想听到我的客户的亲口回答。”德里乌夫说。

“你们觉得我疯了还是怎么着？”范－本肖普怒吼道，好像他才是精神受创的那个人，“我不会允许未成年人拍我的电影的，你们知道那些女人多么狂热地想给我当演员吗？她们简直要把我的门槛踏破……”

“范－本肖普先生想说的是，他没有必要让未成年人参与拍摄，而且所有女演员都有义务证明她们的年龄。”快问我要假身份证的复印件，我尝试给德里乌夫发信号，快问我要，然而接收心灵电波似乎不是他的强项。

“如果没有这张假身份证，你的客户绝对不会得到她的角色。”我露骨地提示道。

德里乌夫不仅没要求看假身份证，反而问他的客户：“金，你伪造过身份证吗？”

女孩终于从雕塑变回了活人，在椅子上不舒服地扭了扭，嘴唇抖动几下，准备发话。

每个人都期待地看着她，她的身体似乎在打战。

“是瑞克——他干的。”她终于说，声音听着像小女孩的。

“他干了什么？”德里乌夫问。

请结束这场闹剧吧，我默默祷告。我以后再也不接这种案子了，我宁愿去参加婚礼。

“瑞克在我的身份证复印件上……动了手脚。”

“什么……”德布尔先生说，“该死，金，我们不是不允许你再和他见面的吗！”

德布尔夫人精心描画的嘴唇抿成一条细线，仿佛 ICU 心脏监护仪上的横条，唯一缺少的就是监护仪刺耳的报警音。

“祝你今晚睡个好觉，”离开会议室前，德布尔先生对我说，“恭喜啊。”

我们商定了各项赔偿的金额，总数比原始要约稍低一点。

我不知道该用什么话回应他，根本没有道歉、抗议或者反击的底气。若在平时，我可以说“再见”，或者“路上小心”，今天这种情况下却不合适。所以我只好注视着女孩在父母的簇拥下离开会议室。，德里乌夫朝我略微点点头，跟着走了出去，门重重地关上了。

“好啦，这下简单了。”范－本肖普搓着手说，“我请你喝一杯？香槟？”

“简单？你觉得简单吗？”我问。

“是啊。告诉你，我之前可不怎么有信心，可你今天的处理方式……简直太棒了，我早就告诉过你啦，金那一边的人都蠢透了，对吧？”

我扭过头，不可思议地盯着他：“如果你真的认为这很简单，法律站在你这边的话，那就大错特错了，因为这次只是你走运——原告的律师心不在焉。”

“我是说，这件案子还是得看结果。”

“结果？”我拼命控制不朝他尖叫，“结果就是你毁了她和她全家，更不用说你对所有其他蠢货做的事情了——那些男人会觉得虐待老婆没关系，因为你的电影就是这么告诉他们的，你根本不知道你造成了多么大的破坏。”

“请再说一遍？你真是个大惊小怪、自命不凡的婊子。”

“你是个自恋、投机、缺德的浑蛋。”

说话间，会议室的门开了。“怎么样？”劳伦斯冲进来，皱着眉头问，“你觉得怎么样，范－本肖普先生？”

上帝啊，他可真能添乱。“非常好。”我说，“范－本肖普先生准备开香槟庆祝了呢，对吧？”

“噢，听起来可没那么好。”劳伦斯说，他把手按在范－本肖普肩膀上，“卡斯特莱恩女士没做什么出格的事吧？”

没等范－本肖普回答，我接话道：“你觉得我会那么不友好吗？恰恰相反，敌人已经投降了……你刚才是怎么说的来着，范－本肖普先生？”

愤怒的范－本肖普没有回答，但他的脸通红，看上去似乎很热。

“今天下班前我会把文书准备好，你签名后我就寄给他们？”

“很好，”劳伦斯马上说，“你迅速解决了这件事，我很高兴，艾丽斯。做得好。接下来请让我和范－本肖普先生单独谈谈。”

我头也不回地大步走出房间。

第二十一章

雷

在院子里，我又看到了伦勃朗。最近他们允许我做些院子里的活计，有的病人在院子里种菜种花，我的任务是修剪树篱。

中庭里有许多树篱，人们有时候叫那儿“小凡尔赛”。树篱是种在一块方形地面上的，四条树篱分别斜切在方块的四个角上，围成一个小正方形，正方形中央竖着一座裸男立像，不过他围着一块石刻缠腰布，显然“不许裸露”的规定也适用于院子里的雕塑。

他们让我每周把所有树篱修剪一遍，还派人盯着我干活，因为拿篱笆剪的病人需要密切监视。

我向往着修剪树篱的那一天，它让我想起住在威廉敏娜女王街的日子，那时我有工作，还有萝丝塔和安娜，虽然那时我也时常感到孤独，但不像现在这般寂寞。

第二条树篱修剪到一半的时候，我看到伦勃朗踱进院子，几天前他才从单人牢房里放出来，我没有理睬他。

“嘿，雷。”他说，把一截烟蒂扔到草坪上，我弯腰捡起烟蒂，趁他不注意的时候丢掉了它。

“雨人，他们说你喜欢金发婊子，她叫什么来着？珍妮？”

我沉默不语，继续修剪树篱，无数截小段的黄杨木枝丫有节奏地纷纷落下。一、二、三，每数到三，我就会剪掉一截树枝。

“你觉得她很辣，对不对？”

一、二、三。一、二、三。

“知道你该怎么做吗？你应该直接把她抓过来，她喜欢粗暴的，很明显，从她的表现上就能看出来。”

一、二、三。一、二、三。

“你可以这么做，不是吗？你是个真正的男人，不是吗？”

我停止了修剪，四下张望寻找警卫，发现他正在和同事说话。

我希望他能抬起头来，命令伦勃朗走开，难道他不知道需要密切监视拿着篱笆剪的病人吗？

伦勃朗靠前一步："你就不能偷偷地走到她身后，拧拧她的肥屁股？"我却担心他会拧我的屁股，他的手离我越来越近，我紧紧抓住篱笆剪。

警卫终于转过身来。"怎么回事？"他问。

"没事，"伦勃朗说，"小雨人和我聊天儿呢。"

"别让他分心了。"

伦勃朗挥挥手："好的，好的。瞧，我正准备走呢，别担心。"

我继续修剪树篱，然而再也找不到正确的节奏了。

"如果你做不到，那就让我来。"伦勃朗回头对我补充道。

"他在说什么？"警卫来到我旁边。我看到伦勃朗站在远处看我们，连忙把注意力集中到手里的活计上。

"没什么。"我喃喃地说。我的头热晕晕的，好像在发烧。我不认为自己迷恋珍妮，虽然她人很好，还给我带了一块她亲手做的面包——当时我尝了尝，说："糖放少了。"

我得承认，有时候我会想着她打飞机。但她和萝丝塔根本不像，没人比得上萝丝塔，想到萝丝塔洁白的牙齿、迷人的酒窝和修长得多的指甲，我就感到难过。

"我有点累了，"我告诉警卫，"可以明天再来吗？"

"当然可以，雷，没问题。"

坐在囚室的地板上，我盯着那张照片：花生、土星、金星……把它举到眼前仔细端详，鱼儿们看上去过得不错。自称我妹妹的艾丽斯·卡斯特莱恩说得对：珊瑚确实见长了。我的……我们的母亲显然把水族箱照顾得很好，可有几条鱼不见了。金刚呢？汉尼拔呢？我还看到一条从未见过的神仙鱼，我想让那个自称我妹妹的艾丽斯·卡斯特莱恩再来看看我。

我母亲从来不擅长回答问题。我不记得自己是什么时候停止问她问题的，不过从某个时刻开始，我确实再也没问过她什么。坐牢之前，每当她来看我，都会问我问题，比如我的工作如何、吃得多少、和萝丝塔怎么样了之类。起初，听说我和隔壁邻居交了朋友，她很高兴，甚至说："也许你会变好了呢。"

但随后萝丝塔和安娜路过我家门口，我母亲和我正站在门前。

“那是她吗？”我母亲问我，“嗯，她可不怎么样啊。”

“为什么？”

“瞧瞧她的裙子，太短了，不雅观，她觉得她多大了？16岁吗？”

我看着萝丝塔的裙子，几乎连她的屁股都包不住，我觉得心里一阵刺痛：“她人很好，我不知道她是不是觉得自己只有16岁，但我认为她差不多30了，不过我会问问她的。”

我母亲看着我，摇摇头：“我可理解不了你的幽默感。”

我的母亲看不上萝丝塔,萝丝塔也瞧不上她。我总是被困在中间。

“那你爸呢？”萝丝塔喜欢给我出难题。她紧贴着我坐在新沙发上，膝盖上摆着个烟灰缸，抱着小腿，裙摆翻了起来，我能看到她套着棕色丝袜的大腿。新沙发是我拿出大部分积蓄买的。

“他走了，”我说，“他不想要孩子。”

“你什么意思，他走了？所以说你没有见过他啰？”

“对，我母亲发现怀了我之后，他就走了。”

“男人，他们都一样。”

我永远不会走。我永远不会离开萝丝塔。我多么希望她能看到这一点，可她却让安娜的父亲一次又一次地辜负她。

“他没联系过你吗？”

“没有。”

“为什么不联系？”

我耸耸肩，不想回答她，尽管我知道答案。

“你得弄清楚他是谁，你不想知道自己的来历吗？你有权利知道，不是吗？比方说安娜的父亲，他是个该死的王八蛋，但至少安娜认识他。你问过你母亲他是谁没有？”

我动摇了。“没有。”我犹豫道。

“啊哈，你不想告诉我，对吧！就是这样。”她伸出手来，搁在我的脸上，凑过来和我对视。我嗅到她身上甜美的香水味和烟味，很好闻，也很可怕。

“我们是朋友，你知道的，对吧？我是站在你这边的。看着我。”

我把目光从她锁骨之间的小坑上移开，试图直视她的眼睛，尽量不收回视线。

“这就对了，你不用怕，我又不会吃了你，白痴。”

“我不是白痴。”

她放开我的脸:“你当然不是，亲爱的，你是我遇见过的最好的人。真的，你听到我的话了吗？”

我点点头。

“你可以信任我，雷。你为什么要把不好的事情憋在心里呢？告诉我不就得了，你父亲怎么了？”

“他走了。”

“这我们都知道。你知道他去哪里了吗？”

“反正我父亲离开了，因为我小时候特别爱哭，我母亲说的。”

“小孩哪有不哭的？你真应该瞧瞧安娜小时候，她老是不停地号，不分白天晚上，我都快疯了！相信我，雷，所有的小孩都会哭个不停，把母亲逼疯，不知情的人还觉得他们可爱呢！”

我看着安娜，她正在看动画片。

“如果你的父亲抛弃了你，只是因为他无法忍受噪音，这就说明他是个懦夫，半点都不怨你。”

“我想给安娜买条鱼，”我说，“一条又大又漂亮的鱼，因为她喜欢看鱼，她会有一条自己的鱼。”

“你真好，不过不许转移话题。快点，告诉我你爸是谁？你妈是怎么说他的？”

我问过我母亲几次我父亲的事，因为我发现邻居家的小孩和学校里的孩子都有父亲，他们会和孩子踢足球，在孩子做错事时惩罚他们。有次吃饭时，我问：“我怎么没有爸爸？”

我母亲的嘴巴冻结了一秒钟，然后继续咀嚼起来：“你没有爸爸，就是这样。”

“为什么没有？”我问，平时我从不会这样逼问母亲。

“因为……但你不要伤心，雷，他不在家反而是好事，你觉得如果他看到你拿脑袋撞墙的话会怎么想？还有你在超市里尖叫，就因为害怕看到生肉？哪怕你已经7岁了？还有，如果他看见你把大便往墙上抹呢？你觉得你父亲会喜欢这样的你吗？”

这些话我绝对不能告诉萝丝塔，所以我回答：“我不知道。”

她眯起眼睛。“你知道，”她说，“可如果你不信任我，就是你的问题了。”

我不想让她生我的气，我始终都尽量满足她，但我的想象力不够丰富："我母亲生我时很年轻，只有 22 岁，我父亲……他一直没露面。"

萝丝塔又点燃一根烟，猛吸了一口："我受够了那些抛弃女人的男人了，他们只知道 X 来 X 去，还不愿戴套，他们会告诉你'感觉没有那么好'，你知道什么感觉才算不好吗？从你的身体里面挤出一个孩子来！可这不是他们的问题，绝对不是，他们又不用亲自生孩子。"

为了让她高兴，我点点头。

"你永远不会这样做，是吗？你是个可爱的家伙。"

我有点尴尬，为了不去看她和看墙上的照片，只好假装看电视上的动画。

"你有过女朋友吗？"

"嗯，没有。"

她笑了："像你这样可爱的家伙，长得又很好看，有你自己的特点，怎么会没有女朋友？"

我感到不舒服："明天我们去买一条鱼，我和安娜。我们坐公共汽车到阿默斯福特，去卖鱼的商店。"

她又笑了。是在取笑我吗？"别转移话题，你从没和女人在一起过，对不对？"

"我得回家了，"我说，"我必须喂鱼、检查水质，我得给新买的鱼准备隔离罐。"

她一只手放在我的膝盖上，靠近了说："你招过妓吗？"

现在她是嘲弄我了，我敢肯定。我站起来走出了房间。

"对不起！"她在我后面喊道，"我不是想冒犯你。"然而她是笑着说的。

我们第二天没有去阿默斯福特，在萝丝塔说了那种话之后，我没法面对她。不过我把装着玛德琳蛋糕的纸袋放在了她家门口，我不知道该不该这么做，只是不得不做而已。

我想念萝丝塔，想念我们一起度过的那些下午，我们会毫无理由地同时笑得停不下来，我甚至想念起了她向我提出的那些难以回答的问题。

两天没有见到她，我看到安娜的父亲把他的车停在她家门前。我一直坐在窗口，躲在我的窗帘后面，希望看一眼萝丝塔。我觉得恶心难受，甚至想要吐出来。

他下了车，虽然萝丝塔叫他该死的王八蛋，但他可以看她的私密部位。虽然她叫我甜心，说我和别的男人不同，但他可以摸她的胸，成为她的孩子的父亲。尽管他是个非常坏的父亲，只在自己愿意的时候过来。

我想起他和萝丝塔需要独处时让我暂时照看安娜，他和我说话时脸上挂着虚情假意的微笑，仿佛他比我高出一等。然而我是那个买来大地毯、新沙发和新童车的人，尽管我母亲说 4 岁的小孩不需要童车，而且她认为萝丝塔做的事情都是错的，十分荒唐。我当然很想取悦我的母亲，然而我最想做的是取悦萝丝塔。

安娜的父亲趾高气扬地走向她的家门，不知道为什么，他扭回头来朝我招了招手，还咧着嘴笑，好像我是他的朋友。但我不是，不，我绝对不是他的朋友。

他消失在我的视野中，萝丝塔开门时很可能穿着她的白色浴袍，里面什么也没穿。我盯着他大得可笑的蓝色汽车，心想：我得给它动点手脚，这样车就不能开了，不能开车，你就不能过来，萝丝塔就会觉得还是和我在一起更好。

我在厨房抽屉里找出一把大刀子，是我母亲给我买的餐刀，属于“厨房新手套装”，套装里的工具还包括汤锅、煎锅、塑料保鲜盒、盘子和餐具。

我其实不知道该拿这套厨具怎么办，因为我已经独自居住了好几年，肯定不是厨房新手。我也不喜欢这把刀，它很钝，刀柄也不趁手，我在面包店里的那些切苹果和坚果的刀比它好很多。但对于做这件事，这把刀很完美。

我拿着刀，走到外面，这时街对面的女人恰好也走出来，向我打了招呼，我自然没有对她打招呼。因为她家的院子是整个街区里最乱的，接着她就看到了我手中的刀，脸绷了起来。

“你要干什么？”她尖着嗓子说。

以前我从来没发现她的声音这么有趣，每个字似乎都是从嗓子眼里挤出来的。我走到大蓝车旁边，没有回答她的问题。

海军蓝色的汽车闪闪发光地停在那里，连阳光都好像不那么灿烂了，我四下里看了看，萝丝塔的家门关着，她大概正拽着安娜父亲的手朝楼上走，走进她的卧室。他会让她把白浴袍脱掉，她则允许他触碰她的私处。

我抬起胳膊，戳了一下汽车的右前轮，轮胎发出微弱的“噗噗”声。就是这么简单。

我不停地戳着4个轮子，直到街对面的女人大声尖叫，足以惊动萝丝塔为止。

破坏还没结束，因为我突然注意到车头上的银色捷豹标志。这只豹子大概想要捕获什么无辜的猎物，叼住了那只无助的弱小动物的喉咙，锋利的牙齿无情地咬破它的颈静脉，我在探索频道上看到过这样的画面。

我想把车标从汽车的引擎盖上撬下来，可是有点难，螺丝上得很紧，可我怒火攻心，不依不饶地撬着车标。我听到我的嘴里发出自己从未听到过的声音，可我忍不住，我咆哮着——也许很像美洲豹那种咆哮——把那只银色的野兽从车盖上拽走。

我捏着美洲豹车标，用它敲碎了汽车的风挡玻璃，这也不是件容易事，风挡玻璃奋力抵抗，敲到第4下才破——玻璃上已经出现了裂缝——美洲豹最终粉碎了它。邻居又叫起来，碎玻璃发出“哗啦哗啦”的声音，萝丝塔家的门终于开了。

“见鬼！”安娜的父亲只穿着一条蓝白相间的四角内裤冲出门外。“你脑子坏了吗？”他哑着嗓子喊道，跑向他的汽车，这次却再也笑不出来了，而是像箭一样蹿过去，号叫、抱怨、咒骂着查看损失的情况。

萝丝塔穿着白浴袍跟着跑出来，她站在远一点的地方观望。我看不懂她的表情，是愤怒、厌恶、耻辱、骄傲、羞愧还是胜利？

“我想你最好还是不要再来这里了。”我告诉安娜的父亲，嗓音洪亮，吐字清晰。

我转身回家去，把餐刀放回厨房抽屉，洗了手，觉得很平静。我做了件好事，一件非常好的事。

第二十二章

艾丽斯

“今天怎么样？”我忍不住问她。

“嗯，不错。”佩特拉说，“自从得到了你的更多关注，他和别人相处得明显好了一点。”

我挤出一个笑容，可如果她觉得这是我的让步，那我绝对会给她点颜色看看。“那就好，明天见。”

我帮助亚伦穿上外套，领着他走到汽车旁。外面挺冷，前几周都挺暖和，可今天突然降温，大家都期待夏天能再次露脸。

“我饿了，妈咪。”

“我们去餐馆吃饭，亲爱的。”我没有采购食材，平时我会在午餐时去超市买东西，但今天没有时间。

“不想去。”

“吃比萨，你喜欢比萨，不是吗？我们去吃好吃的比萨，那里的人最后还会给你一支棒棒糖，记得吗？”

我把他抱到儿童座椅上，想让他直视着我，他的眼神有些茫然，但对我来说已经足够了。

我开车来到我母亲家街角的比萨店，那里的食物不怎么样，但店规优待儿童，所有 15 岁以下的小孩都可以领到棒棒糖。

我们进了比萨店，服务员拿走我们的外套，领着我们走到后面的一张靠窗的桌子。

“我想回家。”亚伦哀叫道。

我恼火地叹了口气：“对不起，可我们已经来了，明天我会在家做饭，但我今天没时间买菜。而且你喜欢比萨，对不对？”

服务员来到我们的桌子。我点了一杯白葡萄酒和一杯柠檬水。

“我想回家。”亚伦坚持道。

“我问问能不能打包带走，可是你先得耐心地等一小会儿。”这样说应该有效，至少可以让他在那里多坐 10 分钟，避免一场灾难。

“告诉我，你今天在托儿所做了什么？没给我画一幅漂亮的画吗？”

亚伦滑下椅子。

“你要干什么？”

“回家。”他向门口走去。

我站起来，把他放回他的椅子上：“坐下。我们很快就回家，等比萨做好了就走。”

他开始哭。当然。

“嘘。”我说，声音有点高，幸好时间还早，餐馆里人不多，但几个顾客已经向我投来恼怒的目光。

服务员给我们端来了饮料。

“你的柠檬水，”我说，“喝了它，小伙子。”

“我不想喝，”亚伦尖叫，“拿开！”

“抱歉，”我对服务员说，“他今天心情不好。”

“他想要棒棒糖吗？”

“他表现不好，不能给他。你帮我结账吧，我们马上走，免得他在这里闹事。”

“我要棒棒糖！我想回家！”

“坐下。”我嘶叫道。没有效果。亚伦举着胳膊四处乱挥，碰洒了柠檬水。

“没关系。”服务员说，跑去拿毛巾。

“看看你做了什么！”我抓住亚伦，“给我老实点。”

和我们隔了两张桌的地方坐着一对老年夫妇，他们正盯着我看。“我们那时候可不是这样教育孩子的。”女的对男的说，声音大得我都能听见。

“傻 X。”我小声骂道。

亚伦一直在号叫，服务员把棒棒糖塞进他手里，擦干净桌子，又摆上一杯柠檬水，也没用。

“我们真的得走了，”我说，“账单好了吗？”

“我们给你免单，”他说，“不是你的错。”

我快要哭出来了。

他把手放在我的肩上："别担心，我们什么没见过。"

然后我抱着一个又踢又打、尖叫个不停的孩子离开了餐馆。为了保有一点尊严，我尽量昂首挺胸地走出去，然而实际过程却是彻底的羞辱，人们肯定把我看成了不称职的母亲。

把亚伦塞进汽车座椅也需要斗智斗勇。"你到底有什么该死的意见？"我已经失去了自控，开始歇斯底里地怒吼，"你就不能和正常孩子一样吗？"

我很想扇他巴掌，或者把他扔到车外面，我一拳捣在后座靠背上，落点离亚伦的脑袋只有几英寸。

"可我不知道怎么才能和他们一样，妈咪。"我坐上驾驶座发动汽车时，他说。

我转过身，看着他疲惫的小脸和严肃的大眼睛，差点失声痛哭，因为我意识到他是对的。

那天晚上，亚伦和我看了水族箱里的鱼，完成了鲨鱼拼图，读了海洋鱼类百科全书。送他上床后，我想起我们一年前去特内里费度假，整日在海里冲浪，在海滩上找贝壳、盖沙堡。每天结束时，亚伦都尖叫着不愿回到我们的酒店房间，我会挠挠他，说："嘿，傻孩子，不用这么生气，你知道吗？我们明天还会来玩。"

那时候我是真的快乐，甚至觉得自己是个好妈妈。想到这里，我决定尽快再去度个假。

我很想知道我母亲开车送雷到"梅森之家"去的时候是怎么想的，尽管我觉得做母亲非常不容易，但我永远不会把亚伦送走。我受不了，因为我爱他，这是自然。可老实说，主要原因是我无法忍受负罪感，母爱难道不是斯德哥尔摩综合征的另一个名字吗？

也许我是嫉妒我母亲拥有包裹着特氟龙涂层的、坚不可摧的灵魂。

我又浏览了一遍关于雷的剪报，发现除了在面包店工作、认识的人说他"离群索居"之外，他的背景信息非常少。

"大多数时候，他会径直从你身旁走过去，"一位邻居告诉《电讯报》的记者，"哪怕你跟他打过招呼。"

萝丝塔似乎是他唯一主动接触的人，我查看了她的照片，地中海风格的长相，嘴巴宽宽的，鬈发有些乱，但绝对称得上性感。然后就是她女儿，虽然母亲黑发黑眼，但女儿是金发碧眼。萝丝塔对着镜头挑衅般地笑着，安娜看上去好像相当内向。

我重读了谋杀案的卷宗，里面说，雷用某种锋利的工具杀死了他的隔壁邻居及其女儿，然后坐下吸了一支烟，尸体上落有烟灰，小女孩胳膊上有烟蒂烧灼的痕迹。这些细节意味着什么？凶手崇尚暴力？杀人后竟然冷血地抽起了香烟？我想起了雷的脸，试图想象他做出这种事时的样子。那个精心记录水族箱维护日志的雷，当你提到他的鱼时闭上双眼的雷，雷不可能杀人，这完全不符合他的性格。

我开始幻想着如何揭露真正的罪魁祸首，将雷从精神治疗机构释放出来，也许有一天我们都会过上幸福的生活。

第二十三章
雷

“十一点钟进行药物测试。”早餐时，那个戴眼镜的社工宣布。我发现他的名字叫安德烈。

我正往面包片上抹蜂蜜，渴望能吃到外壳酥脆的布洛涅面包，它有着柔软的碎屑和酵母的风味，我会用新鲜的乳品黄油涂抹它，只需要抹这个就够了。

他叹了口气，有些恼火：“拜托你抬头看看我，至少让我知道你听到了我的话。”

我抬起头：“好的。”

“‘好的’什么？”

“我听到了。”

“我10点55分来找你，然后带你去医疗部取尿样。”

我放下餐刀。我又要在那个女人面前撒尿了，那个似乎没有别的地方可看，只好盯着我的阴茎的女人，女人总是让你失望。我突然间失去了胃口。

“紧张了？”汉克问。他朝身后瞥了一眼，压低声音说：“多喝水，至少三公升，这样你的尿样就没用了，他们不会检测出任何东西的。”

“什么？”

“你是不是不太聪明？我给你解释一下，你必须喝很多水，稀释你的尿，他们就测不出毒品来了，明白吗？”

“我不嗑药。”

他笑了：“这儿的人都嗑药，不然日子怎么过？”

“你们两个嘀咕什么？”安德烈问，“我觉得你们俩吃饭的时候还是不要坐在一起了。迪帕克，请你和汉克换一下座位好吗？”

我不太喜欢汉克，但至少我认识他，我已经习惯了他身上的烟草味和腋窝飘出的汗味，迪帕克我却不熟。

“千万别相信那些亚洲人，”汉克说，“他们会为了10欧元X你老婆，然后开枪打死你。”

迪帕克一屁股坐在我旁边。“我为什么要和这个智障坐一块？”他大声地说。我听到有人在偷笑。

入狱前他和人家通奸，是个报酬不高的杀手，然而却有胆量叫我智障，他为什么不能少管闲事？这让我很生气，我不喜欢这里，不希望人们和我说话或者说我的闲话，当然也不想被人叫作智障。

“我不是智障！”我从来没在公共休息室大声说过话，有时我会在自己的囚室里大声讲话，甚至还会吆喝，像我在监狱里那样。可今天以前，在光天化日之下，当着这群吵吵嚷嚷的流氓、怪胎和骗子，我却一直尽量保持沉默。

“说得好，小雷诺斯！”埃迪打着呼哨说，“把你的心里话全都倒出来吧！”

众人哄堂大笑。迪帕克的笑声最响。

我浑身颤抖，拿起盘子旁边的餐刀，在半空中挥舞。

安德烈跳起来：“好了，冷静。把刀放下，吃完你的三明治。”

“三明治太难吃。”我挥动刀子强调自己说的话，“你们这些人不知道好面包是什么味道！根本不知道！所以你们才是智障！”我感到唾液从我的嘴唇间喷出去，细小的唾沫星溅落在令人作呕的面包、盘子和桌子上。

“把刀放下，雷。你不想被关禁闭吧？”社工警告道。

“好啦，坐下吧。”伦勃朗说。他们都转过身去看他，房间里蓦然安静下来。“雨人不是故意的，对不对？嘿，雨人？别紧张。”

我想说我的名字不是“雨人”，而且我也没有紧张，但“禁闭”这个词震慑了我。

“这里可不是你说了算，伦勃朗。”安德烈说。无论如何，我坐了回去。

“我不希望出现任何麻烦。”走在通往医学部的长廊里，安德烈对我说，与我们同行的还有一名警卫。“你不吸毒，对吗？”

“当然不。”我说。

我们穿过小商店所在的院子，在他们的监视下，我们每周可以在这里买一次东西，比如豆子罐头、香烟、刮胡刀什么的。这里的东西比外面的超市贵多了，大家为此抱怨连天，其中一个囚犯甚至绝食抗议，但没有多少人支持他。

那个不穿护士服的护士在医疗部等着我。胡默曼医生给我解释过工作人员不穿白大褂的原因：他们是故意不穿，因为不想强调他们和我们之间的区别。只有警卫才穿制服。然而这样搞有点乱，我有时分不清病人、医生、社工和护士。后来我学会了通过他们腰上别的寻呼机和脖子上挂的名牌来分辨。我听说，拴名牌的绳子一拉就会松开，所以我们没法拉扯绳子勒死他们。

“你知道该怎么做，”护士说，“裤子褪到膝盖，衬衣卷上去，尿在杯子里。”

我没动，只是看着杯子和旁边的镜子。

“犯人今天压力有点大，”安德烈说，“早餐时出了点小摩擦。”

我拖着脚慢慢挪到小便池前面，站住了。

“脱裤子。”

我摸索着牛仔裤的纽扣，双手抖得厉害，甚至解不开扣子：“我做不到。”

“又来了。”护士说。

纽扣猛然弹开，拉链滑落。

“脱裤子。”

铺着瓷砖的房间里冷飕飕的，我不禁想起我的鱼，它们正在经过净化、酸碱值中性、暖洋洋——华氏 78 度恒温——的水里快活地游动。

“嘿，我可没时间跟你耗！”

我先扯下外裤，接着是内裤，镜子里我的阴茎在无助地摇晃，我抓住它，慢吞吞地凑近接尿的杯子。

“衬衣卷上去。”护士喝道。

我放开阴茎，把衬衣提到腋下，用胳膊夹着。

“往杯子里尿。”

我的阴茎不想尿，我看得出来，不过我还是竭尽全力往外挤。

“老是这样，”护士说，“他今天水没喝够？”

“喝得挺多的啊，”安德烈说，“对不对，雷？”

我的阴茎先是吐出几滴尿，接着液滴汇成涓涓细流。

“好了，你可以穿衣服了。”

提上牛仔裤和内裤，我觉得想哭。“土星、玛利亚、汉尼拔和金刚，”我大声说，“玛吉和花生。金星和葡萄干。还有弗朗索瓦。”

“他怎么了？”警卫问。

回到囚室，我还在重复我的鱼的名字，一遍又一遍。

“我觉得今天你就待在套间里吧。”安德烈说。

然而他们并没有让我待在套间里，我原本打算在那儿看鱼的照片，给它们排顺序来着，他们却让我到治疗室去。

珍妮在那里等我，好几天没见到她，我想问问她按照我的办法做的老面酵头是否成功。当然，她没有恒温设备储藏老面酵头，不过这也不是什么大问题。

只要周围没有太多的人，我喜欢和珍妮说话，她让我觉得自己是个懂得一定的知识的人。可她也叫我紧张，尤其是伦勃朗告诉我应该拧她的屁股——因为她希望我拧——之后。也许她真的希望那样，我想知道这是不是真的，还有如果是真的，我该什么时候做这件事。

有一次她叫我过去，她当时站在套间的小厨房柜台那里做三明治，穿着一条紧身牛仔裤。珍妮的屁股比萝丝塔的大，但也许和她的屁股一样好。

我走向她，忍不住去看她的屁股，我的心越跳越快，压得我几乎无法呼吸，可能这就是我应该出手的时刻。我在她身后停下来，正准备像伦勃朗告诉我的那样伸出手去拧她的屁股，她却突然转过身来：“你能帮我拧开这个盖子吗？我拧不开。”

“坐下，雷。”珍妮的声音听起来和她谈论面包制作时不一样，并不友好，语气冰冷。我想知道为什么。我做错了什么？老面酵头坏了吗？

警卫站在门口，他通常单独把我留在治疗师这边，但今天他在这儿干什么？怎么回事？

珍妮胳膊肘放在桌子上，两手交叠，深吸一口气：“你做药物测试时，我们搜查了你的套间，这是标准程序，病人第一次接待访客后，我们总是这么做。”

访客。那个自称我妹妹的艾丽斯·卡斯特莱恩。给我带来鱼的照片的那个女人。我挺高兴她能来，但我不再那么肯定了，因为她，人们去我房间碰了我的东西。

“谁去了我的房间？”

“我，”珍妮说，“还有一名警卫。”

珍妮去我的房间倒没有那么坏，我可以忍受。她挺好闻，有一双小手。然而警卫，他的手又大又臭，我可受不了。

“让我惊讶的是，我们发现了这个。”她拿起一袋白色粉末——可卡因。我经常在电视上看到它，监狱里也有，但从没见过这么大的一袋。埃迪有次给我看了他的存货，袋子很小，他甚至可以卷起来塞进鼻孔，不过我觉得那样一定很疼。

“好处是，”他说，“鼻孔越撑越大，鼻中隔会越来越薄，藏东西的空间就变大了。”他大声笑起来，我向后躲去，因为他的笑声让我愤怒。

“这是谁的？”我问，“这可没法塞进鼻孔里。”

“不是一次带进来的，当然不是。”珍妮说。

“它是怎么跑到我房间的？”我问。

“我得问你啊。”她抱着胳膊向后一靠。

“我不知道。这不是我的。”我的头很疼，没法思考，想不出正确的词语来解释，所以只能说，“我不知道。我不知道。我不知道。”

“总不会是这些毒品自己走进你的套间里的吧。”珍妮说，“你真的让我很失望，雷。我本来对你期望很高的。”她盯着我，表情严肃，我头昏脑涨，手不知道往哪儿搁。

我不知道该怎么办。我母亲——她一定知道，可她不许我再联系她了。

“我们准备取消你的一些权利，直到我们又能相信你为止。下个月的休息时间你必须待在套间里，也不能在花园里干活了。”

我慢慢才反应过来——树篱，我不能修剪树篱了！上帝！为什么总是这样？他们指控我犯下可怕的罪行，然后夺走我唯一喜欢的东西。萝丝塔和安娜。我的鱼。面包店。现在连树篱都保不住了。

“别动树篱，”我说，“休息时间我可以不要——我不在乎，可别动树篱！我没做错什么，毒品不是我的，我发誓。”

“毒品是在你的套间找到的，所以否认也没有用，只会加重你的罪责。”珍妮说，“19 个月以后会对你进行下一次评估，表现出好转迹象的病人才有机会重返社会，但那些一直说谎、拒绝学习的病人得不到这样的机会。”

学习？我学到的是，无论说什么做什么都没有用，他们总会找到办法揪出你的错处。总是这样。我不会屈服。

“毒品不是我放的，别人干的，趁他们逼我当着那个不穿白大褂的女人的面往杯子里尿尿的时候，别人放的。不是我，不是我。”

“抱歉，”珍妮说，“我也不希望看到发生这种事。”

我给过她面包酵母的配方，她却夺走了我的树篱，我很生气，非常生气。“我想去花园干活！”我哑着嗓子说，“你看不出他们把我的一切都夺走了吗？”

“冷静，雷。”然而她的话让我更愤怒，我想抓住珍妮，像我母亲在我很小很小的时候因为我不听话摇晃我那样摇晃她。

“我要去花园干活！”我喊叫起来，倒不是针对珍妮和警卫——而是对着全世界，抑或是对着院子里那座只有缠腰布的雕像、我的母亲、那个自称我妹妹的艾丽斯·卡斯特莱恩。谁来救救我！“我要去花园！”

“够了，”珍妮说，“话我说完了，回你的套间去吧。”

如果我回到牢房，一切就都结束了。警卫把手放在我的肩上：“起来。”

我必须说些什么，我不得不解释，可他们不会听，没人会听。桌子上的那盆可怜的植物突然吸引了我的注意，在监狱干活时，我的工作之一就是给植物贴标签，上面写着它们的名字和护理指南。这盆植物是龙血树，需要大量的光照，我读过至少 600 次它的贴纸。

我抄起花盆往墙上砸去，一道绿影从珍妮的脑袋旁边掠过，碎片飞得到处都是，其中一块击中了我的前额，花土在白墙上留下一大块暗色的污渍。

珍妮侧身躲过了花盆，我本来就没打算砸她。

警卫拧住我的两条胳膊，把我的双手铐在背后，我痛苦地咆哮起来，像动物那样。也许我就是一只动物，所以他们总是夺走我的东西。然而我的鱼也是动物，它们却拥有自己需要的一切。

门一下子开了，小房间里突然塞满了警卫，我吓得忘记了抬腿，他们拖着我出去，穿过一条条走廊、一个个院子和其他的各种门，我的咆哮始终没停，想要挣脱他们，离开这里。我不属于这里，我没有做错什么。

我们来到一个只有一张床的房间，床上铺着薄床单，这一定是传说中关禁闭的地方。“放开我！让我出去！”我喊道，没人听我的，围住我的至少有五个人，然而全部无动于衷，“我没有做错什么！”

他们把我脸朝下扔到床上，扯掉我的裤子，我极力抗拒，但寡不敌众。“我们要给你打针。”那个不穿白大褂的护士说，我感觉屁股被刺了一下，然后几乎立刻觉得头晕眼花起来，他们轻松地剥掉了我的衣服。

这让我想起了萝丝塔。

第二十四章

艾丽斯

劳伦斯让我11点到11点30之间去见他，我猜得出这是为了什么，我决心保持冷静，我不会道歉，但可以大方地承认我面对范－本肖普时失去了理智，并且保证下不为例。虽然劳伦斯不一定讲理，有时还非常蛮横，但他通常很快能恢复平静，我希望这次也会这样……

走进劳伦斯的办公室，我看见玛莎·彼得斯站在窗前，她冷冷地冲我点点头。

刚来巴特尔斯－彼得斯的时候，我本想和她搞好关系，因为公司里只有9个人，玛莎是除了前台和我之外的唯一的女人，我觉得我们俩能合得来。

于是我上班时邀她一起吃午饭，以便彼此熟悉一下，然而她唯一的反应就是皱了皱眉，好像我是一只在她头顶乱飞的苍蝇。我当然会认为她这种态度是针对我个人的，并且感觉受到了侮辱，因为我没发现自己做错过什么。最后我终于想明白了，正如世界上存在一批能让学生觉得自己是老师的宠物的小学教师，玛莎·彼得斯的天赋是，让人们觉得自己无论怎么做都是错的。

"我把玛莎也叫来了，"劳伦斯说，"我认为她也应该听听昨天发生了什么。"

这是什么意思？我怀疑地清了清嗓子："好吧，虽然我不打算道歉，但我确实觉得我昨天的态度有点粗鲁。"

劳伦斯坐在大得夸张的办公桌后面，他的椅子调得比对面的椅子高出几英寸，所以他总是可以高高在上地俯视你。

"不只是粗鲁，我认为用'挑衅'来形容更合适。"

"劳伦斯……"玛莎插嘴道，但我觉得她肯定不是在帮我说话。

"你的行为是无法让人接受的，"劳伦斯继续说，"如果范－本肖普不是公司的老客户，势必会导致灾难性的后果。"

我等待着最终的正式警告。

他靠坐在椅子上，双手搁到面前的办公桌上："我想知道你是否能够把工作和私生活彻底区分开。"

我沮丧极了，不由自主地尖声抱怨道："难道我愿意被托儿所的人呼来喝去的吗？如果你看不惯……"

"我这么说不是出于私心，"他打断我，"而是为了你，你还年轻，本应前途无量，我却觉得你力不从心，你知道你的眼袋已经很大了吗？"

"你想说什么？我该买明彩笔了吗？"

"什么笔？"

"明彩笔，"玛莎站在窗前说，"伊夫－圣洛朗的。"

"再说一遍？"

"算了。"我说。

"是遮瑕用的，"玛莎说，"遮盖眼袋的，你也可以试试呢。"

劳伦斯恼火地看了她一眼，又转过头来看着我："我考虑给你一次正式警告。"

最可怕的话已经说出来了："只是……'考虑'？"

"你瞧，这就是我喜欢她的原因。"劳伦斯对玛莎说，仿佛我不在场似的，"非常机敏，和你很像，你年轻的时候。"

我也许搞错了，但从玛莎的表情看，她似乎是站在我这边的。

"好吧，艾丽斯，无论如何，你没有听错我的意思，我说'考虑'，现在就看你能不能凭你的表现让我打消这个主意了。"

我点点头，这至少说明我没被他解雇。

"既然你们两个都来了——我们讨论一下上诉的事情吧？"

"那个精神有问题的囚犯。"玛莎说。

"那个案子很有意思。"我很高兴改变话题——然而我还没做好准备曝光我与此案的关联，"那家伙被判谋杀邻居和她的女儿，经过评估，他从小就有精神问题，所以被送到了精神病学研究机构，但他发誓说自己是无辜的。"

"自从DNA证据出现，推翻了不少有罪判定之后，我们就开始假设每个囚犯都是无辜的了，"劳伦斯说，"这给我们提供了更多上诉赚钱的机会。"

"说得对。"我违心地附和道。

“你做得很好，姑娘，勤于给公司招揽新业务是你暂时没有收到正式警告的原因之一。你现在对这个案子研究到什么程度了？”

“不是很深，我还没拿到官方的庭审记录，但我已经收集了所有的零碎资料，新闻报道什么的。”

“不要被媒体牵着鼻子走。”玛莎说，她又开始背对着我们。

“不会的。”

“为什么还没拿到庭审记录？申诉委员会没给你一份摘要吗？”劳伦斯问。

“还没有，但也就是这几天的事。”

“保持关注，做你必须做的事。记住，好律师一旦下了嘴，就永远不松口。”

我点点头，像个好姑娘那样。

我打电话给霍普研究院，要求和穆通话，预约探访时间，然而穆告诉我，雷被关禁闭了，无法接待访客。

“为什么？”我问。

穆顿了顿，回答：“你来看他之后，我们在他的房间里发现了毒品。”

“什么？”

“你根本不知道这里的毒品问题有多严重，所以我们有规定，访客第一次探视犯人之后，都要对犯人的房间进行搜查。”

“肯定不是我把毒品带进去的。”我说。

“我愿意相信你，而且这件事确实蹊跷。你知道吧，药物测试结果说明雷不吸毒，大部分吸毒者都没有耐心等到测试结束之后再吸，一般都会拿到毒品就开始吸。我却从雷身上找不到任何吸毒的迹象。”

“我也可以向你保证，毒品不是我带进去的。”我懊恼地重申道。

“从我们在他房间里发现的可卡因的数量看，雷似乎在进行毒品交易。”

“你觉得可能吗？看看那个家伙吧。”

“他当然不像是那种人，但也不能以貌取人，我们已经展开了调查——不过无论结果如何，你都有可能被列入黑名单。”

“可这很荒谬！我和这件事根本没关系！”

“你可以给政府写信，我猜。”

“如果我成为他的律师呢？”

“作为他的律师，你可以愿意什么时候来就什么时候来，但你需要填写正式的申请表，我可以把表格寄给你。”

“好的，拜托了。你是信任我的吧，对不对？你相信我没有把毒品带进去吧？”

穆沉默了一会儿。“我相信你，”他终于说，“而且雷过来之前，这儿就出现过毒品方面的问题，有点像内贼作案。”

“我很高兴你相信我。”

“你填好表格就寄还给我，申请通过后我会告诉你，大约需要3天，也许你下次来的时候我们可以见个面？我给你讲讲雷在这里的生活。”

“谢谢你。”

第二十五章

雷

我刺破安娜的父亲的汽车轮胎之后，过了几天，萝丝塔来到我家门口，看到她走过来时，我迅速躲到窗帘的褶子后面——我母亲觉得这些复杂的褶子“看上去更高档”。

“我知道你在里面！”按过三次门铃，她站在信箱旁边吼道，“开门——我想和你谈谈。”

她等了一会儿，见我没动静，又叫道：“我没生气，相信我。”

我依旧不作声，终于，她喊道:“你不开门我就不走，听见没有？”

我站起来，走进门厅，外面实在太冷，不能让她一直站到明天早晨我必须出门上班的时候。

她穿着一条超短裙，一双好像骑摩托的人穿的那种靴子，于是我问她：“你要骑摩托吗？”

她突然大声笑起来：“当然不，蠢蛋，这是时尚。”

我原谅了她叫我蠢蛋，因为我很高兴又见到她朝我笑。

“我能进去吗？”她问。

“安娜呢？”

“我继父带她去玩具店了，我能进去吗？”

“呃，可以，我想。”为了摆好沙发靠垫，我匆忙地走在她前面。

“天哪，这里真整齐！我们为什么都在我家见面？这里好多了，你家桌子上还有蜡烛！不过你好像从来没点过它们，那还摆着干什么？”

“我母亲觉得蜡烛可以让屋里看上去舒服。”

“点起来才看着舒服，好了，我们把窗帘拉上吧，让房间里暗一点，你有打火机吗？”

我还没回答，她就拿出自己的打火机：“来吧，拉上窗帘。”

我拉好和沙发垫配套的窗帘，沙发靠垫也是我母亲帮我选的。

萝丝塔点燃蜡烛，然后坐在沙发上。

“瞧见没有，这下更漂亮了吧，雷？”她的脸在烛光中更好看了，“过来坐在我旁边。”

我照做了。根本无法拒绝。

她叹了口气：“雷，你那样做很不好，弄坏维克多的汽车。”

我沉默不语。

“很不好，不过也很贴心，”她笑起来，“很有趣。”

我忍不住跟着她笑起来。

她拉过我的手，紧紧握住。她的手很温暖，又暖又软，我的老二立刻跳了起来。可我不是故意的，我既希望那只又暖又软的手触碰它，又觉得害怕。

“不过，我想告诉你的是，我很后悔对你说……嗯，你还记得吗，我并不想取笑你或者骂你白痴，我认为你很了不起，你知道吧，对不对？”

我的老二笔直地立起来，但我不希望她再取笑我了，于是把一条腿压在另一条腿上面。

“你为什么扭来扭去的？噢，上帝，”她站起来，抻了抻超短裙，“你母亲把这里装饰得这么漂亮，却不愿意告诉你你的父亲是谁。”

我不想听她谈我母亲，便试图改变话题。

“看来你的母亲只是看上去完美，其实她也不是个好女孩。你父亲是不是早就和别的女人结婚了？我猜，如果他那个可怜的老婆发现这件事的话，肯定不会高兴的。”她笑起来。

我清清嗓子：“我们明天去给安娜买鱼吧。”

萝丝塔在我脸颊上啄了一口。

“你不想谈这件事？好吧。”她吹熄蜡烛，“无论如何，我想告诉你，别担心维克多会报警，他没法解释为什么他的车会停在这条街。”她“咯咯”地笑了起来，突然起身走了出去，屁股摇摇摆摆，把我留在沙发上。我听到关门的声音，呆呆地注视着还在冒烟的蜡烛。

第二天我从面包店下班后，萝丝塔和安娜已经在等着我了。母女俩打扮得整齐漂亮，萝丝塔穿着连衣裙和一件我们最近一起买的海军蓝色的雨衣。

“我觉得自己像个公主。”试衣服的时候，她说。虽然我的积蓄差不多花光了，我还是为衣服付了钱。

“雷！”安娜举着胳膊朝我跑来。

有那么一个瞬间，我觉得她可能不是在叫我，然而她停在我面前，依旧高举着胳膊。

“嘿，”我说，“你好吗？”我把装着玛德琳蛋糕的纸袋子给她，但她没有像平时那样马上撕开纸袋，而是站在那里凝视着我。

“抱起她来，”萝丝塔说，“你看不出来吗？她希望你抱着她。”

我弯下腰，双手托着她的腋下，小心翼翼地把她抱起来，这是我的第一次。安娜搂着我的脖子，亲了我的脸颊，感觉不错，也挺尴尬。

“你脸红了，”萝丝塔说，“真可爱。”

我们三个走向公交车站，安娜一直在谈论我打算给她买的鱼。

“你想要什么样的鱼？”我问，“小丑鱼、虾虎鱼、神仙鱼还是刺尾鱼……？”

“我想要蓝色的。”她说。

我们带着一条十分漂亮的神仙鱼回了家，刚从加勒比海运到范－德尔克店里的，是获奖品种，安娜给它取名“金刚”。

我们一起把买鱼的事记在水族箱的维护日志里，“金刚”两个字是我握着她的手写的，占了3个整行，但我毫不在意。

回去之前，萝丝塔站在门口对我说：“我觉得我们就像一家人，你、我，还有安娜。”

我低头盯着地板。

“谢谢你为我们做的一切，你是个很好的人。”

她捏住我的下颌，把我的脑袋拽过去，亲了我的嘴巴。她的嘴唇很柔软，上面的唇膏黏糊糊的。这是什么意思？说明她爱我吗？她想和我结婚吗？还是说只是个普通的吻，只为了表达“你是个很好的人”？我们当着安娜的面接吻合适吗？

她擦掉我嘴唇上沾染的唇膏，微笑着凝视我，我简直不敢与她对视。

“明天见，雷。”

萝丝塔和安娜沿着我家门口的小路走开，向右转弯，跨出10步，拐上她们家门口的小路。我一直在对她们招手，哪怕她们已经走进家门，消失在屋里。一家人。她亲口对我说了这三个字。我们就像一家人，我们三个。我想，那天晚上，我是快乐的。

我睁开眼睛，发现自己躺在一个牢房单间里，屋里有消毒水的气味，令人不快，让我想起面包店里的清洁剂。

我穿了一身不熟悉的衣服，衣料似乎是纸板做的。我打了个寒战，觉得冷，不是因为温度低，而是从心里感觉凉飕飕的。

没有事情可做，没有东西可看，唯一的消遣之物是一块黑板和一截粉笔，我拿起粉笔写了起来。亲爱的妈妈。我把这几个字擦掉。甜蜜的萝丝塔。擦掉。亲爱的艾丽斯。

我从来没有过妹妹，但我觉得兄弟姐妹之间可以分享自己的秘密，她不是说要帮助我吗？我写满了整块黑板，然后擦掉，再从头写，只是不停地写和擦，直到我把每一件事都告诉了她，哪怕是那些不可告人的事情。

第二十六章

艾丽斯

刚跨进一号到达大厅，她就看见了我，我不知道她是否感到惊讶，如果是的话，她也没有表现出来，我们两人的视线冷静地相遇了。我父母共同的朋友之一琳娜和我母亲都对水疗痛恨至极，她们已经是多年的老友了。

看到我的时候，琳娜拿胳膊肘捅了捅我母亲，然后热情地向我招手。“你女儿真好！你真幸运，阿加莎，如果想让我家卡拉来机场接我，我还得花钱讨好她。”琳娜拥抱了我，在我腮帮子上亲了一大口，“你好，亲爱的！见到你真高兴，你那个可爱的儿子呢？”

“托儿所。”

“快点，阿加莎，给你女儿一个拥抱！”

我母亲以荷兰人的礼节生硬地向我抛来三个飞吻。

“你觉得惊喜吧，妈妈？”我故意问。

她阴郁地看了我一眼。

“我们去汽车那边吧，我开车送你们回家。”

“棒极了，”琳娜说，“现在的出租车司机都不怎么说荷兰语，更不用说认路了。你女儿真好，对不对，亲爱的？”她又捅了捅我母亲，“你简直不知道自己有多幸运，有这么一个细心周到的女儿。”

“我怎么会不知道？”我母亲讽刺地说。

琳娜依依不舍地与我们道别，还让我保证下次带亚伦去她家做客。她下车后，我母亲问：“你今天这是唱哪一出，艾丽斯？”

我重新发动车子。“假期过得怎么样，妈妈？”我甜腻腻地问。

“当然不怎么样，你在我家里面，我怎么能放心度假？”

“其实我也想问你，有一个在精神病研究机构服刑的儿子，你怎么能做到愉快地度假的？”

“这么说你知道了。”

“搞清楚真相并不难。”

我母亲盯着窗外，虽然看不到她的脸，但我知道她气得冒火。

“你真的觉得你可以永远保守秘密，不让别人知道你有一个儿子？”

“你来管我的闲事之前，我一直保守得很好。”

“你怎么能做到保密的？你不是总说‘人要有责任心’之类的吗？”

“我没有责任和你解释，艾丽斯，你根本不明白这是怎么一回事，更不知道我经历了什么。”

我把车停在我母亲家门口，关掉发动机：“我帮你拿行李箱？”

“我自己可以拿。”她冷冰冰地说。她下了车，打开后备厢，有点吃力地拖出行李箱。

我跟着她走到门口。

她拧开三道锁，走进房子，通过门槛时，行李箱抖得厉害，几乎马上就要翻倒：“我邀请你进来了吗？”

“我不需要邀请，妈妈。我是你的女儿，你躲不过这个话题。”

她叹了口气，从表面看冷静了下来，和往常一样。

“我保密是有理由的，你发现了雷的事，我只能说抱歉，可我希望你不要插手。”

“为什么？我基本上已经了解了大部分事实，你还隐瞒了什么？”

“别管我，也别管雷。”她走进起居室，扯掉沙发的罩布，万分仔细地叠好。

“不，我还要好好研究他的案子，看看能不能上诉。”

“什么？！”我母亲厌恶地看着我。

“雷让我帮他，而且他是我哥哥，我正打算这么做。这么多年来，你竟然甩手不管他，作为他的家人，看来只有我关心他的遭遇，我还是他的律师，可以随时探望他，我们也许能好好叙个旧，你觉得怎么样？”

“我不知道你有什么打算，但我得告诉你：雷不是你想象中的那种好哥哥，我是说——我猜你知道他为什么坐牢。”

“我不确定他是否真的有罪。”

“你不了解他，艾丽斯，雷或许看上去很可爱，可他很危险，他从小就不正常。”

“这是你抛弃他之前还是之后的事？”

“别忘了，带他的时候我还很年轻，我根本控制不了他，你觉得亚伦难管？那是你没见过雷小时候，我拿他一点办法都没有。”

我很难相信竟然还有我母亲处理不了的情况，但我确实同情她，因为事情糟糕到她不得不把自己的孩子送走的地步。我凝视着她的脸和她嘴边那些坚毅的线条，她为什么就不能在我面前流露一下真实的情感呢？

“无论如何你都应该告诉我真相，难道我没有权利知道自己有个哥哥吗？”

“真好笑，什么事情都得以你为中心，对吗？你不觉得这件事给我造成了很大的伤害吗？放弃我的儿子？因为我爱雷，一直都爱他，也会永远爱他，但我不得不和他分开。艾丽斯，你听到没有？我是出于无奈，这对我来说非常痛苦。可是你，你不仅不体谅我的感受，反而只考虑你自己，仿佛我做了什么对不起你的事情一样。”

“你就不能再多告诉我一点儿？也许那样我就能理解你的感受了。”

“我已经决定翻过这一页，不再提它，你必须尊重我的决定。”她转身拖着行李箱进了卧室，头也不回。

我不舍弃地跟着她：“你去看过雷吗？去监狱或者精神病院？”

“我去过监狱，没错。”她生硬地回答，行李箱敞着盖子横在床边，她的衣服是60岁左右的女性青睐的样式，整齐地叠放在箱子里。显然，她在宾馆里就让人把所有的衣服洗好了，这是她的习惯。

发现我在研究箱子里的东西，她飞快地掏出里面的内衣，塞进内衣抽屉。

“你现在还会去看他吗？他非常孤独，你知道吗？”

我母亲抱着一摞T恤走到衣柜边，背对着我说：“我来提醒你一下：他杀过人——两个人，母亲和孩子。你没必要可怜他。”她转身走回床边，从箱子底下翻出一件包好的礼物，朝我这边抛过来，礼物掉在床尾：“拿着，我送给你的。”

很明显，这是一瓶酒，我剥掉薄薄的包装纸，酒瓶上写着天书般难懂的斯洛文尼亚语：“好的，谢谢。”

“这是当地的特产，他们告诉我。我还给亚伦买了礼物，但我宁愿亲自给他，要是你还允许他过来的话——在你了解到我是个可怕的怪物之后。”

“你尽可以用亚伦来填补雷的空缺，他不会反对的。”

“其实你也不会。”

“你说得对。”

我们都沉默了。

“你的儿子，你的亲骨肉，有可能被错判有罪，你对这件事不感兴趣吗？”

她摇摇头：“你又不了解雷，你根本不知道自己在说什么。”

“也许正因为不了解他，我才能更客观地看待他。”当然，我说的不是真的，我其实是一厢情愿地相信雷是无辜的，正如我母亲狂热地相信他有罪那样。

“你根本不明白，艾丽斯，你一无所知。”

“我会弄明白的。”

我母亲走进隔壁的浴室，把仅剩的一点需要洗的衣物丢进洗衣篮，然后对我说：“拜托你不要管他，别插手——也别再探听我的过去了。”

第二十七章

雷

“外面有人吗？”我敲打着囚室的门，“你好？”

没有回应。

我环顾四周，希望找到一条出路，只看到四堵白墙和一扇安了铁棍的小窗，透过它可以望见外面的草地。囚室的门上有两块可以拉开的活动木板，我又开始砸门，依旧没得到回应。

室内空间逼仄，我很担心如果把这里的空气吸光后该怎么办，已经出现了异常，每次吸气时，我都觉得进入肺里的氧气越来越少，呼吸越来越困难，我知道自己迟早会窒息。

我的水族箱里的气泵坏过一次，那天凌晨 3 点，正准备出门上班的我发现了这个问题。我总在那个时候检查水族箱，记录它的状态。

首先，我发现水族箱没了声音，水不再冒泡泡了，也听不到气泵运转时的“嗡嗡”声，我看到水族箱里的鱼没有像往常那样在海葵之间穿梭、停在珊瑚上方吃东西，反而浮上了水面，大张着嘴巴。

我必须救我的鱼，如果它们死了，我的生命还有什么价值？幸运的是，家里还有一台旧气泵，我可以用它临时救急。“再坚持一会儿！”记得当时我这样鼓励它们，尽管明知鱼没有听觉，只能感受到水的振动，也许我其实是对自己说的。“再坚持一会儿。”我把旧气泵装上，水又冒起了泡泡，鱼再次游动起来，仿佛什么都没有发生过似的。

我的鱼从来不缺任何东西。我敢肯定这一点。

然而禁闭室里没有备用气泵，没有逃生出口，什么都没有。

“有人吗？”我又叫道，“拜托，有人吗？我必须出去！我要憋死了！”

我听到走廊里有脚步声，门上的活板拉开了，我看到一张陌生的脸：“你还好吗？”

“不好，”我喘息道，“我喘不动气了，我……”我抓着喉咙说，“请打开门，氧气快用完了。”

“不可能，”陌生人说，“你看看天花板，看到那里的白色通风口了吗？新鲜空气会从那里进去，你不会憋死的。”

“通风口坏了，”我说，“我可以感觉到它坏了，我要窒息了，你这是要我的命啊。”

“你的恐慌症发作了，”陌生人说，“试试吸气和呼气，慢点来，如果这样还不能让你好起来，我就让医生给你开点镇静剂，好吗？”

“你们在我房间里放了毒品，好把我关在这里害死我，这是个陷阱，我上了你们的当。”

“你冷静，别忘了我说的话，看看天花板上的通风口。”

“它不管用，坏了。”

“你想让我开着活板吗？你可以通过它吸气，如果这样能让你感觉好一点的话。”

陌生人消失了，我踮脚站着，这样我的嘴才能够到活板，我就像弗朗索瓦、玛利亚、汉尼拔、花生、葡萄干、金刚它们在气泵坏掉的水族箱里挣扎那样，拼命呼吸着仅剩的一点氧气，等待着备用气泵的到来。

几个小时后，我的腿抽筋了，脖颈发僵，只好坐在地上，但我不那么担心死亡了，死似乎变成完全可以接受的选项。

他们给我送来了饭，顺着比较大的那扇活板门递进一只盛着意大利面的塑料盘、塑料餐具和一杯水。

我跳了起来。“嘿！”我大叫，“嘿，有人吗？”

没有人回答。活板门关闭了。

我捧着意面盘子坐回地上，番茄酱滴到我的白裤子上，留下一块讨厌的红色污渍，红白相衬，格外显眼。

就像萝丝塔死的时候。她穿着白吊带衫，带子很细，你可以看到她的胸——乳头什么的都很清楚。她总是穿得很暴露。她死的那天，天气并没有多么热，可萝丝塔宁愿打开暖气也不想多穿衣服。她说，哪怕是光着身子到处走她也不介意。

白色吊带衫被撕破了，上面有好些红点，她的超短裙上也有血，到处都是血，我头晕目眩地看着那些血迹，不得不时时闭上眼睛，因为太刺眼。

安娜穿着粉色连衣裙，H&M 特价款，不过她的肚子上有块湿乎乎的污渍，她的眼睛是睁着的。我说不上来她是什么表情，害怕？吃惊？但她的眼睛不再亮闪闪的了。

萝丝塔半闭着眼皮，嘴巴微微张开，似乎在笑，死了都在笑。我不知道这是为什么。是取笑我吗？她怎么还在取笑我？

两人周围的地上全是血，像从煎蛋里流出来的蛋黄，血有点黏，粘在了我的鞋子上，我的鞋在米色的地毯上留下了印子。

“家里还有小孩，你们真的想要颜色这么浅的地毯吗？”商店里的那个男人问过我们，他以为我们住在一起，也许觉得我是安娜的父亲，就因为这个我也喜欢他。“我们还有棕色条纹图案的。”

然而萝丝塔不希望她的房子里出现任何深色的装饰品。“米色很高雅，”她说，“住在大房子里的富人都喜欢米色，脏了我们就买新的。”

买地毯外加安装费大约需要 6000 欧元，花掉我一半的积蓄。

现在这块地毯彻底毁了。

空气里有股铁锈味，不算刺鼻，但让我觉得恶心，我以前从来不知道血也有味道。

我盯着膝盖上的意面盘子，脑中一片空白，只能漠然地张嘴吃东西。

第二十八章
艾丽斯

玛莎·彼得斯拥有东欧游泳冠军的身材，背部宽阔，大腿结实，平胸，大嘴，一个人几乎占了一整条走廊。

“下午好，玛莎。”

玛莎转过身：“啊，我正要找你。”

“哦？”

“跟我来，我想给你一个惊喜。”

没等我回应，玛莎就转身朝楼梯走去，尽管想不出“惊喜”是什么，我决定最好还是跟着她。这让我想起小时候去看牙医，如果嘴巴张得足够大，又不抱怨的话，就会得到一个“惊喜”——牙刷一支。棒哎！

玛莎的办公室在大楼顶层，远离喧嚣，在巴特尔斯－彼得斯工作的3年中，我大约上去过两次。我跟在背影敦实的玛莎身后爬上楼梯。

房间里很明亮，浅色调，非常优雅，在玛莎强大气场的衬托下尤其明显。

“坐吧，随便坐。”她友好地说，我顿生疑窦。

“别怕，我又不会吃了你！你知道我也有个儿子吗？”

“我不知道。”我颇感意外地说。

“萨姆，他今年22岁，最近搬出去住了，我跟你一样，是个有工作的母亲。”

我点点头。

“我一直都能把我的工作和私人生活分开，不过我做起来比你容易，在公司的职位越高越有优势，拿这间办公室来说，谁也看不出我是否在办公室里。”

“但你总要工作的吧？”

“但我可以自己决定什么时候工作啊，没人敢质疑我的决定。”她得意地笑道。

“没错，你说得对，真希望我没生这个孩子，要生也得等我成了合伙人以后再生。”

她摇摇头：“没必要这么敏感，这也是你的问题之一，艾丽斯，你总会把所有事看成针对你个人的。”

“我开个玩笑。”

“当然。好了，无论如何，我觉得你很幸运，我们没法摆脱你。”

啊哈，她终于说了：“你的意思是？”

“没什么意思。”玛莎挥舞着她那双巨大的手，好像觉得这样就能抹掉她刚才的最后一句评论似的，“我不否认你实际上比我期待的还要好。”

“这是你的赞美吗？我猜这就是你给我的惊喜？”

“噢，对了。”玛莎从办公桌抽屉里掏出一摞纸，“给你。”

“这是什么？”

“你带来一位新客户，对吧？我只是想帮你尽快开始调查这个案子。”

我盯着这份文件的硬质封面，上面写着：《R. 伯伦斯，2003 年 5 月 17 日—2005 年 3 月 3 日》。

“你是怎么弄到的？”

“关系。这就是我参加那些你永远不会参加的鸡尾酒会的唯一原因。关系。关系。关系。顺便说一下，案子很有趣，现在它的影响力还不好判断，但绝对是个猛料，值得挖掘。”

亚伦睡了，我倚在沙发上研究那份文件，靠着一杯茶水和一条榛果牛奶巧克力提神，疲倦让我很难集中注意力。文件中的资料惊人的贫乏，只有法医报告和几位警察与当地居民的谈话记录。雷发表过 3 次不同的陈述，一次比一次更显得有罪，足够让警方确定他就是嫌疑人的了。不过，萝丝塔的朋友、熟人、亲戚、情人——哪怕是到过她家的邮递员——什么的都在哪儿呢？

根据他的第一次陈述，因为觉得不舒服，雷当天回家比平时早，回家的路上，他看到萝丝塔和安娜家的前门微微敞开着，他过去察看，首先发现米色地毯上有红色污渍，于是又把门推开一点，看到两具尸体倒在血泊中，他和尸体待了一会儿，“想看看会发生什么”，读到这里，我打了一个寒战。

回家后，为了冷静下来，雷坐下看他的鱼：“我没报警，因为我没想到报警。”

第二次陈述中的许多细节都表明他有嫌疑：“萝丝塔和安娜显然是被某种锋利的东西刺死的，我觉得是餐刀，就像我在家用的那种。”以及“我生萝丝塔的气，因为她拒绝了我，我生气的时候会失去控制，有时候我非常生气，就开始搞破坏”。

虽然雷并没有直接承认自己有罪，但你无需法律学位就看得出他的嫌疑很大，陈述的结尾是这样的：“我在此宣誓，我的证言都是出于我的个人意愿，没有受到任何人的教唆或者胁迫。”

我慢慢翻到最后一页，一张犯罪现场的照片映入眼帘。

死去的小女孩尤其让我心碎，那是个无辜的孩子，她的小脸因为恐惧变得扭曲了。随附的报告指出，犯罪现场的调查人员认为首先被害的是母亲，然后才是孩子，她在母亲的血泊里留下了脚印。调查结论是，孩子从起居室里跑出来后被人捅死。我想到了亚伦，他现在搂着熊猫玩偶睡得正香。

在犯罪现场并没有发现杀人凶器，但荷兰法医研究院已经确定，凶器极有可能是一把餐刀——来自宜家的厨房新手工具套装“Börja”——这个瑞典语单词的意思是“开始”。从 1990 年到 2009 年，这种厨具套装已经在荷兰卖出了大约 13 万套。2009 年宜家对其中的产品进行了重新设计，把餐刀的棕色刀柄改成了黑色的。

雷恰好有一套这样的厨具，他说是母亲送他的礼物。

还记得我第一次搬出去住的时候，我母亲认为我不希望住在家里的想法很荒唐，因为当时我们家离城区很近。“难道我会限制你的行动自由吗？”可我却盼着和同学们混在一起，和朋友们畅饮兰布鲁斯科葡萄酒，直到凌晨时分倒在破旧的地毯上昏睡过去。

第一次去我在约丹区【译注：阿姆斯特丹的一处街区】那间 9 英尺 ×12 英尺的单人公寓看我时，我母亲几乎没怎么发表意见，然而她那不悦的眼神说明了一切。她把一个大盒子往我手里一塞：“你这里连把像样的椅子都没有吗？”

我撕开蓝色条纹的包装纸，发现里面是 Börja 厨房新手套装，后来我完全忘记了这套厨具的名字，尽管那个空盒子在门厅里充当了好几个月的废纸篓。

“谢谢你，妈妈。”她把脸颊凑过来，示意我给她一个吻。

单是想到我母亲开车到宜家去给我们兄妹俩买过一模一样的厨具套装，我就能笑出来，因为她只给自己买最好的东西，买礼物送人时就专挑打折商品，当时宜家大概在搞什么买一赠一的活动。

他们在雷的厨房抽屉里发现了那把餐刀，传说中的杀人凶器，但没在刀上检测出血液的痕迹，不过上面有雷的指纹，还有许多对我来说毫无意义的化学物质。另外，这把刀的外观非常可疑，刀刃上有许多豁口，不知道怎么用的。

虽然没在刀上找到萝丝塔或者安娜的DNA，但这把刀被认为是一件非常有说服力的可怕证据。

我又往嘴里塞了一块巧克力，同时提醒自己明天只能吃胡萝卜和芹菜。

后面是邻居的证词。一个女人说，她此前见过雷用一把刀戳破了萝丝塔的男朋友的轮胎。这么说萝丝塔有个男朋友。怎么哪里都没有提到他?

第二十九章

雷

吻了我的第二天，萝丝塔表现出一副若无其事的样子，照常开门请我进去，把玛德琳蛋糕交给安娜。不过这一次她对我说："如果你不介意的话，雷……一会儿我家里要来客人。"

我觉得不会是安娜的父亲，然而真的是他。

萝丝塔穿着一件透明的连衣裙，胸部一清二楚，发硬的乳头十分明显，我很难移开视线，不由自主地想象我是如何抚摸那对乳房，两手捏住它们揉搓，这些想法让我硬得无法忍受。

"维克多明天和家里人出门旅行，你想想，雷，他们要去克里特岛——这只是夏天的第一站，7 月份他们会在意大利待 3 周，去年圣诞节，他们到山里滑了雪。可他却不愿意带安娜到赞德福特的海边玩玩。'对我来说，家庭是第一位的。'他说。那我们是什么？我们是他的什么人？难道不也是他的家人吗？安娜为什么不能拥有和她的兄弟姐妹一样的权利？"

"我不知道。"

"你不知道？好吧，可我知道。你度过假吗？"

"没有。"

"从来没有？"

我耸耸肩。

"我们也应该去克里特，你，我，还有安娜。这样才能引起他的注意，对不对？"

我幸福得浑身颤抖："我不知道我敢不敢坐飞机。"

"你当然敢，"萝丝塔说，"不过他快来了，你能不能暂时帮我照看安娜？"

我没弄明白，既然萝丝塔希望和我去克里特岛，我又为什么要在她当着他的面脱衣服的时候带着安娜到我家去？

萝丝塔蹲在安娜面前："甜心儿？你想去雷叔叔家吗？他说不定还会带你去面包店和游乐场玩呢。"

"我想看金刚。"安娜说。

"你能穿上外套吗？外面很冷，还有，雷，"她直起身，"你回来时，我会给你一个惊喜，我想告诉你一些关于你母亲的事。"

我领着安娜出了门，她的手很脆弱，柔软细腻的皮肤包裹着几根小骨头。萝丝塔朝我们挥挥手，但只把手掌伸出门外，穿着透明连衣裙的身体隐在门后。

街对面的那个不打扫院子的女人正透过窗户看我们，她也朝我们挥手，但安娜没看见她。

"你想干点什么？"我尖着嗓子问安娜，我已经习惯了用这种语调和她说话。

"看鱼。"

"不去游乐场吗？还是去商店？像妈咪那样？"

"金刚。"她坚定地说。

"好吧，好吧。"我刚把钥匙插进锁眼，就听到一辆汽车尖啸着停在我家门口。维克多从他华丽的大轿车上走下来，车身没有一丝划痕。他来到萝丝塔家门口，看到她没等他按门铃就敞开了门，我吞下一股从胃里涌上来的酸水。

安娜和我走进屋里，我们坐在水族箱前："金刚、汉尼拔、玛利亚、花生……"

隔着墙壁，我好像听到萝丝塔上楼梯的脚步声。她把安娜的父亲带到了楼上，我却从来没去过她家二楼，从来没有。萝丝塔什么时候才能明白我永远都会等着她？她说我们几乎是一家人，可我还要等多长时间？

安娜和我念叨了一阵鱼的名字，又说要我带她去喂鸭子，重复了无数次，然而我只顾模模糊糊地辨别萝丝塔的脚步声和她的床板的"嘎吱"声，完全忘记了自己身在何处。

安娜抬头看着我，眼睛几乎和金刚的身体一样蓝。

"当然，"我说，"我们可以顺路去面包店，拿点今天早晨烤的面包。虽然我做的面包保质期比较长，哪怕三天之后也一样新鲜好吃，但不能把超过一天的面包卖给顾客，因为他们会说这是陈面包，真是荒唐。”

我帮她穿好外套，那是一件漂亮的红色外套，价值 130 欧元，但萝丝塔说它质量很好，安娜能穿到明年。考虑到这一点，虽然积蓄越来越少，我还是买下了它。

去面包店的路上，安娜过来拉着我的手，我已经习惯了她对我的亲近。维克多的车依旧停在萝丝塔家门口，尽管很生气，我还是安慰自己：现在不是时候，安娜和我在一起呢。

面包店里很安静，人们一般上午来买面包，所以我们每天下午 4 点半打烊。我和安娜进去时是 4 点 15 分，我们必须等候一位女士付过面包钱之后才能到后厨去。那位女士拿着面包袋转过身来。“啊，面包师，”她说：“你不应该站在柜台后面的吗？”

“我过来拿点陈面包，喂鸭子。”我说。

“这是你女儿吗？”

“我们算是一家人，”我说，“几乎算是。”

她看起来很惊讶：“我很想告诉你，我认为你的面包很美味，非常出色。”

“谢谢你。”萝丝塔也会喜欢这样的赞美。她老问我别人是否夸过我，得到肯定的回答，她会说：“知道你是多么伟大的面包师了吧，雷？”

后厨的灯还亮着，每一处台面都闪闪发光，地板一尘不染，根本看不出我上午在这里制作过 400 个羊角包和另外 12 种面包，还有各种油酥点心，都是我一个人完成。老板问过我是否需要助手，但我还是喜欢亲力亲为的那种安全和舒适感。

“你想看看老面酵头吗？”我问安娜，“你当然不知道这是什么意思，不过没关系，跟我来。”

她跟着我走到面包店的后面，来到我们储藏老面酵头的恒温柜前面，温度保持在 60 华氏度，湿度是 80%。

我敞开柜门，在陶土面盆前蹲下。

“嘘，它在睡觉。”安娜对我说。

“说得对，”我很高兴她看明白了这一点，“它睡着了。睡觉能让你长大，你知道吗？”我小心地揭开盖着老面酵头的棉布的一个角，

“你能闻见它吗？试试，使劲闻一闻。”

安娜吸了一下鼻子。“恶心。”她说。

“你不懂。”我打断她，迅速把老面酵头盖好。

安娜茫然地盯着我看了几秒钟，然后哭起来。

“不要这样——别哭！”我试图回忆萝丝塔告诉我的话——如何安抚哭泣的人，然而记起来的内容却很有限。你必须要表现出关心的态度，于是我问：“你怎么啦？”

“我的上帝！”那个周三来帮我们站柜台的女孩走进来，刚才我没听到她过来。“这是怎么回事？”她抱起安娜，“你怎么啦，亲爱的？”

“雷是个坏孩子。”安娜说。

“不对，”我说，“根本不对。”

“你们在恒温柜这里干什么？雷干了什么？”她问安娜。

“坏孩子。”安娜说。

“她妈妈知道她在这里吗？”女孩皱着眉头问我。

“知道，而且也知道我和她在一起。”

“雷生气了。”安娜说，她停止了哭泣，朝我伸出胳膊。

我从女孩怀里抱过安娜，背过身去，这样她就不会碰到安娜了。

“好了，我猜你一定在玩什么鬼把戏，把小女孩带到恒温柜这里来，这不正常。”女孩咂着嘴说。我不喜欢她在这里。

“我们得把柜门关上，否则温度就变了。还有，你知道吗？厨房只能让面包师进，你应该待在柜台那边。”

“千万不要让外人插手你的活计，”皮埃尔曾经告诉我，“他们根本不知道整个过程是多么复杂，他们只会把一切都搞糟。”

第三十章

艾丽斯

很明显，雷的案件调查小组的负责人——伦佐·德温特探长没兴趣和我见面。

“我向你保证，在调查中，我们考虑到了各种可能性，”他说，“所有证据都表明你的客户有罪，我不知道你想挖掘出什么，但你应该知道，如果没有律政司的批准，我不能披露有关案件的任何信息。”

“我完全理解，但我来只是为了和你私下聊聊。”我故作轻松地朝窗外望去，一对年轻情侣正在手拉着手轧马路，看起来很高兴。

伦佐·德温特深深叹了口气。

“怎么了？”

“老实说，在我们看来，这个案子很简单，伯伦斯有暴力前科，有作案动机，案发时在现场，他自己的证言也表明他有犯罪嫌疑，这是起诉他的四个基本理由。一般来说，法官只看其中两条就能判罪。”伦佐·德温特疲惫地凝视着我。我怀疑他并没有外表看起来这么老。

“你说的‘暴力前科’是什么意思？我的客户此前没有犯罪记录。”

“你的客户小时候被送进了青少年精神治疗机构，学校记录说他9岁时杀死过一条狗。”

我尽量保持面无表情。什么样的孩子会杀死无辜的动物？也许我母亲是对的：我根本不知道雷是什么样的人。

“邻居还告诉我们，他破坏了受害人的男朋友的汽车，我找找……”德温特翻了翻办公桌上的一大沓记录，“在这里：伯伦斯冲出来，手里拿着一把厨房刀，开始戳阿斯切先生的车胎，接着他把引擎罩上的捷豹车标撬下来，用它敲碎了风挡玻璃，而且对自己的行为没有任何悔恨之意。”

我试着不去想死掉的狗，专注于阿斯切的捷豹车：“阿斯切报警了吗？”

德温特恼火地叹了口气："没有。"

"奇怪。"

"报警有用吗？反正捷豹维修店无论如何都能为你炮制出一份损坏报告，阿斯切先生一定有他自己的理由。"

"一定是。但你能告诉我，调查谋杀案时，警察为什么不找阿斯切问话呢？"

"没必要。"

"为什么？"

"因为谋杀发生时，阿斯切先生在度假。"

"好吧。那么，你能告诉我，伯伦斯先生是在什么情况下发表证言的吗？"

"你是什么意思？"

我拿出我自己的那一摞文件："我找找，在这里：'萝丝塔和安娜显然是被某种锋利的东西刺死的，我觉得是餐刀，就像我在家用的那种。'这都是伯伦斯先生的原话吗？"

"是的。"

"我觉得读起来有点奇怪，尤其是这一句：'我在此宣誓，我的证言都是出于我的个人意愿，没有受到任何人的教唆或者胁迫。'对一个面包师来说，听着太正式了点，你不觉得吗？我认识伯伦斯先生，我想象不出他会使用这样的词语，也不认为他会主动发表这样的声明，为做笔录的警官撇清责任。"

"卡斯特莱恩女士，我相信你很有法律头脑，但这个案子再也简单不过了。当然，警察也是人，如果继续挖，你也许会发现几个打印错误，或者用词不当的地方，可那又说明什么？据我们所知，罪犯已经被捕，正在服刑，正义得到了伸张。"

"伯伦斯当时处于什么样的状态？他看起来很困惑吗？"

德温特看了看他的手表："我要迟到了。"

"伯伦斯有什么反应没有？他明白发生了什么吗？"

"他很恐慌。因为他知道他做了什么，而且知道我们也知道。

"恐慌？"

"他不停念叨他的鱼，还大喊大叫它们的名字。"

"啊，是的，没错……"我想起雷多年来精心保存的水族箱维护日志，还有他获得的奖项，我把鱼的照片给他之后，他温柔地抚摸照片的样子。“他之所以恐慌，是因为担心自己心爱的鱼，在恐慌的状态下，他又怎么能发表一篇如此周到体贴的证言？”

“自然是因为我们尽了最大努力让他冷静了下来，向他保证我们会照顾他的鱼，我们又不是食人魔，对吧？”

“你们是不是以照顾他的鱼为条件，胁迫他这样说的？”

“你这样就过分了。”德温特又看看表，“时间到。”

“有没有审讯记录？”

德温特愤怒地看着我：“我知道你在想什么，你觉得我保守封闭、鼠目寸光，但我向你保证，对于这个案子，我恰好可以完全肯定罪犯就是这个人，我知道你只是想做好你的工作，但给他翻案绝对是浪费时间，不过我猜你不在乎，反正只要你来找我，你们律所就有钱赚。”

我表面上无动于衷，内心早就把德温特和整个警察局臭骂了个遍。

“我觉得你的老板肯定很高兴。”德温特说。

“现在过分的是你哟。”

第三十一章

雷

自称我妹妹的艾丽斯·卡斯特莱恩要成为我的律师了。

“她想干什么？”我问穆。我们坐在那天我拿龙血树盆栽砸墙的那个办公室，穆是我还愿意与之交流的几个人之一，其余的人都只会骗我，给我下套，比如那个做的面包又酸又硬的珍妮、戴闪光耳钉的汉克、叫我雷诺斯的埃迪、叫我雨人的伦勃朗，恐怕就是他们把毒品放到我房间里的。

但我也不完全确定是否可以信任穆，不过我必须得信任某个人，这是“梅森之家”的校长教给我的：“我知道你很难信任别人，但如果你愿意冒这个险，那么就试着相信我，因为你必须信任某个人。”校长从来没有让我失望过，他不许别人戏弄我，送我去烘焙学校，带我去天文台，总是对我很好。他还经常告诉我：“你会好起来的，雷。”然而我并没有好起来。

“艾丽斯想知道那件谋杀案的调查和处理是否有问题，”穆慢条斯理地说，“还有对你的判决是否正确，你自己请她帮你的，还记得吗？”

我确实记得，然而我已经厌倦了：“然后呢？”

“我不知道。这取决于她的调查结论，我猜。无论如何，这意味着，作为你的律师，你妹妹可以更经常地探视你，你愿意吗？”

我凝视着白墙上的花盆印子，它已经被清理得几乎看不见了。自称我妹妹的艾丽斯·卡斯特莱恩希望经常来探视我，这意味着她可以给我带更多的鱼照片，但也意味着我必须再当着不穿白大褂的护士的面往杯子里撒尿，然后他们又在我房间搜出毒品，再次关我禁闭。

“我知道你不断告诉胡默曼医生你没有罪，如果你说的是真的，这就是证明你的清白的机会。”

“然后呢？”

“他们会让你回家。”

我看着穆的脸，他总是对我和颜悦色，我想起治疗时他们给我看过的那些面部照片，你可以从一个人的嘴巴和眼睛看出他是否开心。

“你在担心什么，雷？你怕什么？”

“我不想再被关禁闭，”我说，“永远不想。”

“这完全取决于你，”穆说，“如果你遵守规定，没理由关你禁闭。”

“是吗？是吗？那上次是怎么回事？为什么我明明没有错却被关了紧闭？我什么都没做！”

“你朝珍妮的脑袋扔花盆。”

“她说我不能再做园艺了，你不知道我是负责修剪树篱的吗？只有这件事能让我感觉好一点，因为我仍然见不到我的鱼。他们老是告诉我‘我们会研究的’‘我们会考虑的’，拿这种话糊弄我。”

穆不再微笑，他看起来很严肃，眉头皱了起来，抿起了嘴：“雷，毒品是你的吗？”

我拍着桌子说：“我不是一直告诉你毒品不是我的吗？我根本不吸毒！我连烟都不抽！如果没人相信我，我又怎么能离开这里？”我一口气说出了想说的话，脑袋“嗡嗡”作响。

“冷静，放松，不用这么烦恼，”穆带着我做了个深呼吸，“就这样，很好，感觉好点了吗？听着，毒品很可能是别人藏进你房间的，而且不是第一次，其实我们已经开始调查真相了。”

“真的？”

“当然。还是说说艾丽斯吧，我们安排一下你和她见面的时间？”

“我得往杯子里撒尿吗？”

“有这个可能。”

我迟疑了。我再也不想给那个不穿白大褂的女人展示我的老二了，但我也必须为我的鱼考虑，我是多么渴望自称我妹妹的艾丽斯·卡斯特莱恩告诉我水族箱的情况啊。

“但是不管怎样，你必须经常参加尿检，无论是否接待访客，每个人每隔一段时间都得进行尿检。”

我盯着穆，想要读懂他的心思，像大多数人那样察言观色。“正常人”，我母亲这样形容他们，但萝丝塔认定我的母亲也不正常，也许艾丽斯·卡斯特莱恩是个正常人。

“无论如何，你妹妹是个很好的女士，她是真心为你着想。”

“他们都会这么说，好像人人都是真心为了我好，可你瞧瞧我现在的样子。”

穆笑了：“相信我。”

我可以说不，然后一辈子留在这里，也可以说“好的”，同样一辈子留在这里，并且让自己陷入更悲惨的境地。然而艾丽斯·卡斯特莱恩也有帮助我的机会，我只有说“好的”才能赋予她这个机会，我需要冒险，但我讨厌冒险。

不过，接着我又想起我的鱼：“好的，让自称我妹妹的艾丽斯·卡斯特莱恩过来吧。”

那天下午，他们让我去了工作间，这是我被关禁闭以来的第一次，那里的植物应该都已经贴好了标签，因为分配给我们的工作是把空白光盘放进透明的塑料盒。

比起CD光盘，我更喜欢植物，喜欢弄清楚植物的需要：大量光照还是少量光照，每天还是每周浇一次水，冬天可不可以放在外面。而光盘就没法给我提供多少有用的信息，这种空白碟片的品牌是“DTK”，产品规格是“4到12倍速可擦写光盘，80分钟/700M”。

我坐在圆桌旁，面前摆着一箱光盘，还有一箱塑料盒，每小时必须至少包装100片光盘，报酬是两欧元。前100盒完成后，每包装好一盒可以额外得到两分钱，如果每小时完成不了100盒，就一分钱也拿不到。

汉克也在，还有一群我不认识的人。他们把我从禁闭室放出来之后，汉克再也没坐到我旁边，我不知道为什么，他不是还说我们是“伙计”吗？真是搞不懂。

汉克疯狂地往盒子里装着CD，腋下渗出了汗水，我想起他身上老有一股烟味和汗味混合的味道。我应该站起来告诉他，他是一个叛徒，肮脏发臭的双面叛徒。

墙上有个时钟，我已经工作了半小时，只包装了20盒。

“怎么啦，小雨人？”伦勃朗走过来，坐在我旁边。我把一片CD放进盒子里，但手却不听使唤，先是CD插不进凹槽，然后又关不上盒盖，我试着使用蛮力，却弄断了一截转轴。我飞快地把CD

盒塞进已经完成的那一堆，希望不会被人发现。

“禁闭室有意思吧？小黑板好玩吗？”

我又从箱子里拿出一片 CD，这一次我把它顺利插进了凹槽，既没有损坏光盘也没弄破盒子。我觉得有点冒汗，如果不小心点，我的汗水也会溻透衣服的，像汉克那样。

“你话不多，对不对？兄弟？我喜欢你这样的，不能相信话太多的人，他们越能说，秘密就越多。”他往盒子里插了一片 CD，搁在我那堆 CD 盒上，朝我夸张地挤挤眼，“看来只有在你的小脑袋上钻个孔才知道你在想什么。”

“什么？”

伦勃朗靠过来，他身上有须后水的味，就像萝丝塔圣诞节时曾经送给我的那种蓝瓶子的须后水，她说这味道很性感，还把鼻子贴到我的脖子上闻了闻：“嗯，你闻起来很美味，雷。”想到这里，我几乎忘记了伦勃朗坐在我身边，觉得飘飘然起来。

“我知道，雷，我知道是谁和你过不去。”

又一片 CD 在我手中碎裂。

“我可以告诉你，雷雷小宝贝，但我也可以不告诉你，这取决于你。”他又装好一盒 CD，搁到我的塑料盒堆上。

我不知道该说什么。

“快，求求我，就像你妈教你的那样。”

我双手颤抖，感觉汗珠从背上滚下。他到底想要什么？

他伸手碰碰我的肩膀，我起了一身鸡皮疙瘩。

“你知道去哪里找我。小心那些盒子。”他走到汉克的桌子边坐下了，两个人有说有笑的。

我拼命集中精力干活，尽量不弄坏更多东西，然而只完成了 91 盒。

“啊，太糟糕了，”工作间主管说，“你想再试一个小时吗？看你能不能完成 100 盒？”

“我想回牢房去。”

“是回你的套间。那么我们明天见，你可以再试试，后天我们组装电视遥控器，也许你擅长做那个。”

第三十二章

艾丽斯

我把我的车停在雷的老房子前面，窗帘紧闭，和我上次到访时一样。

阳光很灿烂，然而风让人觉得冷。我来到 11 号——萝丝塔和安娜的房子——门口，因为我觉得先调查犯罪现场是个好主意，前院比雷的院子整洁得多，冬青树篱修剪得很整齐，种着藤本月季和三色紫罗兰，住在这里的人显然很讲究细节。

花坛旁边的名牌上写着“雨果和费丽斯”，我按下电动门铃，它却发出老式门铃的声音。

透过磨砂玻璃，我模模糊糊地看到一个穿红衣服的金发人影走过来。

“早上好，”一个女人打开门，快活地问候我，我猜她是费丽斯，“我能为你做什么？”

“早上好，今天天气真好，很抱歉打扰你，不过我想问你几个问题。”

“你是市场调查员吗？如果你是的话，我……”

“不，”我急忙说，“我找你有别的事。”

“哦？”女人问，“和我们家孩子有关系？”

“不，不。我只是想问你一些事，很久以前这里发生的事。”

“我儿子他们把我孙子挪亚带到多尔多涅河露营了，挪亚才九个月，竟然让小婴儿住帐篷！真是搞不懂，不过也许很有趣，对吧？”

我可不想和她讨论婴儿露营的危险性，于是赶紧说：“是关于之前的住户的，萝丝塔和安娜·安杰利。”

费丽斯面有愠色。

“很抱歉和你提起这个话题，但我在筹备案件上诉，想找邻居了解一下情况。”

“我不知道。”

我拿出我的名片，从用纸到印刷都很华丽，劳伦斯的品位就是这样的，然而这种风格确实能给人留下深刻的印象，费丽斯扫了一眼上面的字。

“请进吧。”她敞开门让我进去。

我跟着她穿过走廊，8 年前他们在这条走廊发现了萝丝塔和安娜的尸体，现在这里铺上了橡木地板，贴着杏黄色壁纸——这种色调好像叫“托斯卡纳日落黄”，根本看不出曾经发生过凶残的谋杀案，可我总不能期待看到犯罪鉴证科在地上画的白色粉笔标记吧？

费丽斯示意我坐在沙发上，快步去厨房煮咖啡。我环顾四周，起居室不是很大，位于房子后部，窗外是个可爱的花园。

“好吧，好吧，说来也巧，”费丽斯摇摇晃晃地从厨房端出两杯咖啡、一盘小饼干，“你知道吗？两周前我们收到一封写给萝丝塔的信，信封非常大，我问雨果‘你认为我们应该怎么办’？我觉得应该报警。”

她把杯子放在玻璃咖啡桌上，桌面下的架子上摆着一套名叫《花园鸟类》的书。

“真是巧。”我说。

她走到房间角落的餐具柜前，拿出一个信封：“这就是。”

“谁寄来的？你知道吗？”

她把信递给我，上面用花哨的字体印着“波利律师事务所”。

“大概是垃圾邮件，如果我是你，我会让邮递员退给寄件人。”我故作漫不经心地说。

“你这么觉得吗？”费丽斯迟疑道，我感觉她是个谨慎的女人，“我没法确定。”

“我能问你几个问题吗？”

“当然。”她坐在扶手椅的边缘。

“你们什么时候搬过来的？”

“大约 7 年前。”

“这么说，你们是谋杀案发生后搬来的第一批住户。”

“没错，起初我确实觉得有点吓人，但我家雨果说‘你根本看不出发生过那种事’。”

“那……你觉得你能看出来吗？”我的这个问题相当尴尬，不过谁叫我的目的是调查犯罪现场呢？费丽斯不认识萝丝塔、安娜和雷，她或许会告诉我一些警方的报告里没有的东西。

“警察和房管局彻底清理了这个地方，但你还能在混凝土上看到一些污渍，所以我马上铺了木地板。”她俯身看着我，“那儿还有血，木地板下面，我尽量不去想它。”

“墙壁呢？”

“重新粉刷了。”

我呷了一口咖啡，费丽斯连忙递给我一块饼干。“邻居们呢？有人对你说起过谋杀案的事吗？”

“我不和隔壁的那个人说话，他……有点怪。我发现他的脾气很坏，不过他很能控制自己，可我从来没听见他洗澡，也不给屋里通风。”费丽斯不认同地摇头道，“你知道应该和谁谈谈吗？街对面的那位女士，她很了解萝丝塔，她还说萝丝塔喜欢乱搞。”

“但她有个长期的男朋友，不是吗？”

“我相信她有，那是个讲究的家伙，开的车很花哨，记得我们刚搬来的时候，他经常开车路过，他会把车停在门口，往我家里看，把我吓一跳。”

“你报警了吗？”

“他其实也没做什么犯法的事，对吧？只是偷窥，但我不喜欢。”

“你确定那就是萝丝塔的男朋友？”

“街对面的女士很肯定，她……喜欢打听事情。”

“你和他说过话吗？”

她摇摇头：“雨果出去过一次，但他匆匆忙忙地开车走了，就是我们刚搬来那会儿，过了一阵子他就再也没来。”

“你刚才说萝丝塔喜欢乱搞是什么意思？”

费丽斯耸耸肩，咬了一口饼干：“我只是听说而已，别人说她喜欢和男人调情。”

因为没有什么进一步要问的，我站起来，尽量表现得对那封信并不感兴趣：“反正我得去邮局，你想让我帮你把这封信退回去吗？”

她犹豫不决。

“我觉得你的麻烦够多的了，我可以帮你做点我力所能及的事。”

“请再告诉我一遍，你从哪里来？”

“我是律师事务所的。”我明确地说，不给她反对的机会。

“噢，好吧。”她把信交给我。

“再次感谢你的时间。”我把信放进手提包，我们握了手。走到汽车旁的时候，我才听到关门的声音。

20 号的那位女士早已贴在了厨房的窗玻璃上向外张望，一只手扶着屁股，另一手夹着香烟。

摆出一副友好但专业的模样，我走向她家门口。

没等我按门铃，门一下子开了。“我正等着你来找我呢。”她的声音怪怪的，有点哑。

“哦？”

“是啊，这条街上发生的事我都知道。”

“我是艾丽斯·卡斯特莱恩。”我伸出手。

“杰拉尔丁。你最好进来。”她领我进去，我们坐在厨房窗前的一张铺着方格桌布的餐桌旁，二手烟的迷雾和家用清洁剂的味道让我的眼睛刺痛。

“除了做家务，我平时都坐在这里，我从来不去起居室，因为那里只能看到后院，在这儿却能看到街上发生的各种事。”

杰拉尔丁的房子正对着萝丝塔的家，大约间隔 15 英尺，甚至不用望远镜就能窥探对面的邻居。

“所以这个街区的事你都知道？”

“当然,我什么都能看见。”她自豪地说。“我还知道你一周前来过，带着你的孩子，那个小男孩真可爱，而且我看出你不是来串门的，也不是抄水表的。”她笑道。

“你真聪明。”我只希望能在她家乌烟瘴气的厨房里多坚持一会儿，“我是你的前邻居伯伦斯先生的代理律师，我想了解一下萝丝塔和安娜·安杰利的谋杀案。”

“那天早晨我去了市场，就是出事的那时候，我在买莴苣——5毛一棵，所以我没看到发生了什么。但报警的人是我，我看到她家的门开着，觉得不对劲，就走过去看，发现她躺在那儿，她和孩子，太惨了。你肯定没见过这种场面，我整整一个月没睡好。”

她又点燃一支烟，这种烟特别长，烟盒上印着金色的花花公子标志。一个老头从窗外经过，他举起一只胳膊，抬抬亨弗莱·鲍嘉式样的帽子，向我们打了个招呼。

"那是老科尔，他是伯伦斯家另外一侧的邻居，你也可以问问他。但他那段时间不总是在家。有一次他告诉我，雷和别人吵架，叫起来像只动物一样。"

"他经常这样吗？"

"不一定，有时候会。起初他很老实，自从和那个女人勾搭上就变了。幸亏他们没成，感谢老天爷。"

"你似乎不太喜欢萝丝塔，对吗？"

她翻了个白眼："她挺讨厌的……虽然说死人坏话不厚道，可是……该怎么讲呢？她很傲慢，自以为高人一等，然而却和已婚男人搞上了。她领失业金，总是和男人眉来眼去的，引他们上钩，幸亏我家老头乔伊对她不感兴趣。'我喜欢真正的女人，'他说，'不要那种蠢婆娘。'"

"你认为雷杀了她吗？"

"他发疯的时候确实干得出来。你知道他会半夜出门给邻居家修剪篱笆吗？我丈夫有次撞见他拿了把大剪刀，"她伸展胳膊比画了一下剪刀的大小，"眼里带着股疯劲儿，有时候他会这么看着你。我家老头差点吓出心脏病，但除此之外他并没怎么打扰我们。他总是在工作，每天大半夜的就去面包店上班，下午回家，晚上 8 点左右熄灯睡觉。这是过的哪门子日子？怪不得他那么变态。"

她又点了一支烟，我开始头疼，但我真的很想听完她的故事。

"你知道那个有钱的浑蛋吧，那个女人的孩子的爹？雷有次戳破了他的车胎，我亲眼见到的。那家伙疯了，拿刀子捅了不知道多少下！接着他突然冷静下来，回到家里，好像什么都没发生似的。我对乔伊说：'记着我的话，这件事不会有好结果，肯定很糟糕。'果不其然。不过每个人都是自找的，对不对？"

我觉得假如你得肺癌的话也是自找的，我想。

她望向窗外："我只是觉得那个小女孩可怜，那么可爱的小东西，她有时还会朝我招手，不过有个那样的妈……"

"你觉得雷和萝丝塔是情人吗？"

"不好说。你瞧，雷比她搬来得早，他和谁也不来往，除了他母亲，她有时会来看他。"

我努力不去想我母亲曾经来过这条街，以免自己走神，这么大的一个秘密，她竟然瞒过了我父亲和我。

“那个女人搬来之后就开始勾引他，雷自然立刻上钩了，至于他们有没有那种关系，我觉得不像，从没见他们拉过手，也没在一块过夜——至少我不知道……虽然没弄明白他俩的关系，但我觉得他们不是一对。”

回到办公室，我才想起那封信——在包里找钥匙的时候，我看到它夹在一包湿巾和我的笔记本之间。

我并不指望出现奇迹，这封信也许是一封随机投递的推销邮件，大概是“现在开始投资柚木种植园，未来坐享百万欧元收益”之类的不靠谱广告。

然而信的措辞却十分优雅，一看便出自英国律师之手，大意是：萝丝塔在英国的叔公近期去世了，她是他的唯一继承人，对方请她尽快与波利律师事务所联系。

萝丝塔的叔公可能给她留下了遗产，但这应该与案子没有什么关系。我顺手在网上搜索一下她叔公的名字：理查德·安杰利。没有什么发现。

我看了看表，托儿所还有 15 分钟就下班了，赶过去至少需要 10 分钟，该死，只好等明天再处理这个波利律师事务所的事务了。

第三十三章

雷

萝丝塔穿着运动裤和一件有污渍的毛衣开了门，她脸色苍白，眼睛下面出现了黑眼圈。而安娜的父亲过来之前，她的状态要好得多，他想什么时候来就什么时候来，根本不会体谅萝丝塔。

“安娜玩得怎么样？你们去哪儿了？”

“你怎么又让那个维克多过来了？”

“雷，拜托，以后我再和你说，”她脱下安娜的外套，挂到衣架上，“嘿，亲爱的，你们喂鸭子了吗？”

安娜说是的，现在她想去看电视。

“你又让他上楼了，为什么？”我们进了起居室，萝丝塔给安娜打开电视机，我问，“为什么？你让他碰你了吗？他碰你的那里了？对不对？”

萝丝塔点燃一支烟，深吸了一口：“别说了，雷，我太累了，拜托，我们喝一杯吧，叫个比萨外卖，给我倒杯红酒，好吗？”

可我不会轻易放过她：“为什么？你为什么让他上楼？”

“我为什么让他上楼，不让你上楼，你是这个意思吧？”

我什么都没说，我没有胆量。

她走向我，几乎贴在我身上，我向后退了一步，尽管我比她高出一个头，她嘴里的烟喷到我的脸上：“这就是你想要的，雷？我还以为你不一样，以为我们是朋友。”

我呼吸困难。

萝丝塔眯着眼睛，又往我脸上喷了一口烟，我不喜欢这样。“既然如此，你最好和我一起上楼，你不是很想要吗？来吧，我给你看我那里，没长大的小孩才会像你这样扭扭捏捏的。”

她在烟灰缸里按灭烟蒂，抓住我的手，拖着我上楼，我只能跟着她，因为我不知道除此之外还能怎么做。

她的卧室很神秘，床藏在一块光滑的黑床罩下面，和我的卧室大不一样，我房间里的摆设都是白色的，我母亲说它既舒适又明亮。

“好了，躺下。”萝丝塔粗暴地把我往床上推，没想到她的力气还挺大，我没站稳，踉跄着向后跌去，又被床垫弹了起来。

她脱掉毛衣，里面没穿胸罩，乳房没有我想象的那么圆，反而有点尖，两个大乳头是棕色的。我挪不开眼，希望她让我摸它们，也希望她能摸我，把我的老二含进她的嘴里，就像电视上那样。

“你觉得我漂亮吗，雷？这就是你想看的吗？”她握住自己的两只乳房挤压起来。

我说不出话来,喉咙仿佛被什么堵住了一样。她又开始摩擦乳头，乳头变硬了。

“你还想看我那里吗，雷？”

我点点头，我的脑袋像布丁一样无意识地乱颤。

她一把拽掉运动裤，裤腿滑到了脚踝，她甚至懒得从裤筒里跨出来。

我看着她可爱的圆屁股，它和起居室里的照片上没有什么两样，她小腹下面的黑色毛发延伸进两腿之间，那里有两片下垂的肉，中间有个小疙瘩，我看到了我在现实生活中不曾见到的一切。

仿佛有一股巨大的力量把我往床上压，让我起了一身鸡皮疙瘩，迫使我的阴茎蠢蠢欲动，我动弹不得，只能愣愣地看着。

“你想要什么，雷？想看表演吗？想看我拿按摩棒自慰吗？还是让我坐在你脸上？你说吧。”她听上去很生气，我第一次见她这么生气。

我的喉咙发不出声音，下巴似乎也没法活动了。

“你想碰我吗，雷？你想要这个？”她爬到床边，裤子依旧挂在脚踝上，“来，把手伸出来，快，摸摸我这里，你想摸，对不对？”在裤子的束缚下，她尽量分开大腿。

我伸出胳膊，手抖个不停。

“每个女人都有这东西，没什么大不了的，连你母亲也有，你觉得你是从哪生出来的？”

她抓住我的手，按在她的私处，我闭上眼睛，那里很温暖，像卡纳蕾蛋糕的内层那样柔软，我的手指纹丝不动地感受着，感受着血液在她体内流动。

“你知道怎么让女人兴奋起来吗，雷？”她短促而僵硬地笑了一声，“我敢打赌，你不知道。”

我睁开双眼，根本不清楚她想让我怎么做。

“摸我，从下身开始，不过要轻轻的。”

我小心翼翼地抚摸着那两片肉和小疙瘩，还有那个小洞四周的地方，我知道那个洞会变大，大到足以容纳阴茎。她的肌肤软软的，好像海豚的皮。

萝丝塔闭上眼睛：“很好，雷。感觉很好。现在我想让你把手伸进来，感觉一下我有多湿。”

我的手又抖起来，我摸到了那个洞，轻轻伸进一根手指，里面又黏又紧。萝丝塔喘息起来，我马上抽出手指。“我伤到你了吗？”我的声音听上去简直不像我自己的，沙哑，几乎是在耳语。

“不，傻孩子，继续。”

洞里面湿湿的，萝丝塔的里面比外面还要温暖：“上下移动你的手指头，然后摸我的阴蒂。”

我在她体内的粗糙而温暖的软肉中间抽动手指，拔出手指之后，她抓着我的手，把它放到她想让我摸的地方：“这是阴蒂，雷，也许你记得生物课上讲过，你得揉它。”

我开始揉那个小疙瘩，手指湿了之后，摩擦起来更顺畅，她的呼吸越来越重，夹杂着呻吟，我的阴茎肿胀得不堪忍受。

“现在绕着我的阴蒂画圈，用力点，来吧，雷，让我高潮。”

我看着她的脸、半闭的眼睛和喘息的嘴巴，它正发出我从来不曾听过的声音。

她更加用力地按住我的手：“别停，雷，继续。”我按照她想要的方式来回揉搓它，随后她尖叫起来，把我的手往她的私处使劲一压，屁股剧烈地颤动，再次尖叫起来。

一切都发生在她的两腿之间，我感觉她那里的肌肉收缩，变得前所未有的温暖和湿润。

然后便是结束，她停止了叫嚷，推开我的手，除了粗重的喘息，一时间没有别的声音。过了一会儿，她清清嗓子，喃喃地说：“对于新手来说还算不错。”她提起裤子，我仍旧躺在床上，阴茎快要爆炸了。

她绕到床的另一边，捡起毛衣套在身上，就是有污渍的那一件：“好了，我现在下楼去，如果你愿意，可以自己打飞机，床头柜上有纸巾。”

她头也不回地走出去，听见她下了楼，我别无选择，只得拉开裤链，释放自己。

第三十四章

艾丽斯

“他以前就比较内向，自从被关了禁闭之后，更是拒绝和别人交流，”穆告诉我，“甚至连一对一的见面都不太接受得了。”

“怎么会这样？”我问。我们坐在一间咨询室里，穆向我介绍了雷的近况。

“很可能是童年时期发展起来的心理防御机制，当周围的世界让他感到不安全时，他会退缩到自己的小世界里面。”

“可他在这里不是应该感到安全的吗？他不是每天都接受治疗吗？”

“相信我，我也不希望看到这个结果。”

看得出他是真心的，其实，无论他说什么，你都会觉得他是发自内心。我蓦然意识到，自己认识的人中，如此真诚的人极为罕见，而且我连真诚地对待自己都做不到。

“我来给你介绍一下这所研究院的治疗方式，让你对雷的治疗结果有一个合理的预期。对于一部分犯人而言，无论采取何种治疗手段都是没有用的，比方说那些心理变态者，虽然随着年龄的增长，睾酮水平降低，行为会略有收敛，他们却很难改变。”他拍了拍我的手，“我不是说雷是心理变态——远非如此，请不要担心。”

我点点头，他碰了我的手，这是否正常？他也对其他病人的亲属这么做吗？抑或只是对我？我们之间有什么特殊的联系吗？

“如果心理变态出现了奇迹般的‘好转’，那这一定是他为了摆脱惩罚故意制造的假象，他根本不知道伤害他人是不对的。假如你把他从监狱里放出来，他会更加小心地掩饰自己的症状。幸运的是，也有从治疗中获益的犯人，我们认为，在某些情况下，他们可以回归社会，过上正常生活。”

“我猜雷就属于这类人。”

他沉默了一会儿，很明显，他准备告诉我不那么乐观的消息："我不确定他能不能做到，目前找不到可靠的证据来说明这一点。但我发现许多人都失败了，他们刚来的时候看上去还比较正常，可过了几个月就变得无可救药了。除了这里，还有一些可以为他们提供更多安全感的机构，但需要排号才能去，当轮到某些人的时候已经太晚了。"

我最不希望听见的就是雷无法回归社会："照你说的，这里并不适合他？"

"我不是这个意思，问题在于没有太多的选项，犯人也许直到服刑期满都没有什么改观，那个时候放他出去的话显然是不负责任，你说该怎么办？"他用那双既可爱又冷静的眼睛凝视着我，我甚至有点慌。"对不起，我没怎么给你说话的机会，你是怎么想的？"

"我很为难，我能感觉到我们之间的血缘羁绊，也许因为我儿子很像他……"

"你儿子多大了？"

"3 岁，他父亲和我不住在一起。"我为什么要告诉他这些？

"很好。"穆说，"我不是指你们不住在一起这件事，而是你有儿子很好。"

我觉得自己脸红了，于是转移话题道："我听过也读过许多关于雷的可怕传言，但当我看到他时，我却没法把他和那种残忍的行为联系到一起，他似乎非常天真无辜。"

"我认为他基本上是一个好人。"

"我也这么认为。你可能会笑我，但是……他有没有可能是无辜的？"

"你一直都在问这个问题，真是太善良了。"

"瞧见了吗？你根本没把我当回事。"

他笑了，牙齿洁白整齐："我很把你当回事。"

我的脸现在一定红透了，但愿他不会注意到。

"我很愿意为了你的缘故相信雷是无辜的。然而犯人来这里都是有原因的，国家的顶级精神鉴定机构已经对雷进行了全面的评估，如果他们认为雷需要关起来接受治疗，那就说明他真的有不对头的地方。"

"我们知道雷有问题，他当然算不得完全正常，但也许他并没有杀人，法庭宣判有误。假如是这样的话，那么我们的执法机构就先是把一个无辜的人送进了监狱，然后又强迫他进行精神治疗。”

穆忍不住微笑起来。

“这是有可能的，对不对？”我双颊滚烫，仿佛快要爆炸。

“对，理论上讲是这样，”他看了看表，“失陪一下，我把雷带过来。”

也许我追逐的是一座空中楼阁，不切实际地梦想着家人团聚，然后大家幸福地生活在一起，我甚至想象出我和雷、亚伦还有我母亲坐在一起吃圣诞大餐的情景。无论如何，想想总是可以的吧？

走廊里传来脚步声，我坐直了身子，感觉腋窝潮乎乎的，但愿不要飘出汗臭味。

首先进来的是雷，穆和警卫紧跟在后。

我已经做好了最坏的准备，但雷看我的眼神和上一次没有什么不同，而且似乎还穿着上次的衣服，他躲避着我的视线，仿佛对空荡荡的墙壁更感兴趣。

“我们能握握手吗？”我问。

“最好不要，”穆站在角落里说，“如果我和警卫能够确保你和雷没有肢体接触，那么他也许可以不用参加毒品测试。”他的语气听起来既中立又专业。这是自然。

“好吧。”我坐下了。

“坐吧，雷。”穆说。

雷像个机器人那样坐在椅子上。

沉默。

“你好吗？”我问。

“不是很好。”他依旧没看我，不过玩起了手。

我回头瞥了一眼穆，他坐在我身后，鼓励地朝我点点头。

“那是为什么？”

“他们都和我对着干，我不知道什么时候才是个头，等到我死了吗？”

“我不和你对着干，”我说，“你听到了吗？我是你这边的。”

他点点头，但我不知道这是因为他明白了我的意思，还是只想承认听到了我的话。

“我想帮你，你愿意和我讨论你的案子吗，雷？你觉得没问题吗？”

他没有反应，但我决定继续说下去："我读了你的卷宗，老实说，很难找到明显的证据支持你上诉。"

雷仍旧没反应，更糟糕的是，他似乎忘记了我的存在。

"雷？我需要你帮助我。我非常想做你的代理律师，为你上诉，但我需要你的合作。"

"什么？"

即使他只说了两个字，我也很高兴看到他有了反应。继续说下去，我想。"初审时，检察官必须证明你有罪，现在恰好是倒过来的，由你来证明你自己无罪。不过，我们没法使用现有的法庭记录中的证据，所以我们需要新的证据，这就是我的目标，但如果你不帮我，我就找不到证据。"

"哦。"他的手又开始到处拍打，我有时也会看到亚伦兴奋地这样拍手，我必须忍耐住想要抓住那双手逼它们停下来的冲动。

"如果你真的是无辜的，我可以帮你离开这里，你明白吗？"

我忍不住去看穆，他正在专注地观察我们的谈话。

"是的。"

"你怎么说？"

他看着我，我发现他的眼睛兼具我母亲和亚伦的特点："我想要我的鱼。"

"我猜你是答应了。"

他点了点头。

"我等一下会给你更多鱼的照片，但首先我们必须讨论你的案子，你能做到吗？你能告诉我萝丝塔和安娜被杀那天发生了什么吗？"

我在他的眼睛里看到了恐慌。

"如果你愿意，我先问你几个别的问题。"

他激动地点点头，像个幼儿园的孩子。

"萝丝塔有朋友吗？有人去看她吗？"

"当然有。"他突然很生气。

"谁？"

"安娜的父亲。"

"维克多·阿斯切，听起来你好像很不喜欢他。"

"喜欢他？他根本不关心萝丝塔。"他暴躁地说，眼中喷出幽深的怒火，整个人仿佛变成一只点燃的火药桶，我仿佛看到他举着餐刀戳刺阿斯切的车胎，可穆和我不是觉得他有一颗柔软的心吗？

我从包里拿出笔记本，写下维克多·阿斯切的名字：“他是怎么不关心萝丝塔的？”

“他不给她买地毯，也不给她买沙发和衣服。”他越来越愤怒。

“你如果觉得很生气，可以休息一下，雷，你还好吗？”穆在我身后说。

“是的。”他说。

我抬起眉毛，抓住我的笔，然后才意识到其实没有多少好写的，我转向穆：“我可以继续吗？”

“我想可以。”

“好的。雷，维克多和萝丝塔开心吗？他们相处得好吗？”

他耸耸肩，执拗地重复道：“他不关心她。”

“他的车怎么样？你戳了他的车胎，是吗？”

“没错。”他似乎为此感到自豪。

“为什么？”

“这样他就不能来了。”

“真的有用吗？”

他没有回答，我觉得我已经走到了死胡同。

“还有谁？萝丝塔的继父去看过她吗？”

“有时候去，他帮她修家里的东西。”

“他是什么样的人？”

他又耸耸肩：“是个老头，头发很白，扎着马尾辫。”

“萝丝塔和你说过他的事吗？比如他会不会打人？或者是否需要钱？”

“为什么？”

“因为萝丝塔从她叔公那里继承了很多钱。”

“这么说，他终于死了。”雷说，他的语气里竟然有种欢快，“萝丝塔巴不得这样呢。”

“我猜她也是，”我说，“可现在她的继父会得到所有的钱。”

雷似乎没搞清楚其中的关系，他似乎很困惑，我决定还是不给他解释了。

“她有朋友吗？”

“没有。”

“每个人都至少有一两个朋友吧？”

“我就没有。”

我突然发现，其实我自己也没有多少朋友。显然雷和我都不曾继承我母亲的社交基因，我们不会和朋友相约打高尔夫，不混俱乐部，不参加晚宴，没有无休止的电话粥。然而我尝试过，我读书时甚至参加了学生联谊会，我会穿着联谊会的姐妹们都会穿的藏蓝色马甲到处游行，后来我却哪怕只是想起这些往事就觉得难为情。但那个时候我好像真的找到了归属地，似乎也应该从中找到快乐。可事实却是，哪怕稍微表现得不合群，你都会被踢出去。

“还有别人吗？”

“没有了。”

“好的，这样就简单了。”

“什么意思？”

“意思是我不需要和很多人谈话就能了解萝丝塔是个什么样的人。”

“噢。”

“那么你和她呢？你们是好朋友吗？”

雷的脸黑了，噘起了嘴唇。

我等了几秒钟，见他一直没说话，于是再次试探道：“你常去她家吗？”

“是的。”

“那你过去时，你们都做些什么？”

“聊天。”

“聊什么？”

他耸耸肩：“聊各种事。”

我叹了口气，看看手表：“我们现在没有任何进展，雷，我知道你不想谈萝丝塔，但如果你希望我帮你，最好多告诉我一些有用的事。”我把笔记本放回包里，他可以到处嚷嚷自己是无辜的，但如果他拒绝向我提供可以立案的信息，那我没有任何办法，总不能对劳伦斯说“我觉得雷挺可爱的，他看上去可能是无辜的”吧？

“真的不是我干的。”他突然说，“不过，我不擅长谈论那些事，关于萝丝塔和安——”他的嗓子哑了，“因为这跟感情有关，我不擅长讨论感情。”

我闭上眼睛，他好像知道我的软肋在哪里："你真的确定你没有杀害她们？甚至也不是误杀？"

他摇摇头："她们已经死了。我保证。"

我盯着他，他似乎在尽自己所能地回应我的凝视，也许这就是我相信他的原因。虽然这只是一种感觉，没有任何根据，但在那一刻，我相信他说的是真的。"好吧，"我说，"今天就到这里，后天我再来，那时我们必须讨论一下萝丝塔死去那天的事情，好吗？"

他表示同意，接着要求看鱼的照片。

"当然。"我把照片交给警卫，"你的鱼都很好，妈妈买了一台新的蛋白质分离器。"

"汉尼拔和金刚在哪里？

我就怕他会这么问。

"没有它们的照片吗？"我故作疑惑地问。

他摇摇头。

"非常抱歉，下次我会给你它们的照片，我保证，好吗？"我怎么能告诉他它们死了？

"干得好，"穆说，"真的，非常好。"

我们穿过研究院长得仿佛没有尽头的走廊："是吗？我怎么觉得我是在对牛弹琴呢？"

"他也不会告诉心理医生太多事，他只是不怎么健谈。"

"我真想问问我母亲，他是不是总这样，但她拒绝谈论他。"

"这也可以理解，你知道吗？这里的大多数病人都存在家庭方面的问题，他们和家人互以为耻。"

我想起我的母亲。我理解，因为无力处理儿子的问题，她可能一直觉得羞耻，然而我不能理解的是她抛弃雷，把他送到"梅森之家"的决绝方式，就这么轻易地把雷从她的生活中擦除了。

"你很安静。"穆说。我们几乎已经走到出口了。

"我有很多事要想。"

"我知道，你不仅突然有了一个需要你从头了解的哥哥，而且我猜，你觉得还需要重新认识你的母亲。"

我惊讶地看着他："你说得对。"

"如果你想聊聊这些事，可以来找我。"

第三十五章

雷

我走下楼梯，进入客厅。萝丝塔坐在沙发上搂着安娜看电视，电视上的那个像兔子一样的黄色生物连正常说话都不会，我真受不了这个叫皮卡丘的玩意儿和它那些金鱼眼哥们儿，它们让我头疼。

来到楼梯底部的时候，我呆呆地站在那里，不知道接下来该做什么。萝丝塔刚才的行为很不正常，我敢肯定，她可以随便叫我白痴什么的，但她的行为连我这个白痴都觉得疯狂。我该对她说些什么吗？还是应该表现出生气的样子？真是伤脑筋。

我想起面包店的玛格丽特曾经对我说："你应该跟从自己的直觉，你的直觉最聪明。"可现在我的直觉告诉我的是：我的老二很疼。它到底想说什么？

我一眼看到萝丝塔的那张裸照，它甚至让我更担心和困惑了，因为现在我知道了她的两腿之间有什么。

"雷？"萝丝塔头也不回地说，她的脑袋纹丝不动。"我想你该回家了。"电视上那个黄东西和它的红脸膛哥们儿正在和一条龙打架，用指尖发射闪电。

我张开嘴，嘴唇动了动，但嗓子里发出来的却是我母亲的声音："说话的时候必须看着我！"

"你说什么？"

和人说话的时候，你必须看着对方的眼睛，这样才对。我从小就深知这个道理，那时我还住在家里，学校的心理医生也一直这么告诉我，萝丝塔好像也说过。

"你听见我说的了。"

"嘿，冷静点！"现在她转身看着我了，我吓了一跳，因为她看上去比刚才脱裤子的时候还要苍白……连嘴唇都是白的。

"当我忘记看你时，你拧着我的下巴逼我看你。"我说。我们沉默了一小会儿，然后她叹息道："雷，对不起，我不应该那么做。拜托，回家吧，明天我们一起喝咖啡，一切都会正常的。"

"我不走。"

萝丝塔把她的整个身体转向我，安娜差点被她推倒。她的目光径直钻进我的眼里。"眼睛是灵魂的窗户。"玛格丽特也这么说过，但我看不到萝丝塔的灵魂，只看见一片沉闷的棕色。

眼神接触一直是我的大问题，但那天我可以和别人一连对视好几个小时，也许我们真的坐在那里对视了好几个小时。

最后，我赢了。

"行，你爱在哪儿在哪儿，好像我会在乎似的。"萝丝塔继续看电视，还调高了音量。

我捂住耳朵，傻瓜皮卡丘和它哥们儿的尖叫搞得我想发疯，像音乐一样，我也受不了音乐。

我盯着窗户，试着去想别的东西。天已经黑了，但院子被路灯照亮，我可以看到角落里的小瀑布，水流进一个小池塘，水很浅，鸟儿可以来这里洗澡，安娜也不会淹死。

我想起去年夏天，下班后我会到她的花园干活，虽然那时我的脊背疼，我还是想把花园收拾得更漂亮，让萝丝塔往窗外看的时候忘记伤心事。我希望和她在一起。她大部分时间都待在屋里，但天气好的时候，她会穿着比基尼出来，在躺椅上晒太阳。那段日子真不错。

有一天，我抬起头来，发现我母亲站在那里，就在萝丝塔的院子里，我正在栽培灌木，结果听到了她的声音。"雷！你在这里干什么？"她推了我一把，铲子应声倒地。

"你怎么不告诉我你要来？"

"有必要吗？你怎么不回自己家？"

"因为他要帮我收拾花园。"萝丝塔从屋里出来，"他可能也会给你收拾花园，如果有你的地址的话。"她穿着短裤，戴着一顶太阳帽，帽子又大又软，她说这个帽子"很詹妮弗·洛佩兹"，不过我听不懂。

"你介意我私下和我儿子说说话吗？"

萝丝塔双手掐腰："他现在忙，而且这是我的后院，所以……"

"好吧，我们走，"我母亲对我说，"我没时间闲扯。"

"可我有时间，"萝丝塔说，"我很想和你讨论一下你的——怎么说呢……你奇怪的教育方式。"

“那好！我认为让一个4岁小孩整天看电视、出门还用童车推着，这也不是什么好的教育方式。”

“你知道的还真不少，”萝丝塔说，“很好。雷什么都告诉你了。但我还是想知道，你为什么不愿意看到他，这个可怜的孩子甚至不知道他父亲是谁，到底为什么？”

“我没兴趣和你聊这个，也许你应该去找个工作，而不是管别人的闲事。来吧，雷，我们走。”

我刚要把铲子放回工具棚，和我母亲回家，但被萝丝塔拦住了：“你疯了吗？我想让你母亲回答我的问题。他为什么没有你的地址和电话号码？为什么？”

“雷。”我熟悉这个语气，这是我母亲的终极警告，如果我不听，她会打我屁股，她经常不得不打我屁股，尽管我已经尽了全力。“你惹我生气了，雷！”我母亲会大叫，“我该拿你怎么办？”

在寄宿学校，我学会了更好地控制自己，我们用秒表训练，比方说，我画画的时候，如果秒表响了，就得立刻停下，然后再开始画，再响再停。开始，停，开始，停。不断地重复。

“你别走，”萝丝塔说，“等她回答了再走，听见没有？”

我看看我母亲，又看看萝丝塔，再看着我母亲，她们都很生气，横眉立目的，我该怎么办？秒表训练失去了效用，我该听谁的？

我觉得只有一件事可做：跑。于是我跑进起居室，走廊里的安娜高兴地叫道：“雷！”我跑出门去，来到街上，一路跑到面包店，坐在门口的垃圾桶旁边，一直坐到凌晨3点我该上班的时候。

第二天下午我回家时才想起忘记喂鱼了，这是第一次，也是唯一的一次。我喊着它们的名字，直到自己平静下来，然后去萝丝塔家给安娜送玛德琳蛋糕。

我母亲好几个星期没和我联系。当她终于出现时，我已经把萝丝塔的花园收拾好了，我母亲在老地方找到了我——我家厨房窗户的窗帘后面，我不知道自己见到她时是否高兴。

我母亲走进来，在桌子上铺了一块新桌布，重新排列了沙发靠垫的顺序，挪了挪花盆的位置，然后说她想喝杯茶。要是早知道她会来，我会拿些水果挞回家，可现在家里只有昨天的奶油蛋卷，我往上面涂了些黄油，期待她的评价。

她咬了一口，面无表情地咀嚼起来。“那个女人不好。”我母亲嚼着满嘴的奶油蛋卷说，“她只是想利用你，你不知道她在迷惑你吗？接下来她会把你的血吸干，然后甩了你，让你再崩溃一次，住进精神病院。你不希望这样，对不对？”

“好吧，如果你真的想知道的话，我们现在几乎算是一家人了。”

“我才是你的家人，听见没有，雷？我是你唯一的家人。”

“可是你不理我。”这是我第一次对我母亲说这种话。

“你说什么？”她半晌说不出话来，脸红透了，“你敢再对我说一次试试！既然不理你，我为什么要来？我为什么不走？”一滴泪水落在她的脸颊上，“我爱你，雷，别忘了，只有我才真的爱你。”

捂着耳朵站在萝丝塔家的楼梯底下，不知怎么，我觉得我的母亲可能是对的，我盯着萝丝塔的后脑勺——她在看一档愚蠢的谈话节目——有种想要伤害她的冲动，我又想起了玛格丽特的话：跟从你的直觉。然而我知道伤害别人是不对的，我也许不正常，但我不是疯子。

我放下胳膊，说：“我得回去喂鱼了。”

没人回应，所以我就走了。我甚至没关门，让她自己去关吧。

第三十六章

艾丽斯

“你知道吗，萝丝塔如果还活着，她会成为百万富婆。”我告诉我母亲。

她正在厨房里做饭，亚伦坐在沙发上（当然，我母亲在沙发上铺着被子作为保护）看鱼。乌得勒支大学兽医系告诉我们，金刚和汉尼拔是被某种未知生物害死的，他们会派人来取水样，观察其他的鱼。显然这两条鱼的死因很奇怪。

我母亲把煮好的土豆切成精确的长条，整齐地排布到烤盘里，中间夹上茄子片和番茄片，她经常做这道菜，有点像希腊的木萨卡，但她觉得不像。

“萝丝塔的母亲有个叔叔在英国，他是家禽养殖业的大亨，给萝丝塔留下了 200 万英镑的遗产。”

“真是傻人有傻福啊，”我母亲烦躁地说，“我们能说点别的吗？”

“不能，为什么？”

我母亲愤怒地把奶酪丝撒在烤盘里。

“我还没说完呢，”我继续道，“我刚刚接手了这个案子，就发现了这么多有趣的信息，你想知道谁会继承萝丝塔的 200 万英镑吗？你可以猜 3 次。”

我母亲把烤盘推进烤箱，用力关闭烤箱门：“我没心情瞎猜，也没心情和你聊这个话题。”

“她的继父。当然，第一继承人是她女儿安娜，但安娜也死了。第二顺位继承人是萝丝塔的母亲，她也过世了。所以还剩了谁？萝丝塔的继父，他和她母亲是合法夫妻，所以她的财产都归他，发财了！”

“你去和那个家伙结婚得了。”

“他的年龄和你差不多！ 妈妈，我想告诉你的是，萝丝塔死了，有人会获利，而且我觉得凶手很可能不是雷，我们必须帮助他。”

我母亲走进起居室，她突然变得很忙，开始收拾亚伦的玩具。

“我只想弄清真相，这样也有错？”

我母亲恼火地瞪了我一眼，继续往小桶里装乐高积木。

我跪下来帮忙：“你对这个萝丝塔了解多少？”

“艾丽斯……我受够了，最后提醒你一次，换个话题。”

“得啦，你就帮帮我吧，你见过她吗？街对面的那个女人说，你以前经常去雷那里。”

“我见过她几次。”

“然后呢？”

“你想让我说什么？她是个狡猾的小婊子，就这样。她知道怎样从雷那里得到她想要的。”

“比如？”

我母亲站起来，厌烦地叹了口气：“我告诉过你，我没这个心情，如果你想说雷的事，那以后就别来了。”她打开橱柜拿出碗碟。

“我明白，你不喜欢我一直唠叨，可你就不能至少解释一下你为什么要对我保密吗？还有，你为什么不希望我插手雷的事？毕竟他还是你的儿子……”

我母亲猛然转身看着我：“我不欠你任何解释，艾丽斯，你不知道我为了雷经历过什么，根本不知道。”

“那你就让我知道一下吧，因为，相信我，我会不停地唠叨，直到你给我答案为止。”

我母亲夸张地叹了一口气。

“你到底经历了什么？雷小时候什么样？”

我母亲把手搁在屁股上。“雷是一列必须被拦住的出轨火车，哪怕不择手段也要拦住。我拿他一点办法都没有。他总是破坏东西，8岁时就把家里搞得天翻地覆，还喜欢拿头撞墙，一撞就是好几个小时。”她急促地说，好像已经把这番话背得烂熟。

“这对你来说一定很可怕，妈妈。”我真的是这么想的。

她的声音低了点：“我根本不知道他到底因为什么发火，他经常尖叫个不停，吵得我头晕，好像和一只野生动物住在一起。不过有时他也会变得很乖，坐在那里玩上几个小时的积木。他还喜欢画画，他画的鸟和太空船很漂亮，很精细。可每当我告诉他要把蜡笔放好的时候，他就会发脾气。”

我看着亚伦，他一直在茫然地盯着水族箱出神，我觉得他可能在神游太空，现在早已飞出银河系，去到遥远的河外星系，探索那里的行星去了。

“他几乎每天都和别的孩子打架，因为惹怒了雷会引发可怕的后果，你简直想象不出他的攻击性有多强。不知道有多少次，我不得不低声下气地和人家道歉。‘你必须严加管教他，如果他不听话，结结实实地揍他屁股。’你外公告诉我。邻居们说：‘单亲妈妈就是不知道怎么管孩子。’我只好一个劲地惩罚他，骂、求、哭、贿赂、无视、扇耳光、打屁股、狠狠地揍……各种办法都试过了，简直是个噩梦。”

我母亲的经历和我本人的何其相似，我同样将自己视为失败的母亲，那些所谓的育儿建议根本没用。

“后来我实在受不了了，就把他送到‘梅森之家’，接收难以管教的儿童的寄宿学校，在——”我母亲痛苦地回忆道，“——在他杀死一条狗之后。”

听我母亲说起这件事和听到德温特说这事的感觉不一样，我能从她的语调背后感知到那种恐惧、羞耻和沮丧。如果亚伦做了这种事，我会有什么感受？

“邻居家的狗，”我母亲说，“它很凶，但杀掉它是很可怕的行为，而且更让人担心的是，他似乎根本不知道自己的错误。那时我才意识到雷是对社会的威胁，我负不起这个责任。”她苦笑道，“好了，我已经告诉你了。”

我母亲和我很少有肢体接触，但我在冲动之下抱住了她。我们两人拥抱了一会儿，这绝对是个令人尴尬的时刻，但不知怎么，我们都没有觉得不自在。

“你们在干什么？”亚伦蹲在沙发上问。

我母亲和我立刻松开胳膊，好像刚才在干见不得人的勾当。

“我们很快就要吃晚饭了，亲爱的。”我母亲说，她走过去摸了摸他的头，她不善于对我表达感情，却可以轻松地亲近亚伦，我实在想不通这是为什么。“鱼在干什么？”

“金星看上去挺奇怪的。”亚伦说。

金星是一条巴西花鲈，身体前半部分是紫红色，后半部分亮黄色，它和它的配偶花生平时都待在覆盖着珊瑚和海葵的人造岩洞里，虽然颜色亮丽，但金星是条小鱼，很容易被饲主忽略。

它正漂浮在水面上，大张着嘴，姿态和我那天发现金刚时一模一样，它还活着，就是不知道还能活多久。

“上帝，这些蠢鱼。”我母亲说，“我们现在该怎么办？”

“给水添加抗生素？”

我母亲摇着头走到餐具柜那边。

“我明天就打电话给乌得勒支大学，我得记下来，否则我会忘的。要是我的脑袋没和身子连在一块的话，迟早有一天我出门会忘带脑袋，最近我的记忆力更差劲了。”

“嗯，要是还能照顾这些鱼，雷会很高兴的。”

“你看不出来吗？这个巨大的水族箱是个监狱？”我母亲放下笔，那是一支亮闪闪的金色钢笔。

“他可能不久之后就会出狱呢。”

“你还没放弃这些愚蠢的想法？”

“没有。”

“你知道这毫无意义。”

“我处理的大多数案子都是毫无意义的，妈妈。”

厨房里传来“叮”的一声，“不那么像木萨卡的杂烩菜”烤好了。

第三十七章

雷

“我能坐在你旁边吗？”珍妮看着我问，她想表现得友好，因为她扯起了嘴角，眼睛略微眯着。

每个人都在盯着我们，珍妮应该离我远点，她难道看不出我不想跟她说话？我不想和任何人说话，除了自称我妹妹的艾丽斯·卡斯特莱恩。也许还有穆，我信任他，因为你必须信任某个人，但穆坐在贾马尔旁边。

也许我也不介意和我母亲说话，我很久没见过她了。上次我见她，还是她去监狱探望我的时候，她说：“不要骗你自己，雷，你在这里更好，至少我不用怎么担心你。”

因为我没说话，珍妮就以为她可以理所当然地坐在我旁边，我给自己做了个香肠三明治，什么菜离我近我就吃什么，虽然我觉得唯一好吃的东西只有巧克力酱。

“你生我的气，对吧？”

我咬了一大口面包，点点头。

“我知道你很难过，但我只能把你送到禁闭室，你当时太暴力了，我没有别的选择。”

我向窗外望去，希望她能知趣地闭嘴。墙头上落了一只知更鸟，这儿的知更鸟比较少见，其实不管什么鸟都很少，连院子里也见不到几只，显然鸟儿也不喜欢这里。

我想到了我自己的后院，那里总有许多麻雀、山雀和知更鸟。然后我想到了我的鱼，我真的真的非常想见到我的鱼。

“你在听我说吗？”

我好像看到金星、土星、金刚和弗朗索瓦在窗玻璃上游泳，它们的头碰到透明的玻璃上时，我都能听到轻软的撞击声。

“雷？”

撞击声越来越大，鱼不停地在我脑子里兜圈，它们想要出去。出去。

我忍不住大叫起来。是我叫的吗？我只知道自己的喉咙里发出了可怕的声音。

“冷静。”珍妮的声音仿佛从很远的地方传来，她把手放在我的胳膊上，但我把它打到一边，我不想让人碰我，尤其是她。

蜂鸣器响了——每当有人打架，蜂鸣器就会响，瑞基往电视上扔东西时也会响。过了几秒钟，公共休息室的门敞开了，两个警卫冲进来。

他们把我的胳膊拧到背后，强迫我弯腰，巨大的水滴砸到桌面上，它们来自我的眼睛。我在哭，伤心的时候你就会哭，奇怪的是，意识到这一点以后，我反而冷静了一些，我不再号叫，只是抽泣起来。

“起来。”其中一个警卫拽着我的胳膊，很疼，我不得不照做。

“等等，”穆走过来，拿着一张白色的纸巾在我眼前晃了晃，“你想擤鼻涕吗，雷？”

我点点头。

“先放开他一会儿，让他擦擦脸。”

警卫照做了。

我用纸巾擦拭双眼，擤了鼻子，觉得头有点晕，但我止住了哭泣。

“我想他已经平静下来了，”穆告诉警卫，“你们可以把他留在这里，我认为没必要关他的禁闭，不过还是谢谢你们的帮助。”

“穆，”珍妮用我听不明白的语气说，“你在干什么？”

“以后再告诉你。”

警卫离开了，没有人说话，然后伦勃朗说：“我们给穆鼓掌吧。”大家开始鼓掌。

我觉得他们有点像在给我鼓掌。

当天穆让我待在牢房里平复心情，门没锁，我可以随时走出去。我研究了一会儿艾丽斯带来的鱼照片，把它们贴到墙上的其他照片旁边，按照字母和颜色给它们排了顺序。

排顺序占用了很长时间，我决定不吃晚餐了，穆说要派人给我送饭，但我不饿。

“但明天你得正常吃饭。”穆说，然后他就走了。

过了一个小时，有人敲门，原来是安德烈。

“晚上好，雷。”

我迅速把墙上的照片拿下来，因为我不知道安德烈是来干什么的。

“我是来告诉你，穆下班了，我来接班。”

“好的。”我等着他离开，但他走进我的牢房，关上了门，为了阻止我的手伸出去打人，我紧抓着床沿。

安德烈坐在我旁边。

我往旁边侧了侧身，仍旧抓着床沿，我母亲把9岁的我送到“梅森之家”时，我就是这么抓着她的手的。瞧，雷，这里有乒乓球台，你在这里一定会很开心的。

“所以。”他说。

“所以。”我说。

“一切都好？”

我点点头。

“你的精神伤害恢复了吗？”

我再次点头。

“挺奇怪的，不是吗，他们在你的套间里找到了毒品？”安德烈挠着下巴，“你知道这是怎么回事吗？”

我摇摇头。

“你不知道？”

“不。”

“你确定吗？”

我点头。

“好吧。”他站起来，打开门，但似乎又改了主意，“没人和你谈过这件事？”

我摇摇头，但我知道这不是真的。

有人跟我谈过这件事——伦勃朗。

安德烈再次关上门：“你似乎不太确定。再想一想。”

我松开床架，我的手立刻挥了出去。“别管我！”我说。

蜂鸣器已经关了，牢房的门到了晚上是锁住的。

安德烈的眼睛在镜片后面眨了几下：“我盯着你呢，伯伦斯，别想耍花样，知道吗？”然后他离开了牢房。

与平时的夜晚不同，今天晚上，锁住的牢门第一次让我有了安全感。

第三十八章

艾丽斯

奥斯卡·库尔的名字没有出现在记录中，但他肯定很熟悉萝丝塔，这个人确实有杀人动机，即使事情已经过去了很多年。

雷对他的描述是相当准确的，虽然已经接近 70 岁，库尔还是留着长头发，前面还有刘海儿，他的皮肤泛着一种羊皮纸色的黄，这是一辈子都吸卷烟的人特有的肤色。我找到他的时候，他正在外面劈木头。

“你听说这个消息了吗？”

老头没有反应，只是握着斧头盯着我看。

“你就要继承一大笔遗产了，对不对？”

“你想从我这儿得到什么？要是你是来乞讨的，告诉你，你来错地方了。”他挥起斧头，用力对准木头劈下去，木屑溅得我满身都是，我退后一步。

“我来和你谈谈萝丝塔和安娜，我是雷·伯伦斯的律师。”

“雷·伯伦斯？”

“你认识他，不是吗？”

“一个好孩子。”

我的表情一定是变亮了。“一个好孩子？”我重复道，终于有人对雷做出积极评价了，我甚至觉得很感动。

“没错，在他捅死她们以前，他一直是个好孩子。”

“好吧。”我失望地说。

库尔住在一座小农舍里，但更准确地说，这儿像个垃圾堆，茅草屋顶上有许多洞，木头墙早就该上漆了，院子里堆放着废弃的机器，仿佛是 19 世纪的老古董，落满了灰尘。

他把另一块木头放在砧板上，举起斧子，我吃惊地发现，和其他陈旧的破烂——库尔身上穿的衣服也很脏——相比，这件工具竟然干净整洁，寒光凛冽，木头一下子裂成两半。

“你是第一个夸他的人。”

他又不说话了。

“你为什么叫他‘好孩子’呢？”我试探道。

“他不应该那么做，这一点没的说，但她也确实惹恼了他，就像她母亲一样，她们都知道怎么榨干男人。”

我不知道该说什么，但库尔的话匣子仿佛一下子打开了：“不要误会我——她们是好女人，但你必须知道怎么应付她们。她们就像流浪狗，不一定把什么带到你家里来，你不知道她们会爱你、咬你还是舔你的手。今年冬天一定很冷，虽然他们都说全球变暖什么的，但我不觉得是这么回事。”

“你有壁炉吗？”

“烧柴火的炉子。”

“舒服。”

“省暖气费，我不在乎舒不舒服。”新晋百万富翁说。

“萝丝塔的母亲去世后，你就一个人住？”

“是的，但也不总是。不过现在的人觉得这样有点蠢，对吧？尤其是萝丝塔和安娜死了之后，这样显得更蠢。女人想要照顾你，带走你的痛苦，给你烤苹果派，让你喝东西，她们和你一聊就是好几个小时，所以你得忍受同样的老故事，还得弄明白她们为什么哭。一个月以后，她们的看法又变了，觉得哭是懦弱的表现，想来点乐趣。乐趣？谁有心情找乐子？”他啐了一口表示强调，离我的麂皮靴不到一英尺的地上出现了一块褐色的浓痰。

“那你为什么认为雷杀了萝丝塔和安娜？”

奥斯卡·库尔把他的斧头放在砧板上。“我已经告诉过你了，她把他惹恼了。她长得漂亮，可以把男孩玩得团团转，她知道怎么从他那里骗到新沙发和新电视。‘我隔壁的邻居送的。’她笑着告诉我。‘没有免费的午餐。’我告诉她，‘你这是在挑逗他。’这话把她逗乐了，她说雷送她这些东西是因为钱没有地方花。‘每次我都会拍拍他的脑袋，’她说，‘只要这样他就满意了。’”库尔摇着头说，“和她母亲一样，总是索取、索取、索取，等着她们回报？想得美。”

“听起来可不怎么浪漫。”

“根本没有浪漫这种东西，总有一天你会明白的。”

“你知道你已故的妻子有个叔叔吗，理查德·安杰利？”

“我见过他一次，在我们的婚礼上，除了互相寄圣诞卡，艾丽莎不怎么和他联系。”

“萝丝塔呢？她认识他吗？”

“她也参加了我们的婚礼，所以她一定见过他。但她们家的人不怎么亲近，老实说，我妻子和萝丝塔也不亲。不过她要是见了萝丝塔的孩子，肯定会愿意炫耀自己的外孙女的。”

“你妻子知道理查德很有钱吗？”

“她叔叔有很多钱，她告诉我。但她就说了这么多。”他说。我怀疑他不感兴趣的样子是装的。

“他当然非常有钱。”

奥斯卡·库尔再次拿起他的斧子，他的拇指和食指之间文了3个黑点。“当然。”

“你可以拿钱修缮一下农场。”

“我想是这样。”他又把一块木头放在砧板上，似乎不打算多谈。木屑又开始四处飞溅，他的前额冒出汗来，这个老头仿佛当我不存在一样。我意识到，如果想让他继续说下去，就得另找话题。

“就你所知，萝丝塔有敌人吗？”

“嗯。”他挠挠下巴，我又看到了他手上的3个点，“我觉得别人对她的火气没有那么大，敌人这个词有点过分。”

“那么朋友呢？她有朋友吗？”

“我猜有，不过——也不确定，比方说她搬到威廉敏娜女王街的那天，根本没人来帮她，还是老奥斯卡我过去救的急。她家里的东西需要修的时候，也总是找我去。”

“所以她没有朋友，也没有敌人，你是她的勤杂工。那有没有人去她家呢？”

“雷，那是当然，还有那个王八蛋阿斯切。”

“安娜的父亲。”

“把女人的肚子搞大然后甩手不管的人不配做父亲。”

“但他也照顾过她，对吧？他不是偶尔会过去的吗？”

库尔使劲哼了一声：“他就是个有钱的浑蛋，从来不干人事，反正以我那时候的标准，他不能算好人。”

“别的人有没有可能杀害她们？”

他轻蔑地笑笑。“没错，在你做梦的时候。就是伯伦斯干的，毫无疑问。”他拿起斧头，继续像个疯子那样劈木头，把他手中的斧头换成餐刀似乎也不难，杀人的会不会是他？为了得到大笔财富不惜残忍除掉所有绊脚石？不过这么一来，萝丝塔的生父好像也有权分一杯羹了，而且他还真是有耐心，一等就是 8 年……想到这里，我觉得又不太可能。

我盯着他手上的 3 个黑点。我在处理许多其他案子时也见过这种文身，对于这个图案的含义，众说纷纭，但大多数人认为，它的意思是“条子去死”。

犯人们会在监狱里互相文这种图案。

第三十九章

雷

在萝丝塔家的楼梯底下傻站了好几个小时之后，我终于回了家，一进门就去看我的鱼，它们还是精神抖擞地游啊游啊。我觉得它们很开心，因为总有人照顾它们，这个人就是我。

为了保险，我检查了所有阀门，尽管今天早晨上班前我已经检查了一次，发现一切都很好。我平静下来，洗澡，睡觉。

我通常凌晨3点起床，但那天晚上刚过半夜我就醒了，因为我听到有人在萝丝塔的房子里大喊大叫，声音是从她的卧室传出来的。我拿了个玻璃杯扣在墙上，想听听那边在喊什么。

“你疯了吗？你怎么敢联系她！你怎么敢！你知道这么做让我多为难吗？”我觉得那是安娜的父亲的声音，我曾经不止一次地看到他的汽车半夜停在外面。萝丝塔说，他妻子有时候会带孩子到她母亲那边过夜，于是维克多就来找萝丝塔过夜。

我听到萝丝塔的声音，她没有大喊大叫，声音低低的，无论我把耳朵多么紧地贴在杯子上，都听不清楚她说了什么。

“别跟我来这一套！”维克多喊道，“知道你该怎么做吗？你应该去死。我受够你了！我明天就去度假。我们完了，你听见没有？”

萝丝塔的声音再次响起，她在哭，我还是听不清她说的话。维克多的声音也变小了。

我趴在墙上听了一会儿，可什么都没听明白，然后我听到下楼梯的脚步声和前门关闭的声音。我望向窗外，只见维克多·阿斯切的傻X车沿着大街开走了。我听到萝丝塔在哭。

我觉得这场争吵是好事，很好的事。

再也没有什么能阻拦萝丝塔、安娜和我成为一家人了，我们已经几乎是一家人。此外还有许多别的迹象可以说明这一点：我每天都去她家，我摸了萝丝塔的私处，安娜喜欢我。现在我们再也不用分开了。

我激动得睡不着，于是起床到面包店去了，比平时早很多，而且烤了比平时多很多的羊角包。

“你以为今天是周六吗？”我老板问。

下班后我为安娜挑选了一个玛德琳蛋糕，不过这次我在纸袋上系了条红丝带，毕竟发生了值得庆祝的事。我兴奋得没法正常走路，最后是蹦跳着回到街上的，我按下萝丝塔和安娜家的门铃。

很久没人应门，萝丝塔可能在洗澡，于是我又按了门铃，一连按了几次，始终没人开门，我把蛋糕袋挂在门把手上，走回自己家。她怎么不在家？我踢了柜门一脚，结果摔碎了我母亲给我买的一只花瓶，我强迫自己冷静下来，把水族箱里所有鱼的名字都背了几遍。这一招确实有用，我的心停止了狂跳，脑袋也不晕了，我决定做点好东西吃吃。

前一天我带回家一块手指蛋糕，它和羊奶芝士配着吃相当美味。切芝士的时候，我听到隔壁传来模模糊糊的唱歌声，似乎是电视上播出的音乐节目。

我知道这首歌，既然开着电视，萝丝塔和安娜一定在家，这说明萝丝塔故意没开门。

我翻过通往她家后院的小门，透过她家窗户向里偷窥，看到萝丝塔和安娜坐在沙发上。她穿着运动裤和小背心，光着脚，正在抽烟，她好像在那里坐了一整天，却不愿意给我开门。安娜在吃玛德琳蛋糕，红丝带摆在她脚边。

然后萝丝塔看到了我。她盯着我，我一定吓到她了，因为她肩膀哆嗦了一下，烟掉在了沙发上——我给她买的沙发。她捏起燃烧的烟头，开始揉搓沙发上被烟头烫到的地方。安娜也看见了我，她的嘴巴动了动，好像在说“雷”，她甚至还朝我挥了挥手。

我就那么站在窗外，我不知道还能怎么做。萝丝塔从沙发上站起来，我以为她要让我进去，因为她走到了后门那里。她把后门敞开一条缝，伸出脑袋：“你在这里干什么，雷？你就不能让我单独待一天吗？”我深吸了一口气，决定把话都说出来，我一直期待着说出来，连做梦的时候都想，现在时机到了，于是我说：“我过来成为你的家人，你和安娜的家人。”

她愣了半响，突然哈哈大笑。

可我并没有和她开玩笑。

她好不容易止住了笑，然后说："得了吧，雷！你不会真的觉得我们能成为一家人吧？老实说，你怎么会这么想的？我觉得你人很好，很可爱，但你昨天就没那么可爱，就是你站在我家楼梯那里不肯走的时候。不过那也没什么，也许应该怪我。可现在你有点过分了，我们是邻居，雷，也可以算朋友。但是，一家人？得了吧，永远都不可能。"

"可这是你自己说的。"我走上前，想要拥抱她、亲吻她，就像那些彼此拥有的人一样。

然而她向后一跳："除非我死了！"她猛地关上门，落了锁，用力拉上窗帘。

我盯着黄色的窗帘，她的话像面包搅拌器里的葡萄干那样在我脑子里翻滚，突然间我明白了可怕的真相：她愚弄了我。她告诉我我们几乎是一家人，好像还差几步我们就能在一起。然而那几步根本不存在，无论现在还是未来，永远都不会存在。

第四十章

艾丽斯

我的谈话名单上的下一位是阿斯切，说服他答应见面可不容易，直到我说我准备亲自去他家谈这件事的时候，他才投降。我们约定在一处高速公路的休息站见面，我怀疑只有旅行推销员和通过速配网站约会的人才会经常光顾这种地方。这儿的桌布是鲑鱼粉色的，小花瓶里插着裹在角豆叶里的雏菊，店主乐观地以为这样就能给这个垃圾地方带来情调。

我理解萝丝塔为什么看上了维克多。他不仅外表英俊，而且很有男人味，这对一位会计来说绝对是加分点。他高大健壮，穿着灰色定制西装，系条纹真丝领带，头发却略微有点长，和他这身衣服不太配。

“我已经在电话上告诉你了，我没有什么可说的，我把我知道的都告诉警察了，而且我没时间。”

“你和警察谈过了吗？奇怪……”

他丝毫不打算掩饰自己的恼火：“你什么意思？奇怪？”

“记录里没有你的证言啊。”

“没错，那又怎么样？”见我诧异地盯着他，他解释道，“当时我和家人在克里特岛，我在报纸上读到了谋杀案的报道。”他吞吞口水。

“你在克里特岛还是回家后读到的？”

“在希腊一个渔村的咖啡馆里，我恰好看到一份 3 天前的荷兰报纸，在上面读到的。”

我想象了一下阿斯切在妻子和孩子的包围下读到关于情妇的噩耗的情景：“那感觉一定很可怕。”

他似乎有所触动。我问：“你想来杯水吗？”

他点了点头。当我带着水回来的时候，阿斯切正用一条平整的淡蓝色手帕擦鼻涕，我被这块过时的手帕震住了，现在竟然还有人用亚麻手帕，而且还是熨过的！

“对不起，”阿斯切说，“我不习惯谈论这件事。”

“我理解，保守这样一个秘密，肯定感觉很孤独。”

“是的，”他的眼睛再次变得水汪汪的，“我们真的需要把这些都讨论一遍吗？”

“我很抱歉，我会尽量简洁一点。我们刚才说到你的证言不在警方的记录里面，阿斯切先生。”

“你可以叫我维克多。”他眼含泪花微笑道，“起初我没打算去找警察，这是为了我妻子米莉，如果她知道我有情妇和私生女的话，一定会心碎的。”

我咕哝了几声表示同情，劳伦斯曾经说：“建立信任在很大程度上依赖于在正确的时机发出令人安心的噪音。”

“过了几个星期我就后悔了，”阿斯切说，“我想，万一我掌握的信息很重要怎么办？于是我去了警察局，但他们似乎不感兴趣，只是听了我的故事，就这样。我问他们想不想让我签署声明什么的，但他们告诉我案子已经破了。”

我抬起眉毛：“我明白。”

“这个案子很简单……伯伦斯干的，那个家伙不正常。”

“他扎过你的车胎？”

“是的，我警告过她要当心伯伦斯，尤其是在他扎破我的车胎之后，他像个疯子那样……很可怕，于是我告诉萝丝塔：‘那个人很危险，和他保持距离。’然而她没有，还说他是她的朋友……朋友！‘他跟你和我不一样，’她说，‘但他的心肠好。’看来他的心肠确实挺好，你知道萝丝塔被捅了多少下吗？14刀。”

“你知道萝丝塔为什么把他当朋友吗？”

他耸耸肩：“我想主要是为了让我嫉妒，好像我会嫉妒一个那样的人似的。我还记得他下班时给安娜送去那种恶心的小蛋糕的样子，每天给她送一个。你能想象得出吗？他有时也会给安娜当保姆，我不觉得这是什么好主意，但萝丝塔说没关系，事后看来……”他又擤了一下鼻涕。

“别伤心，慢慢讲。”

“这让我很难受。”

“我明白。”

“该死，我一般不会这么情绪化的。”

“作为会计师，你大概很少在工作中遇到触动情绪的问题。”

他笑了。

“萝丝塔有什么敌人吗？她有没有得罪过谁？”

阿斯切想了好一会儿，然后摇摇头：“她是个好女孩，我不得不说。虽然她有时候像个嘀嗒响的定时炸弹，但我不认为她有敌人。”

“我不太明白你的意思，为什么叫她像嘀嗒响的定时炸弹？”

他犹豫了一会儿：“你懂的，脾气暴躁，拉丁民族的人。”

“好女孩似乎不会给人家做小三的吧？”

如果说我刚才赢得了阿斯切的信任，那么现在他无情地把信任收了回去：“我看不出这个问题和案子有什么关系，你为什么这么问？”

“我只想更充分地了解萝丝塔·安杰利这个人，你恰好是了解她的人之一。”

“我差点忘了你是伯伦斯的律师，代我向他问好，告诉他，一旦从那个精神病院出来，他会得到应得的惩罚。”

我试图找别的话题拖住阿斯切，然而他已经站起身，伸出手来：“再见。”

我困惑地留在原地，我显然刺到了他的痛处。我觉得萝丝塔不会愿意给人当情妇，她应该是个事事争先的人，阿斯切为什么说萝丝塔会故意引起他的嫉妒呢？

我拿出钱包，这时我突然想到，萝丝塔会不会威胁阿斯切，说她会告诉他的妻子他们两人的关系呢？

第四十一章

雷

“告诉我，”艾丽斯·卡斯特莱恩说，“当你还住在家里时，妈妈是什么样的？”

我的答案是“愤怒”：“她几乎总是在生气。”

她笑了。我不知道她为什么笑，这是在笑话我吗？

“她为什么生气呢？”

我耸了耸肩：“我不擅长这个。”

“什么？”

“你总是谈论感觉之类的东西，我不擅长感觉，你不知道吗？”

她又笑了：“我没想着为难你。我该给你讲讲我自己吗？我毕竟是你的妹妹。”

我本来想拒绝，但又想起学校里的心理老师说过：你必须让别人觉得你对他们感兴趣。于是我点了点头。

“妈妈倒没有经常对我生气，但我觉得她挺冷漠，好像我是个没有完成的项目。幸运的是我有爸爸，我的父亲。”她沉默了一会儿，皱起了眉头，“我的父亲10年前去世了。你知道你父亲是谁吗？”

我开始觉得热，热得几乎不能呼吸。“我能脱掉毛衣吗？”我问穆。

“为什么？”他问。

“我喘不动气了。”

“你介意吗？”穆问艾丽斯·卡斯特莱恩。

“当然不。”

我脱掉毛衣，穿着我的白色汗衫坐在她对面。似乎有点用，但我还是觉得热。

“我们刚才说到你的父亲，”艾丽斯·卡斯特莱恩说，“你知道他是谁吗？”

我开始磨牙，发出“咯吱咯吱”的声音。

“妈妈告诉过你关于他的事吗？”

为什么大家总是问我不能回答的问题？

谁是你的父亲，谁是你的父亲，你的父亲这个，你的父亲那个，可我什么都不知道，为什么他们都以为我没问过我母亲这件事？他们觉得我是白痴吗？

“对不起，”艾丽斯·卡斯特莱恩说，“我不问你了，好吗？你知道吗？过去我总是觉得有什么东西不对劲，事后看来这些感觉都是正确的。比如说妈妈每隔一段时间就去参加园艺展览，还不让爸爸跟她一起去；她还有个秘密书房，你知道吗？她从来不许我进去。”

她看向我身后，我顺着她的视线转头看去，发现她在看穆。他坐在角落里，她为什么看他？

“还有，”艾丽斯·卡斯特莱恩说，“我说服了这里的院长调查那些毒品是怎么进到你的牢房的。”

“套间，”穆在角落里说，“我们叫套间。”

“噢，没错。”艾丽斯·卡斯特莱恩好像突然也觉得热，可她只穿了一套优雅的白色便装。“花哨的裤子，啧啧啧。”萝丝塔看到了一定会这样说，她不喜欢艾丽斯这类人。萝丝塔虽然宽容，忍受得了聒噪的邻居，但受不了打扮讲究的人，“他们总觉得高人一等，为什么？就因为他们的存款多？因为他们脖子上的珍珠项链是真的？其实你根本看不出区别，得咬一咬才知道，让他们见鬼去吧。”

我想知道艾丽斯·卡斯特莱恩是不是觉得自己高人一等。

“无论如何，”她说，“我告诉院长，你和你套间里的毒品无关，你既不吸毒也不贩毒，而且你的尿检结果一直都是阴性，这儿的社工也没发现你吸毒，对不对？”

“是的。”

“没错，我要求他进行彻底的调查。”

她抱起胳膊，表情滑稽地看着我，她的嘴似乎想笑，可是眼睛没笑。人们笑的时候都会眯一点眼睛，艾丽斯·卡斯特莱恩的眼睛却是睁大的。

“你现在怎么了？”我问。

“什么？”

“你现在什么感觉？愤怒？伤心？害怕？快乐？”

“决心已定。”她回答。

“哦。”

“你知道我和维克多·阿斯切谈过话吗？”艾丽斯说。

“他是个坏人。”

“说起萝丝塔和安娜的死，他仍然很激动。”

“他们在吵架，”我说，“萝丝塔被杀两天前，他半夜从她家冲出来，再也没回去。”

艾丽斯向我这边靠过来，眯起了眼睛：“他们在吵什么，你觉得？”

“她好像把什么事告诉了什么人，我听到他们在嚷嚷这个，大半夜的，我隔着墙听见的。”

艾丽斯·卡斯特莱恩似乎很喜欢我的话，她靠得更近了：“你确定？”

我点点头。

“这就是他们争吵的原因？”

我再次点头。

“有趣。”

这一次我没有点头。

“我感觉他对我有所隐瞒，你认为萝丝塔是否有可能把他俩的关系告诉维克多的妻子？”

“我怎么知道？”我开始在白色的墙壁上寻找蜘蛛，也许我可以抓一只回去做宠物。

艾丽斯·卡斯特莱恩靠回椅背上：“我知道这对你来说有些难，但我们必须谈谈萝丝塔和安娜被杀那天，是你发现的她们，对不对？”

我突然又觉得很热，有种汗流浃背的感觉，虽然我只穿着汗衫。“是的，”我说，“是的。”

“你是怎么发现的？”

“我看见门是开着的，就走进去，她们就躺在那里。”

“她们已经死了吗？”

我似乎又看到了那些血，于是试着摇晃脑袋，然而没能把它们赶出去。

“雷？”穆问，“你听到这个问题了吗？”

“是的，”我低声说，“她们已经死了。”

“你进去之前还见到别的什么了吗？街上还有谁？邻居？你认识的人？陌生人？”

我试着回忆，但很难想起2003年5月17日究竟发生了什么。然而到了晚上，在黑暗的牢房中，那时的一切却变得清晰又真实，可我就是没法和别人谈论这些事。

“没有。”我说，虽然我无法肯定，“我不这么认为。”

艾丽斯·卡斯特莱恩在她的笔记本上记下了一些东西，这场对话开始让我疲惫：“我想回我的牢房去。”

“拜托，再稍等一会儿。”

我想要坚强起来，回答她的所有问题，然而我脑子里的和面机却把我所有的想法都混在了一起。

“我觉得差不多了，其实，”穆在角落里说，“我们不希望雷受到过多的压力。”

“哦，好的。当然。”

我站起来：“再见，艾丽斯。”

当我被警卫护送出去时，我听到她对穆说：“这是我第一次听到他叫我的名字。”

第四十二章

艾丽斯

“艾丽斯！哟嗬！”

我不知道现在这个年代，我认识的人中谁还会用“哟嗬”跟人打招呼，所以我猜那一定是我母亲的朋友。现在是午餐时间，我跑来超市买食材，打算给我和亚伦做一顿快手饭：意大利肉酱面。我们至少两周吃一次。

我转过身来看着丽娜，她拎着一袋土豆，疯狂地朝我挥手，可她站在离我不过十几英尺的地方。

“见到你真高兴，亲爱的！”

“你好，丽娜，我不知道你也在这里买东西。”丽娜家在我母亲家附近的街角，阿姆斯特丹郊外的伯伊滕费尔德特，而位于市区的这个超市不像是她会常来的地方。

“我今天教孩子们画手指画，顺路过来买东西，”她眨着眼睛说。

“哦？”

“你的母亲没告诉你吗？我给有智力残疾的人上美术和手工课，每星期三下午。”

“我母亲什么都不告诉我，尤其是那些重要的事情，你和我母亲认识多长时间了？”

丽娜皱起眉头，盯着超市的天花板：“最少35年了吧，你母亲那时刚搬来我们社区，我认识她邻居——她很多年前就去世了。那天她的邻居过生日，所以我们就认识了，阿加莎那时候谁也不认识，而我因为结婚暂时停下了工作，我们那时候都这样。所以我们经常在一起，卡拉和你离开家之后，我们组织了桥牌俱乐部，不过这又是另外一个故事了。”

“她那时已经认识我爸爸了吗？”

丽娜的眉头皱得更紧了，好像我在问她335乘以6893是多少。“不，我认识阿加莎时，你父亲还没出现呢，她搬过来6个月后才遇到了你父亲，我还记得她站在那里，红着脸说：‘丽娜，我打算嫁给那个人，他会好好照顾我的。'"

我跟着丽娜皱起了眉："这么说，她起初是住在别的房子里的？"

"不……"丽娜夸张地叫道，"不是……那座房子是她自己的，那时候这很了不起，一个女人拥有自己的房子，没有丈夫就做到了这一点。我们都暗暗地羡慕她。"

不知道我母亲是怎么拿出首付款的，她的房子现在至少值100万，我知道她上过秘书学校，但我从来没有听她提到自己工作过。我总是盲目地假设我家的房子是我父亲买的，要不然就是我母亲也有一个富裕的叔公，像萝丝塔那样。"她哪来的钱买房？"

丽娜耸耸肩："她一定有积蓄。"

"怎么节省下来的？"

"不要问我，她说她有份好工作。"

做着好工作，同时照顾一个淘气的孩子？我觉得这个理由很牵强。"还是挺奇怪的。"我说。

"听起来确实奇怪，但事情就是这样的，"她看了看她的手表，"老天，这么晚了？我得走了，孩子。小朋友们还在等着我呢。"

她用60岁以上的老年人特有的方式（我猜一定是这样的）和我道了别，然后拎着土豆，迈着坚定的步子走开了。

我赶紧把一束芹菜、一罐意面酱、半磅有机碎牛肉和一包帕尔马干酪丢进购物篮，丽娜知不知道雷的事？我强烈怀疑她并不知道。

回到办公室，我给土地管理局打了电话，他们不到一分钟就回答了我的问题：我母亲的房子是1983年买的，价格是150000荷兰盾，现金，没有贷款。那时候这一定是个天文数字。

"我最喜欢的姑娘！"我没听见劳伦斯进来，他没有突然闯进我的办公室的习惯，一般都是我被他召唤到他的办公室。

劳伦斯坐在我的桌子边缘，跷起二郎腿，他穿了红袜子。

"伯伦斯的案子调查得怎么样了？"

"嗯。"我说。

"继续，告诉我。你找谁谈过话？他们怎么说？"

"他们说得大同小异，总之都差不多：雷·伯伦斯是个令人不安的家伙，隔壁的女人先是利用他，然后甩了他，所以他气疯了。他从来没认罪，但他的证言却很有嫌疑。他不仅有作案动机，还出现在了犯罪现场，或多或少地承认自己拥有杀人工具。这些信息对上诉立案并没有太大的帮助。”

“到目前为止，你都和谁谈过？”

“邻居，被害人的朋友和亲戚……”

“然后呢？”

“嗯，她的继父很邋遢，因为贩毒坐过牢。萝丝塔和安娜死了，结果他继承了萝丝塔叔公的大笔财产，听起来像电影，对吧？如果凶手是他，我只能说他老谋深算，杀了人后耐心等待被害人的叔公死掉，过了许多年才继承财产……”

“嗯。”

“然后是被害人的男朋友。罪案发生前，伯伦斯听到阿斯切和萝丝塔吵了起来，阿斯切对萝丝塔说‘你不应该告诉她’，也许萝丝塔把两人的关系告诉了他妻子，你可能觉得这个动机也成立，然而案件发生时，阿斯切在克里特岛度假。”

“他会不会雇了杀手？”

我耸耸肩：“有可能。”

劳伦斯拿起亚伦和我在动物园里的照片扫了一眼：“你有什么感想？你认为雷·伯伦斯是无辜的吗？哪怕只有一点模糊的依据？”

“伯伦斯自己的声明除外？”劳伦斯点点头，放下照片。

“说实话，我什么依据都没找到，但有一条，雷不抽烟，可在被害人身上发现了按灭的烟蒂，不过这个论据没有太大的说服力。”

“当然，”劳伦斯说，“你的直觉怎么说？”

“我到现在也没理出什么思路。”

他跳起来，狂躁地摇着头说：“不！我说的不是思路！而是你的直觉！说说看，艾丽斯，当你看着雷·伯伦斯时，你的心告诉你什么？”

“我感到困惑。”我疲倦地回答。

“对于这个案子，我们要么派出整个团队跟进，志在必得；要么直接放弃。而从你的反馈来看，我倾向于选择后者。”

我迟疑了。如果被他们发现雷是我的哥哥，那就麻烦了。但我不希望放弃雷，而且我现在知道阿斯切和萝丝塔在她被害前吵过一架，我可以先把前期工作铺垫好，然后在适当的时机退出。“我会再和阿斯切谈谈，他的动机很强烈，正如你刚才说的，他不需要亲自动手，可以买凶杀人。”

“你愿意让我看看卷宗吗？”

“请便。”

第四十三章

雷

萝丝塔当着我的面拉上窗帘的那天晚上，我失眠了，虽然这很奇怪，但我并没有想着她——绝对没有，我想的是我母亲送我去“梅森之家”的那一天。

我们带着一只小手提箱，里面有我的东西，足够穿一周的内衣、3 条裤子、5 件 T 恤、两件毛衣，还有鸟类百科全书。“我可以随后把其他东西给你送来，雷。”

手提箱的尺寸给了我希望，让我觉得自己只是暂时在“梅森之家”住一阵。毕竟，我母亲知道我离不开我的乐高机械组积木，还有我的化石标本。

但当我问她我要在那里待多久的时候，她没有看我，而是一直盯着路面，说：“不知道。”

我的块头偏大，早已告别了儿童座椅，坐到了汽车前排，这也是人们格外不明白为什么我的情感机能发育迟缓的原因。至少我母亲是这么告诉我们的邻居的。后来她又对我解释了一遍：“从外表看，人们觉得你是个大孩子，但他们不知道你的内心还是个小小孩。”

我母亲和我是一家人，然而她却告诉我我会喜欢上“梅森之家”，把寝室当成自己的家，还说那里有许多好吃的，可以在院子里荡秋千。

她把小手提箱放在给我放东西的一个小房间里，房间曾经是上锁的，但因为孩子们总是丢钥匙，学校把锁拆了。

“我们和你妈妈说再见的时候，不许哭。”带我们参观“梅森之家”的那个保育员说，她搂着我的肩膀，似乎在表明我属于她，不属于我母亲。我立刻耸耸肩膀，把她的胳膊抖掉了。

“我们现在往出口走，等到了那里，给你妈妈一个大大的拥抱，然后说再见，像个大孩子那样，好吗？不要让你妈妈失望，雷。”

我等着我母亲给她解释我的情感机能发育迟缓，然而她没告诉保育员，只是说："孩子们在小花盆上画的画真是太可爱了。"

保育员笑了："我们经常带着孩子们做手工，还会种花种菜什么的。"

"我认为营养均衡的饮食非常重要，虽然雷不怎么爱吃菜，我总是让他先把有营养的蔬菜吃掉，然后再吃肉。"

"我也会这样的。"保育员说。

"你还可以让他帮忙准备食物，或者教他在园子里种菜，这样也会有帮助。"我母亲的声音听起来和平时不一样，她抿着嘴，不停地眨眼睛。

我们来到了出口。

我真的不相信她会把我留在那里，我以为这只是个终极警告："这次我先让你跟我回家，但我警告你：下次如果不听话，我就永远把你留在这里。"

"是时候说再见了。"

我母亲双手捧起我的头，在我嘴上啄了一下，然后紧紧地抱着我，勒得我喘不动气，她的胸脯一直在起起伏伏。

"很难过，对不对？"保育员拍着我母亲的背说。

我母亲用力抱了我很长时间，我甚至觉得她不会放开我，然而最后她还是放开了。她的脸上挂着黑印子，眼睛是红的。

"你还是走吧，"保育员说，"这样是最好的。"

我母亲张嘴想说些什么，但发不出声音，她转过身，低着头快步走向停车场。

我不停地挥手，虽然我的母亲始终没有回头。直到上了车，她才转头看着我，喊道："听话，雷，听见没有？做个好孩子！"

我本来就是好孩子，我都没有哭，我听了保育员的话。

我只在晚上流泪，躺在床上的时候。

我终于习惯了"梅森之家"，包括那里的阴暗面，比如欺负和取笑我的同学。但平淡的日子最难熬，我只能呆坐在"梅森之家"的公共休息室里，我的母亲告诉我那里像家里一样温暖有趣，然而我却不这么觉得，绣花坐垫、茶和饼干根本无法让我快乐。

第四十四章

艾丽斯

在大众车和奇怪的萨博车组成的茫茫大海中，捷豹显得格外扎眼，看来维克多对自己的座驾重视有加，选择了有米色真皮座椅的顶配款式，除了后座上搭着的一件皱巴巴的风衣之外，他的车称得上一尘不染，仿佛刚从经销商那里买来。

维克多是个相当整洁的人，想起我车里那些巧克力条包装纸、空果汁盒和香蕉皮，我觉得自己就是他的反面，而且我开的还是一辆老旧的大众高尔夫。

我突然觉得，也许正是这种整洁得令人发指的习惯让他过了许多年的双重生活，因为他非常善于清理自己留下的烂摊子。

“我已经全都告诉你了。”维克多冷漠地与我擦肩而过，掏出车钥匙。

“我有点怀疑。”

“你知道吗，我把我不想说的都告诉你了，而且我没有义务配合你的调查。如果你有任何其他问题，我建议你跟我的律师谈谈。”他按动车钥匙，捷豹的头灯亮起来。

“我可以问你妻子，如果你不想回答的话。”

“你最好不要。”

“怎么了？”

“虽然萝丝塔每天都威胁说要把我们的关系告诉我妻子，但那也只是说说而已，她从来没真的做过。”

“真的？那么她被害之前你们吵什么？难道不是因为这件事？”

“我不记得了。”

“奇怪，大多数人不会那么快忘记这样的争吵，尤其是他们的情妇不到两天之后就被杀了。萝丝塔威胁说要告诉米莉你们的关系，这对你而言可不是什么好消息啊。”

“你什么意思？你觉得是我杀了萝丝塔吗？还杀了我自己的孩子？你真是太过分了！”

“你害怕萝丝塔会告诉你妻子真相，而且你完全可以找人替你干脏活。”

“我最后一次请你离开。”他掏出裤兜里的手机，“还是说你希望我找保安护送你走？”

“好，我走。”

他把手机放回口袋：“谢谢你。”

一个老头溜达着走过来，他穿着西装三件套，拄着手杖，专注地打量着我们。

“晚上好，范－本肖普先生。”阿斯切说。范－本肖普？这是彼得·范－本肖普的父亲？我意识到此前我见过他一两次，在办公室，他去找玛莎·彼得斯的时候。阿斯切是他的会计吗？

“好了，好了，你可不能这样对一位女士说话，阿斯切。”他瞥了我一眼，“尤其是这么迷人的女士。”

“晚上好，先生。”我说。

他停下来盯着我，皱起眉头：“我认识你吗？”

“我在巴特尔斯－彼得斯工作。你可能见过我。”

他伸出手：“安托万·范－本肖普。”

“艾丽斯·卡斯特莱恩。”

他立刻放开我的手，然后突兀地说：“好了，日安，艾丽斯·卡斯特莱恩小姐。维克多。”他朝维克多点点头，继续朝停车场对面走去。

“你赶紧走。”阿斯切威胁道。

停车场寂静无人，看来离开是最明智的选择。

第四十五章

雷

那天早晨3点15分，我步行去上班，觉得很疲惫。萝丝塔家一片漆黑，厨房窗帘紧闭，让我想起前一天的事——萝丝塔当着我的面拉上窗帘，再也不愿看到我了。

我紧咬着嘴唇，老面酵头还在等着我，而且还要烤400个羊角包、12种其他面包和水果挞。我决定忘记玛德琳蛋糕，再也不给任何人烤玛德琳蛋糕了。

首先我打开灯，预热烤箱，然后把老面酵头从恒温柜里拿出来。我平时会这样对它念叨："你睡得好吗，亲爱的？感觉如何？"它的味道、海绵般的质感就是最好的回答。但我今天却没有和它讲话的心情。我开始混合12种面包的配料，然后是发酵和烘烤。清晨这几个小时里，所有的面包坯都会被送进烤箱。很快，散发着轻微的酸味和香气的新鲜面包就出炉了。我发现，日常的工序和熟悉的味道可以让我平静下来。

老板6点半过来的时候，我已经恢复了正常，第一批100个羊角包已经烤好了，我又花了几个小时完成剩下的，然后开始准备第二天的材料。

老板和我说得不多，不像过去我和玛格丽特那样总是聊得停不下来，他和我打过招呼后就开始整理货架、往收银机里放零钱。

第一批顾客进店购买新鲜的羊角包和巧克力面包，不知道萝丝塔会不会来，我觉得她可能会过来找我喝杯咖啡，到了晚上一切都会恢复正常。尽管很生气，我仍旧抱有希望，就像我在"梅森之家"时那样，总觉得我的母亲有一天会来接我回家。我应该知道希望是毫无意义的。

因为从面包店开门那一刻起我就望着窗外，我觉得很难把注意力集中在烤面包上，结果第二批羊角包在烤箱里停留的时间太长，我模模糊糊地听到了计时器的报警，但没有立刻把面包取出来。

直到老板跑进厨房，我才发现到处都是蓝色的烟雾。“雷！这儿是怎么回事？”他拉开烤箱门看了看，“该死！你没设定计时器吗？”他拖出来一盘烤焦了的羊角包。

我的腿开始颤抖。

“你怎么了？是不是生病了？你需要回家吗？”

我往脸上拍了点凉水，深吸一口气。集中，我告诉自己，集中精力工作。我记起皮埃尔曾经说：“就像酿造红酒那样，时间和温度，时间和温度。”

我勉强烤好了另外 50 个羊角包和 20 条法棍，然而它们不像往常一样完美，有点太白，形状也不均匀。老板抬起眉毛，但什么都没说。

上午 10 点左右，我开始准备第二天的羊角包的面团，我拿出老面酵头，它看上去很疲惫，我今天早晨喂过它吃的，可并没有让它精神起来，它既苍白又萎靡，还有酸味，不像一块心情好的酵母。

“你怎么了？”我低声说，“亲爱的，你到底怎么了？”

我闭上眼睛想了想，恒温柜的温度设置错了吗？它还需要吃东西吗？我要降低 PH 值吗？我睁开眼睛，仔细观察老面酵头。糖，我突然想到，它需要甜味，我给它吃了两汤匙糖，放回恒温柜。

接下来的一个小时，除了期待它能好起来，我什么都干不下去，我不能用这种状态的老面酵头做羊角包，而且我还要看着外面，以免萝丝塔出现。

萝丝塔 11 点时还没来，老面酵头的状况也更糟糕了，它缩得比刚才还小，仿佛呼吸困难，我往店堂里看了看，老板和女店员在忙着招呼顾客，根本意识不到厨房里发生了什么。

“亲爱的，”我恳求道，“不要放弃我，留在我身边。”一滴泪水滚下我的脸颊，我知道它流下来了，可没有想到要去擦掉它。于是这一滴由水、蛋白质、钠、钾、溶菌酶组成的混合物掉到了“面团之母”身上，它勇敢地抵抗了几秒钟。“不！”我大喊，“不！不！”泪水不断滴落，我眼睁睁地看着它缓缓倒下，既不能停止哭泣，也无力拯救它。我瘫痪了，如果我及时恢复理智，也许能救下它，然而我做不到，事情就这么发生了。

摘下围裙的时候，我已经平静下来，我分开店堂里排队的顾客，向门口走去。老板喊道：“你要去哪儿？”我也不知道该如何回答他。

街道上很安静，大家都去了每周举行一次的集市，天空中阴云密布，即使已经到了 5 月，风依旧很冷。我发现自己把外套落在了面包店，但没有心思回去取。

走到我家所在的街上时，我看到萝丝塔和安娜家的前门没关，我试着回想我在“梅森之家”学到的所有名言警句，比如：“假如你和别人的看法不一致，最好躲着他们走”。

我不应该走到萝丝塔家门口去看的，我仍旧希望一切都是我的错觉，希望萝丝塔可以叫我回去，我们又可以像家人那样相处。来到她家门前，我摘掉灌木丛中的几根死枝，现在老面酵头也死了，我有充足的时间打理她的花园了。

“萝丝塔？”我叫道，她没有回答，她还是不愿意理我。我的希望瞬间变成了愤怒，她骗了我，然后又假装我不存在，但我确实存在，她不能这么轻易就摆脱我。

我慢慢地推开了门。

第四十六章

艾丽斯

每逢我母亲同意照看亚伦的日子，就是我如蒙大赦的休息日。他们两个不是坐在沙发上一起看书，就是玩一个叫作“小北极熊想飞行”的游戏。我母亲会准备好晚饭，我只需要挂好大衣，坐下来吃就可以了。用餐时我们愉快地聊天，然后 7 点左右，我开车带着亚伦回家。但自从我发现了雷的存在，我们的聊天就没有那么愉快了，我不能压下满肚子的疑问只和我母亲谈论天气。

“这个星期我过得很有意思。”我在摆着烤猪、炸薯条、胡萝卜和豌豆的餐桌旁坐下。

“又来了。”我母亲怒气冲冲地切起了烤肉。

“你知道雷一直过得很不好吗？社工担心他无法适应研究院的生活。”

“你知道我昨天去看医生了吗，因为指甲感染？”我母亲大声回应道，“他给我开了一支药膏，每天涂两次。”

“他很快就要被转到别的部门了，他们认为那里更适合他。他总是这样的吗，妈妈？”

我母亲无动于衷地继续说：“所以我去了药房，带着亚伦，收银的女人对我说：‘你知道应该怎么处理指甲上的真菌吧？’我说：‘不好意思，小姐，只是个感染而已，如果你能小点声，我会感谢你的，不用搞得全世界都知道。’”

“妈妈，我和你说事呢。”

“我也在和你说事。”如果她不是我妈，我会说她看我的眼神里透出赤裸裸的轻蔑。

“我还要。”亚伦说。

我母亲往他的盘子里放了些胡萝卜和薯条，然后把它们搅和在一起。

“为什么他跟着你的时候吃饭就这么有规矩？”我问，“他每吃一口我都得哄着。”

“你现在明白了吧，这就是讽刺的地方：等你掌握了所有带孩子的技巧，你的孩子已经长大离开家了，所以你的技巧根本没地方用。”

“这就是为什么许多地方的人会让祖母带孩子，你不想试试吗？”

“哈！别做梦了。”

“这时候就显出有配偶的好处了，对不对？可以帮你分担各种家务，和你聊天，在你睡觉、健身的时候替你看孩子，让你在减轻压力的同时保持身材。你应该两种经历都体验过了，抚养我的时候有我爸爸协助，抚养雷的时候却只有你自己，对吧？还是说有人帮你？雷的父亲到底是谁？”

我母亲噘起嘴。

“不喜欢这个话题？”

我母亲拿起一张餐巾纸，开始给亚伦擦嘴：“真是个好孩子，把饭都吃了，小甜饼，然后就可以去玩了。”

亚伦从椅子爬下来：“我可以坐在你的腿上吗，外婆？”

“可以。”她张开双臂，让亚伦爬上她的膝盖，紧紧抱着他。

我看着他们两个，心中五味杂陈：她把第一个孩子送走了，假装他不存在，又冷漠而完美地养大了第二个孩子，然而外孙却是她的一切，我从未见她对亚伦摆过冷脸，我很高兴，但同时又觉得不公平。

“雷的父亲是谁？他在哪儿？”我急切地问。

她没有回答我，而是抚摸着亚伦的头，说:“你该理发了，年轻人。”

我恼火地收拾碗碟。

“请你把香草布丁端来好吗？”我母亲在我身后叫道。

“贱人。”我对着冰箱骂道。

“遇见爸爸之前，你是做什么工作的？”在厨房洗碗时，我再次试探道。

“我当了一段时间的秘书。”她不情愿地回答。

“你知道吗，以前你从来没告诉过我，你在什么地方当秘书呢？”

“有什么区别吗？”我母亲狂躁地擦洗着手中的餐具，“你知道我们已经多长时间没有正常地聊天了吗？最近这段时间你简直像审讯我一样，我是不是应该谢谢你没拿聚光灯照着我啊？”

“你完全误会了，妈妈，这就是正常的聊天——关于我们——你和我的正常聊天，而且我讨论的都是重要话题。如果我们总是谈论超市打折券和丽娜的眼睑手术，却不讨论别的，这才叫不正常。”

“什么？”

“你从来不愿意讨论任何事情，甚至现在也不情愿，而最近我发现你身上有许多我摸不透的东西。所以，你究竟是什么样的人，妈妈？我反正是一点都看不明白啊。”

我母亲把洗碗布往我手里一塞，扬长而去：“好了，剩下的活你来干。”

我环顾四周，厨房已经被她收拾得一尘不染了。

第四十七章

雷

“我有好消息告诉你。”

我抬起头来。别人眼中的好消息往往是你能想象得出的最糟糕的消息，然而穆的眼睛是那么亮，我觉得这一次可能真的是好消息。

“你很快就要搬到新部门去了，那里更适合你。胡默曼医生希望你去见他，和你谈谈这件事，我也会去。”

我点点头，你必须信任某个人，我信任穆。

“我能告诉你一个秘密吗？”穆倾身向前对我说，“在新部门你会住进更大的套间，你猜猜房间里会有什么？给你 3 次机会。”

我觉得绝对不会是我最想要的东西，我不敢猜。

穆伸出手，模仿着鱼游泳的动作：“我可没有向你透露一个字哦。”

他离开公共休息室，进了社工办公室，我一个人留在那里，像往常一样站在窗前。我的鱼！我真的又能见到我的鱼了吗？

我举起胳膊，开始在公共休息室里跑圈，像进了球的足球运动员那样欢呼雀跃，最后理查德忍无可忍地捂着耳朵吼道：“行了！行了！”穆把脑袋从办公室里探出来，说：“雷，我知道你很高兴，但你可以小点声吗？”

“我会的。”我回答。

“你现在还不能告诉别人，好吗？”

“好的。”

胡默曼博士向我解释了转到新部门意味着什么，我要去的是“自闭症病区”，是给不擅长感觉的人设立的，比如我。

我必须按照严格的作息时间表生活，还要继续治疗。

“好的！”我很想这样喊出来，“现在说说我的鱼吧！”然而坐在我旁边的穆正在看着我，我得控制自己。

“你刚来的时候曾经提过一个要求，”胡默曼医生说，“希望在你的套间里养鱼。”

我向前倾身：“是的，没错。”

“我们决定答应你的要求。”

“这意味着你可以把你的鱼运来了。”穆向我挤挤眼。

“不过，”胡默曼医生说，“首先我们必须测量水族箱的尺寸，如果尺寸太大，只能换小水族箱，你能接受吗？”

我摇摇头：“弗朗索瓦！玛丽亚！汉尼拔！金刚！土星！金星！花生！葡萄干！玛吉！”

“我明白了。”胡默曼说。他戴上水牛角眼镜，开始在记事本上写东西，“我们会在星期二把你转过去。如果你愿意，今天就可以和穆去参观一下新病区，你想去吗？”

“我们可以去测量一下套间的尺寸，看看能不能把你的水族箱放进去。”穆补充道。

我再次体验到难以形容的幸福感，冲动之下，我拥抱了穆，把头搁在他的肩膀上。

“好了，好了。”胡默曼医生微笑着说。

穆拍着我的背：“看到你这么开心，我很高兴，雷。”

自闭症病区和培训部看起来没有任何不同，同样的沙发、红蓝条纹的椅垫、棕色橡木咖啡桌、黄色涤纶地毯……连植物都摆在完全相同的地方。

大部分病人不在套间里，有的去治疗了，有的干活去了，自闭症区的社工告诉我的，他是个留络腮胡的老头，说话的声音深沉、平静、清晰。公共休息室里只有两个病人，他们刚刚干完活。

他们没和我打招呼，甚至对我们视若无睹，其中一个坐在沙发上读一本关于蕨类植物的书，另一个在玩一盒1500片的拼图。

我觉得自己喜欢这里。

“在这儿你会有更多的自由，”新的治疗师告诉我，“但最初几个星期我们会密切观察你，如果一切顺利，你会有更多的独自行动的机会，比如自己去图书馆或者食堂。”

“我能看看我的牢房吗？”

“你的套间。但我必须提醒你，现在里面还没有完全整修好，我们正在粉刷，你还会得到新家具。”

我们来到一条走廊，里面是一排安装着小百叶窗的钢质门，我的牢房在最头上，社工输入一个密码，门开了。

我走进空房间，里面有股汗臭味，一面墙上有一大片水渍。“房间还没有清理，”社工说，“我告诉过你的。”

我在室内转来转去，发现从一面墙到另一面有8步远，比我原来的套间多3步，绝对是个进步，新牢房也更宽，还有一扇对着外面的窗。

“你觉得怎么样？”穆问。

“很好。”我说。

“我们会为你打扫好的，那个东西会消失的。”社工指着墙上的水渍说。

“很好，”穆说，“要是把你的床放在这里，就有地方放水族箱了。”

“噢，是的，我听说了，”社工说，“海水水族箱，对吧？你有什么鱼？”

“各种都有，神仙鱼、刺尾鱼、小丑鱼、花鲈……”

“我们这里也有个病人养鱼，不过只是两条金鱼，养在圆形鱼缸里。”

穆看看手表：“我们得回去了，雷，我要交班了。”

我最后看了一眼空房间。

不错，我认为。

第四十八章

艾丽斯

劳伦斯邀请我去冯德尔公园一起快步走："今天我坐在椅子上，突然觉得很烦躁，而且我所有的裤子已经快要紧得穿不上了，但我不相信节食。"

去公园的路上，我能从他的表情看出来他确实很烦躁。进了公园，他说："你怎么能对那个阿斯切紧追不舍呢？那家伙可是给范－本肖普家族当了一辈子会计师——你不觉得这样做有损我们的形象吗？"

"可我那时候又不知道他是范－本肖普的会计。"

"调查！"他打断我，"难道你一开始不先调查的吗？"

"对不起，"我说，"我后来才发现的，但你应该知道，他有很强的动机。"

"我不想听，我只想说，不许你再靠近他和范－本肖普家的人！至于你一直跟进的案子……"他开始喘着粗气告诉我他看完卷宗后的想法，但我有点跟不上他的思路，"就像你说的，目击证人太少了，伯伦斯作证时显然受到了胁迫。坐井观天。"他挥着胳膊说，"简直是21世纪刑事案件辩护人的主要特点。"

我点头表示同意，为此差点踩进一个大水坑里。

"但是，也有许多可靠的证据表明，伯伦斯卷入了安杰利的双重谋杀案。首先，他出现在了案发现场，这是得到法医确认的，不只是怀疑。其次，有一条血迹从被害者的房子延伸到他的房子。"劳伦斯突然停下来，弯着腰，手扶着大腿猛喘气。

"也许我们应该放慢一点速度，别把体力一下子用完。"我说。

"不行，"劳伦斯坚决地说，风掀起了他的头发，他的秃顶更加明显了，"明天我带跑鞋来，从现在开始，我们每天都来锻炼吧。"

"棒啊。"

"你在嘲笑我吗？"

“当然没有。”

劳伦斯再次加快了步伐，尽管多日不露面的太阳今天终于出现了，但公园里几乎没人。

“好了，让我们谈谈凶器，宜家的刀。法医报告并不完全肯定伯伦斯的刀就是杀人的凶器。荷兰法医研究院指出，可能性大概在72%，虽然有点高，但不是100%。还应该补充的是，他们没在刀上发现被害人的DNA，当然伯伦斯可能把刀擦得很干净。我本人就总是推荐我的客户使用布里洛洗涤剂，去污力极强。”劳伦斯特意顿了顿，给我机会对他的笑话做出反应，我连忙笑了几声。

“现在人人都知道宜家的东西是彻底的垃圾，为什么他们的台灯那么便宜？因为排了一个小时的队，终于买到它之后，你会发现它的寿命只有两天两小时3分钟14秒。我敢打赌，如果拿那把刀捅别人14下——虽说人类的身体60%是水，但还有许多很硬的骨头和结实的肌肉，所以……”劳伦斯气喘吁吁地嘟囔道，我更加不明白他的话了。

“我们慢点走吧。”我建议。

“没门。无论如何，我都认为那把刀根本伤不了人。如果真的用它捅人，可能刀尖会弯，刀刃也会卷，也许我们应该买把宜家的刀去测试一下伤害效果，不过……”他皱着眉头看我，“就算我们已经证明那把刀不可能是凶器，还需要解释伯伦斯为什么会在犯罪现场。”

“刀上还有别的残留物，化学名称很复杂，我没时间搞明白它是什么。”我说。

“噢，那个啊，我找法医部门的人问了，说是硫化橡胶。”

“什么？”我一下子站住了。

“来吧，”劳伦斯说，丝毫没有放慢速度，“继续走。”

我不得不跑了几步才赶上他。“制造汽车轮胎的那种硫化橡胶？”我问。

“制造汽车轮胎和橡胶板的那种硫化橡胶……”

我又站住了：“不会吧。”

这一次劳伦斯终于知道等等我了，他的脸通红。

“你知道吗，谋杀案发生前不久，伯伦斯拿刀戳破了萝丝塔的男朋友的车胎，如果刀上的硫化橡胶来自他的车轮胎，就说明它不可能是凶器。”

"因为……？"

"因为如果他仔细地清洗掉刀上的所有DNA，为什么还会有硫化橡胶的残留物？难道这些残留物不会也被清洗掉吗？"

"有意思，"劳伦斯说，"但我们不知道橡胶残留物有多顽固，也许无论怎么擦洗都摆脱不掉呢？另外，这也不会被当成新的证据。"

"为什么不？"

劳伦斯恼火地摇摇头，以比较正常的速度走了起来："艾丽斯……你不明白吗？那把刀的情况已经被法庭记录在案了，辩护律师根本没仔细研究它，简直蠢到家，算伯伦斯倒霉。而且对我们来说也没用，所以我现在更感兴趣的是伯伦斯为什么在案发现场，那家伙在那里干什么？"

"我还没有搞清楚，他不爱说话。"

"也许我该去拜访一下他。"

"我觉得没什么用，他异常谨慎，甚至不会告诉心理医生发生了什么，只是不断地说自己是无辜的。"

劳伦斯仔细地打量着我的脸："你不想让我见到伯伦斯先生，是不是还有别的原因？"

我觉得我的脸红了："你什么意思？"

"没什么意思。"

我不知道承认雷是我的哥哥是否明智，劳伦斯可能已经知道了，也可能不知道，毕竟知道这件事的人很少。保险起见，我故作轻松地说："噢，当然还有许多原因，你了解我的。"

"别担心，我不会不帮助你的哥哥打上诉官司的。"他若无其事地说。

我倒吸一口气，虽然我早就应该猜到："你怎么知道的？"

劳伦斯把他父亲般的大手搁在我的肩上，"来吧，我们回办公室去。"走了几步之后，他缩回手，"听到他的姓之后，我就知道了。"

"伯伦斯？"

"没错。"

"你一听就知道了？"

"当然。"他得意扬扬地说。

我百思不得其解："可我们的姓不一样啊，你认识我母亲吗？"

"我不能回答这个问题。为客户保密。"

“噢，得了吧，你怎么知道我母亲婚前姓什么的？”

“别忘了，我已经做了很长时间的律师了，玛莎也是，我们认识很多人。”

“这么说你认识我母亲。”

“我本人不认识她，但我认识认识她的人，所以……”

我想起几天前玛莎和我的那段奇怪对话，她说“我们没法摆脱你”，我母亲跟这件事有关系吗？“告诉我。你不能让我蒙在鼓里。”

“也许你不该不告诉我们你的新客户是你的同母异父哥哥，你当时怎么说的来着？‘接手这个案子对公司的声望有好处？’我一直期待着你主动向我坦白呢。”

我无言以对。

我们默默地走回办公室。进门之前，劳伦斯说：“不过我们原谅你了，孩子。”他叹了口气，“再一次原谅你。”好像我在巴特尔斯－彼得斯的工作史是无尽的谎言和欺骗组成的一样。

“现在怎么办？”我们来到大厅里，在我必须爬楼梯、他必须向左拐进他的办公室的时候，我问。

“继续前进，孩子。我会找法医验证你关于硫化橡胶的假设，你找伯伦斯打听他去案发现场干什么，撬开他的嘴。还有，他那天为什么提前下班？平时他不都是下午3点才走的吗？我们必须弄明白。”

“很难从他那里得到任何信息，”我说，“他经常走神，根本不听我说话。”

“这是我们必须克服的另一个障碍。我认为，在我们进一步采取行动之前，我亲自见他一面是很有必要的，并不是说我觉得我的沟通能力比你强，而是因为第二意见非常重要，尤其是我认为你会把很多情感因素掺杂进来，我们不允许自己的家人成为客户是有原因的。”

“我会安排的，下次你和我一起去。”我说。

“远离阿斯切和范－本肖普家的人。”劳伦斯庄重地冲我一点头，走开了。

第四十九章

雷

我们坐下来吃早饭，虽然我讨厌和很多人一起吃饭，但自从知道我又能养鱼了，无论什么我都可以忍受。

“我听说他们要让你和别的雨人一起混？”伦勃朗这几天一直主动坐我旁边，我一般不会回应他的话，但这次我点了头。

“这下我们的好伙计安德烈该往哪里藏他的毒品呢？”他朝那个戴眼镜的社工努努嘴，“不过，他会找到别的替罪羊的，你明白我的意思吗？”

安德烈看着我们这边，眼睛眯了起来。

伦勃朗继续低声说：“他知道我们在说他，瞧瞧那双鬼鬼祟祟的猪眼睛，他在读唇语呢，伙计。”

“吃饭时不准闲聊，”安德烈说，“我们这里不是女子寄宿学校。”

“唉！真是受够了这里的男人了。你呢，雨人？”他捅捅我，我僵硬地盯着粗制滥造的面包上的花生酱，“说起贱人，我们那个喜欢发春的小社工什么时候回来？你要是走了，我可能得采取点行动，你没有什么要对我说的吗，雨人？”

“你知道说这种话会给你带来麻烦的吧？我要给你警告了。”安德烈说。

“为什么？我又没做错什么！”伦勃朗举起双手，似乎在强调自己的无辜。

“你很清楚我在说什么。”

“冷静，老兄，我没有恶意。”看到社工转过身去和汉克说话，伦勃朗又靠过来对我说，“如果我是你，我会让他得到应有的惩罚，他把你陷害得很惨，对吧？不过你也许就愿意关禁闭，是不是，雨人？你穿那种纸板裤子是不是会硬啊？”伦勃朗咬了一口三明治，张着嘴嚼起来，我把头拧到一边，“你很快就到别的部门去了，那时想要报复可就晚了。”

我希望早餐赶紧结束，但我看到戴眼镜的社工又从篮子里拿出一块面包，我们至少还得再吃 5 分钟。

“你知道该怎么做了吗？”伦勃朗带着口臭的呼吸喷到我脸上，我拼命往旁边躲，逼自己想着我的鱼。

“上去掐着他，告诉他你知道他做了什么，然后看看他怎么反应。”

金星。土星。汉尼拔。金刚。花生。葡萄干。

“伦勃朗，第二次警告。不许在早餐时闲聊，下一次警告之后你就得回套间禁足了。”

“哦，是吗？”伦勃朗站起来。每个人都停止了咀嚼，除了理查德，他像往常一样在把他的面包切成各种形状，今天是圣诞树。

伦勃朗突然脱下裤子，亮出了老二：“知道你能做什么吗？你可以吸我的鸡巴。”他开始前后摇晃那个棕色的玩意儿。“吸我的大黑鸡巴吧。”他又说。

“你现在是自找麻烦了。”另一个社工说，他是新来的，我以前没见过他。

“我知道你想吸，瞧见它有多大了吗？和你裤裆里那个小东西可不一样。”伦勃朗站在离我不到一英尺的地方甩着他的阴茎，其他人开始欢呼，似乎这是件好事。

我钻到了桌子底下。

“给你最后一次机会提上裤子，否则我就叫警卫了，你知道那意味着什么。”

“X 你妈，王八蛋。”我听见伦勃朗说，我蹲在桌子底下看到他提上了裤子。

“很好，”安德烈说，“不过你得被禁足至少一个星期。早餐结束。”

我留在原地，直到大家都走了我才从桌子下面爬出来。

他们让我在厨房帮忙，我得清理碗碟，把它们拿到小厨房，放进洗碗机，把食物收进冰箱或者碗柜。我正在独自忙活的时候，那个戴眼镜的社工突然走进来，他是不是听到了伦勃朗甩鸡鸡之前对我说的话？我匆忙把剩菜放进面包桶，集中精力干活。

“到底怎么回事？早餐的时候？”

他想找麻烦。我又逼自己想我的鱼，希望他能走开。

"你聋了吗？你应该明白，伦勃朗说的话没有一个字是真的。"

我打开冰箱，把奶酪和黄油放到架子上。

"好吧，我过来不是为了这个。我想告诉你，今天有人来看你。"

我不知道艾丽斯·卡斯特莱恩要来，但还是挺高兴。我可以把他们允许我养鱼的好消息告诉她，她一定会开心的，我知道她会。

"你母亲，这是她第一次来看你，对不对？"

我冻僵在原地，手里的果酱罐滑到地上摔碎了，红色的果酱溅得到处都是。

"你怎么这么吃惊啊？为什么？"

我什么都没说，只是盯着那一大片红色的污渍，想起我母亲上一次到监狱看我。"结束了。"她说，"我再也不能来看你了，我受不了了。"那一次她没哭，也没拥抱我。

"你听到我说什么了吗？"安德烈敲敲我的手臂。

我沉默了很久，不知道该说什么、该怎么做。

他清清嗓子："我懂了，好了，我 11 点来接你，你会把这里打扫干净的，对吧？"

第五十章

艾丽斯

每个星期三晚上 7 点半到 10 点半，我母亲都会到和她家相隔几个街区的老年人活动中心打桥牌。她所在的桥牌俱乐部有个好玩的名字——“脑灰质”，“灰”还可以指代老年人的银发，说明桥牌可以让老年人的脑细胞保持活力。我母亲现在还染头发，她总说到死都要保持金发，甚至还逼我承诺在悼念的人观瞻她的遗体之前帮她补染发根。

她家门厅里开着一盏灯，起居室里的小灯也亮着，简直像在举着大喇叭宣布“房子里没有人”，是指引小偷光顾的灯塔。我虽然提醒过她很多次，但根据我母亲的逻辑，小偷看到灯光就不敢进屋，哪怕亮着的只是房间角落里的一盏小台灯。

宾妮今天帮我照看亚伦，但我不是很放心，因为她上次带亚伦的时候，第二天我在他头发里翻出了口香糖，可宾妮发誓说她没给过亚伦口香糖。虽然我母亲是照顾亚伦的最合适人选，但我总不能说“求你帮我看一下孩子，因为今天我要偷偷钻进你家干些见不得人的事”。

我把钥匙插进锁眼，往身后瞥了一眼，一个男人牵着狗走了过去，似乎没注意到我，我转动钥匙打开门，走进屋里。

我很紧张，即使我母亲不太可能提前回来，但要是被她发现我在这儿，她一定会发疯的。

既然我母亲拒绝告诉我任何关于雷或者他父亲的信息，我决定自己做些调查。上次我闯进她的书房找线索时，雷是我的主要目标，这次我希望看看能不能找到关于雷的父亲的蛛丝马迹。

我踮着脚穿过起居室——其实不会有人知道我进来——拿手电筒照着我母亲的小写字台。

水族箱在黑暗中显得很怪异，在房间里制造出一大片蓝绿色的投影，仿佛水下的岩洞，鱼儿平静地游来游去，无忧无虑很是逍遥。

我拉开抽屉察看里面的东西：我母亲的银行对账单、保险回执、燃气费水电费发票……一盒橡皮筋和纸夹子、一张阿姆斯特丹的街道地图、公交车票、我父亲的前同事两年前从西班牙寄来的明信片；我翻阅了她的通讯录，里面的名字多得很，根本无从找起。

躺在桌子上的金色钢笔引起了我的注意，我经常看见我母亲用它写东西，但我突然意识到，这支笔很像彼得·范－本肖普用的那支，我转动笔杆，照见了上面的题字："范－本肖普船业"。

我母亲从哪里得到的这支笔？这种昂贵的东西一般不会被当作免费的赠品到处发放，肯定是有人特意送她的礼物。我拿出我母亲的通讯录——我在维克多·阿斯切停车的地方见到的那个老头叫什么来着？——很快我就在 A 栏找到了一个"安托万"，但没写姓氏。

"啊哈。"我大声说，会有多少人叫安托万呢？我拿出手机照着号码拨了出去，话筒里传来一个老头的声音："你好？"我立刻挂断电话，幸好我的电话号码是不会来电显示的保密号。

我母亲认识安托万·范－本肖普，范－本肖普家族是巴特尔斯－彼得斯的大客户之一，是我母亲请安托万·范－本肖普说服巴特尔斯－彼得斯律师事务所雇用我的吗？因为这份工作实在太完美了，公司就在我住的那条街的拐角，还允许我兼职，而且事后看来，我面试的过程也顺利得离谱，简直不像真的。没有亚伦之前，我是猎头公司工作推荐单上的红人，然而怀孕之后，他们就不来找我了。

我母亲当时催我再找一份工作，我不情愿地发了几份简历，但似乎没有律师事务所愿意接收一位希望兼职工作的年轻单身母亲。就在我准备休产假之前，劳伦斯打来了电话，他恰好在寻找兼职助理，我高兴极了，也如释重负。同行都很羡慕我："你要去正规律所兼职了？真的吗？难以置信。"

我越想越觉得，我得到这份工作不可能是巧合，玛莎也暗示过我，而且劳伦斯似乎熟悉我母亲。听到我的名字，安托万·范－本肖普的反应很奇怪……问题在于：我母亲是怎么认识安托万·范－本肖普的？她为什么能求得动他？

亚伦和宾妮平安无事地相处了两个小时，他刚睡醒，她给他喝了些果汁，我觉得很满意。

“我只能猜测。”我向宾妮汇报我的调查结果，“问题是我母亲和他有多熟？我觉得……”

“……那个安托万·范－本肖普是雷的父亲。”

“虽然很难相信，但事情好像就是这样，你知道这个安托万吗？你没好好研究研究你这位——你都是怎么说的来着——‘未来的公公’？”

宾妮两手按着太阳穴——她说这个动作帮助她思考——闭上眼睛。“安托万·范－本肖普……”她咕哝了几遍，“首先，他原来不姓范－本肖普。”

“什么？”

“他本来不姓这个，他原来好像姓布鲁菲尔德之类的，他结婚后随了他老婆的姓。”

“哈！为什么呢？”

“你觉得呢？芭芭拉·范－本肖普的父亲说，女婿只有随了他们家的姓才能继承他们家的产业。”

“好吧……”

“安托万年轻时是范－本肖普公司的雇员，被老板的女儿看中了。”宾妮放开了她的太阳穴。

“真爱。”

“真爱。”她赞同道。

“不过，谁会拒绝范－本肖普船业的财富诱惑呢？”

“反正我不会。”

“我母亲过去做过秘书，也许她是在那里上班，然后认识了安托万。”

“可你打算怎么做？直接问你母亲？给安托万打电话？”

“我可以两件事都做。”

“你不觉得这个设想很奇怪吗？”宾妮说，“如果安托万是雷的父亲，那么雷就是‘撒尿的彼得’的同父异母兄弟。”

我捂着脑袋呻吟起来。

“别担心，至少你和彼得没有血缘关系。”宾妮哧哧地笑着说。

第二天9点半，我给安托万打电话，接电话的是秘书。“范－本肖普先生只在周二和周三来办公室，恐怕你得下周再打来了。”

“我有急事找他，”我说，“请转告他，巴特尔斯－彼得斯的艾丽斯·卡斯特莱恩希望和他讨论一件重要的事情。”

“我记下来了，但我不能保证他会见你，这得看范－本肖普先生的意思。”

“我敢肯定他会的。”

安托万·范－本肖普当天就给我回了电话，我们的交流很简短，没等我表明意图，他就说：“别管闲事。”

“什么意思？”

“你很清楚我的意思，如果你是个聪明姑娘，就不要插手。”

“哈！根据你的反应，我几乎可以断定，你就是雷·伯伦斯的父亲。”

“没有什么好断定的。”他说，然后就把电话挂了。

第五十一章

雷

我母亲一言不发地走进接待室，微微朝我点了点头，坐在我对面的椅子上。我首先注意到的是她红毛衣上别着的那枚巨大的金色蜜蜂胸针，然后我发现她的头发比我们上次见面时短了一点，我真想摸一摸那些头发卷儿。

她双手合十，胳膊肘撑在桌子上："你一定想知道我来这里干什么。"

我意识到自己在颤抖，就把两只手塞到大腿下面，防止它们到处摇晃。她会拥抱我吗？她会告诉我我是她儿子，她会永远爱我吗？哪怕我们已经不在一起生活了？

"我知道你见到了你妹妹，"她笑了一下，但我不觉得这是真笑，"她说要帮你上诉。"

我点点头。艾丽斯·卡斯特莱恩。我的妹妹。

"我来就是为了和你说这件事。"我母亲严肃地看着我，她的蓝眼睛周围有一圈黑边。她从来不会被我的大块头愚弄，她知道我的内心还是个小孩。

"不过，先说点题外话，我听说他们允许你在套间里养鱼了？"

"没错！下个星期！"我突然觉得很紧张，"我可以养的，对吧，妈妈？"

她微笑道："当然，亲爱的，你又能见到你的水族箱了，但你要好好表现，不能违反规矩。"

"我会的，真的。"

"很好，我知道你努力了，雷。"

"是的。"我从腿底下抽出手搁到膝盖上，它们很平静。

"不过你还要遵守一些新规矩，你还不知道的规矩。"

"好的。"

“我们能来点咖啡吗？”我母亲问安德烈。

“好的。”他说。他和警卫离开了房间。我很吃惊，穆就从来不给访客拿饮料，也不会离开接待室。

“新的规矩是，雷，”我母亲慢慢地说，“你不能再告诉大家你是无辜的。”

我不相信我的耳朵：“可我就是无辜的呀，妈妈！”

“这是新规矩，”我母亲冷静地强调道，“你还要承认是你杀的人，如果做不到，你就不能养鱼，明白吗？”

我摇摇头，为了以防万一，我又把双手塞到了腿下面。

“雷，你杀了萝丝塔和安娜，你必须把它写下来给你妹妹看。你告诉她，她必须停止那些可笑的调查，而且你们俩最好不要再见面了，永远别见。”我母亲拿出记事本和钢笔，拍在我面前的桌子上，“照我说的写下来。”

“不，”我说，“不是我干的。真的不是我干的！你知道的。我也不想给艾丽斯·卡斯特莱恩写信，我想要她帮助我。”

她冷冷地盯着我：“很好。我本来不想这么做的，是你逼我的。”她从包里拿出一个饼干罐。

戴眼镜的那个社工呢？警卫呢？

我母亲打开饼干罐的盖子，掏出一只冰袋，冰袋下面的东西包在小猫图案的纸巾里，她展开纸巾：“你自找的。”

一条身体残缺不全的鱼掉了出来，虽然它已经被切割得支离破碎，我还是立刻认出了它，是汉尼拔，我看到了它的肠子。

从纸巾里滚出来的下一条鱼是金刚，它的肚子也被切开了，我不敢看。金刚！最气派的金刚！我给安娜买的金刚！

“现在你照着我说的写，否则别的鱼也活不了。”我知道我母亲是认真的，这是终极警告。

我想都没想就照做了，我拼命忍着不哭。金刚！汉尼拔！我最好的、最美丽的鱼！它们总是在那里等着我，安静地在 pH 值精确无误、鱼食准点投放的水族箱里游来游去。

“咖啡来了。”我听见安德烈说，他和警卫先后走进来，我母亲让我在信上签名。

我在纸上写下我的名字。

安德烈咳嗽了几声，抬起眉毛看着桌上的死鱼，我母亲迅速用纸巾卷起鱼，塞回饼干罐。

“好了吗，伯伦斯女士？”安德烈问。

“是的，好了。”我母亲的声音听起来完全正常。她拿起记事本，撕下第一页，“我把它寄出去。”

我的嘴一下子张开了，发出低沉的咆哮，我的拳头砸在桌子上：“不！不！不！”

“你最好给他点东西让他冷静下来。”我母亲说，她站起来，把手放在我的肩上，“这是最好的办法。相信我，雷。你很快就能见到你的水族箱了，也会忘记这件事。”

她大步走出房间，安德烈紧跟在后面。

警卫又让我号叫了一会儿，然后敲敲我的肩膀：“该安静了。”

我做不到，连“梅森之家”教给我的办法也不管用：我先用鼻子深吸一口气，然后用嘴呼出来，这样来回呼吸了几次，想要冷静下来，最初的几秒钟还管点用，但接下来我又开始尖叫，用拳头砸桌子。

“住手！”警卫开始摇晃我，“住手！该死！”

我点着头想要住手，但没有用，我实在太难过了。

警卫扇了我一巴掌，我没能躲开，我的脑袋抽了一下，双手捂住被打的地方。

“好了，”他说，“我把你送回套间。”

第五十二章

艾丽斯

“我不明白。”我对穆说，他靠过来碰碰我的手。接到我的电话后，他马上赶了过来。不过，看到他坐在我家起居室的脏沙发上，感觉有点怪。亚伦已经上床了，幸好他这次很快就睡着了，“雷为什么不想再见到我了？”

“是啊，很难理解。”

“发生了什么事吗？在他的病区里面？他去治疗的时候？”

“我反正没听说，而且，知道要到新部门去，他很高兴呢。”

“什么部门？”

“自闭症病区。你会看到的，他在那里开心多了。那里的病人也安静多了，他们更专注自己的事，另外，雷可以把水族箱放在他的套间里。”

“那很棒！但也许这就是他写这封信的原因，因为可以养鱼了，他觉得不出来也没关系。”

“有可能。但为什么他连你也不想见了呢？我觉得他开始期待和你见面了呢。”

我感到自己脸红了，虽然这算不得真正的赞美。我连忙把雷的信又读了一遍，感觉完全说不通，他一直坚称自己是无辜的，现在却突然认罪，而且把话白纸黑字地写下来，正式通知我不要再去联系他。“你觉得我哪里做得不对吗？”

“当然没有。你很棒。我认为你和他说话的方式也很明智，他也在努力和你沟通，试图回答你的问题，哪怕这对他来说很难。这几个月里，你是唯一一个来看他的人，他不会很快忘记这一点，相信我。”

“可我失败了。”事态的发展比我想象的更加戏剧化。更糟的是，我觉得我的眼睛湿了，我可不想当着穆的面哭。

不得不承认的是，穆确实是个训练有素的情绪辅导师，他摇摇头，拍拍我的胳膊："你没有失败，你为什么会这么想？"

我发出了可怕的叹息声："我猜我只是累了。"我这才意识到雷的案子给我带来了多大的压力。

"换成别人也会累的。你做的这一切非常了不起，需要克服许多困难，我给你煮点茶？"

"那就太好了！"我喊道。我觉得我们两个都被我的声音吓了一跳，感到热血再次涌上我的脸颊。穆突然看着别处说："呃，对不起。"

他清了清嗓子："你不需要为自己辩解。我……"

我不知道自己是怎么了，也许因为这是我第一次从他的声音里听出了一丝不确定，或者因为我觉得这可能是我最后一次见到他，无论如何，我凑过去亲了亲他的脸颊。

我们先是对视了一阵，然后他把我拉到怀里亲了回来，感觉很不错，我们又亲了一会儿。这么多年来，我头一次感觉自己不再只是那个压力过大的单身母亲了。

"妈咪？"我们同时抬起头来，亚伦抱着泰迪熊玩具站在房间里，"你们在干什么？"

我张口结舌地说："我……呃……"

"你一定是亚伦吧，"穆说，"我叫穆，我正准备给妈咪煮茶呢，你也想喝点饮料吗？"

亚伦没说话，只是盯着他看。

穆站起来，十分从容地走进厨房，过了一会儿，他用我母亲上次去温泉度假时买的塑料盘端出一壶茶、两只马克杯和一杯苹果汁。

"来了。"他把果汁递给亚伦。

亚伦接过杯子，十分开心地在我身旁坐下，小口抿着果汁，我搂住他的肩膀。

"自闭症病区，嗯？这么说雷有社交障碍？"我连忙开启新话题。

"这只是一方面，自闭症很复杂，最近的研究表明，自闭症的人和我们的感受不一样，他们会过度注意那些我们不在意的东西：比如钟表嘀嗒响、邻居家的电视声、枕头上的图案的颜色、那边那个花瓶里有 23 朵花、还有……"

"27 朵，"亚伦说，"我想回去睡觉了。"他站起来朝卧室走去，我跟过去，把他塞进被窝。我不知道该不该告诉他穆是谁，但亚伦已经闭上眼睛，慢慢睡熟了。我看着他可爱的小脸蛋，发觉自己真的真的很爱他，无论发生什么事，我都不会放弃他。我不会在乎丢不丢工作，或者托儿所的女孩怎么想。我们属于彼此，我摸摸他柔软的头发，希望他能做个好梦。

我回到起居室，穆已经又坐在了沙发上，我在他旁边坐下说："抱歉。"

"他看起来是个很好的孩子。"

"没错。"

他靠过来摸摸我的脸："我从来不上门出诊，你知道吧？"

我觉得脸红了："我明白。但你知道吗，我根本没有任何具体的证据证明雷的清白，和我谈过话的人还有我找到的信息似乎都说明雷就是凶手，而且现在连雷都改变了主意，我只能停手了。"

"你不会还认为他是无辜的吧？"

"是的，我依然相信他是无辜的，我不信他会骗我，我觉得他根本不会说谎，你怎么看？"

"也许他没说谎，也许他真的相信自己是无辜的。但是你好好想想，艾丽斯，肯定是他干的，所有的证据都指向他，而且他从小就精神有问题，他的邻居恰好惹恼了他，他的母亲还不停地折磨他，所以他才干出这样的事。"

"你是什么意思？我母亲很多年都没和他联系了。"

"她最近还和他见过面呢。"

"什么？为什么我不知道？"

"嘿，这有什么奇怪的？"

"就是很奇怪。不过你是怎么知道我母亲折磨他的？谁告诉你的？"

他耸耸肩："斯蒂芬，我的同事。"

"他怎么说的？"

"我只记得大概，他说雷的母亲——你的母亲——是个可怕的巫婆。对不起。"

"他为什么这么想？"

"你母亲去看雷的时候，他也在场。"

"他为什么说我母亲是巫婆？她的态度不好吗？"

"他没说，真的，我们没那么熟，但斯蒂芬显然认为你母亲是个可怕的人，我从他的眼神里看出来的。"

我想知道我母亲到底做了什么，竟然给他留下如此印象，她平时的举止总是很文雅，难道文雅只是表象？“我母亲会不会对雷说了什么，所以他不想再见我了？”

“有可能。”

“见面的过程会记录在案吗？接待室里有摄像头吗？”

“录像只保留 24 小时，过后就删了。”

我从沙发上跳起来，脑子转个不停，问题绝对出在这次会面上——肯定的。我抓起电话按到穆手里：“你能打个电话给警卫吗？”

“太晚了，真的，没什么用。”

“无论如何，打电话试试。也许他们还留着记录呢。”

电话打了几分钟。穆解释了情况，然后我听见他说：“啊，我知道。”“所以……”“好的。”

他挂掉电话，我急忙问：“他们怎么说？”

“你最好坐回沙发上来，”他说，“因为你是个非常幸运的女士。”

“真的？”我坐在他身边。

“研究院最近在调查斯蒂芬，因为他可能参与贩毒，所以他们把有他在的录像都保留了。”

“太棒了！我什么时候能调取录像？”

“这是个问题，他们不会主动给你，但会让我明天‘偶然’经过他们的办公室，‘恰好’看到他们在看录像。”

“太好了！”我叫道。

“为什么？老实说，我不太明白你在做什么。”

“我认为是我母亲逼迫雷停止和我见面的，”我说，“希望录像可以证明这一点。”

“可是声音没有录下来。”

“我去雇个会读唇语的人。”

“没有什么能阻止你，对不对？”

第五十三章

雷

我坐在我的水族箱前面看鱼。金星和花生时不时地从它们住的洞里探出头来，接着飞快地缩进去，玛吉兜着小圈不停地游，弗朗索瓦比过去——9年前——长大了不少。真是太幸运了，它们还活着，我们还会在一起很多年。

“你们会习惯这里的，”我说，“刚开始可能有点难，但你们最后会喜欢这里的。”

如果我愿意，我可以一整天都待在这里，自闭症部门的社工告诉我。虽然上次我是在看鱼的时候被他们带走的——他们把我推进警车，我高喊着鱼的名字——但这一次他们不会把我带走。

那是我发现萝丝塔和安娜以后不久，我试着不去想推开门后看到了什么——她们躺在走廊里，一动不动，死了。

“嘿，安娜。嗨，萝丝塔。”尽管如此，我还是小声对她们说，“我们几乎是一家人，对不对？”但萝丝塔没有回答我，她只是躺在那里盯着天花板。她终于找到了永远赶走我的办法，这让我很伤心。

我碰了碰萝丝塔，把手指放到她锁骨之间的小坑里，锁骨窝，全世界最美的地方。她的身体还是暖的，我不知道在那里坐了多久，但我知道后来血的味道冲进我的鼻孔，堵得我喘不动气。

我跑回自己的房子，跨进走廊时，我看到一只垃圾袋，袋子不是我放在那里的，我听到流水声。

“雷！”我母亲在洗东西。她震惊地看着我，我震惊地看着她。她把什么东西扔进水槽，用刷碗布擦了擦手：“你在这里干什么？”

我盯着她，想说点什么，但不知该怎么说。

“你怎么没去上班？”

“我干不下去了。”我说。

我母亲看着我的脚，她的脸变得苍白。“地板上全是血！”她跑进门厅，打开前门，“噢，上帝，你把脚印弄得满地都是，噢，我的天！”回到厨房，她用报纸把刚才丢进水槽里的东西包了起来。

“你为什么不留在那里上班？你今天应该上班的。上帝！雷！”她哭叫道。她把报纸团拿到门厅里，我跟在后面，看见她把它扔进了垃圾袋。

“我不能留下，对不起，我……”我母亲很少有说不出话来的时候，“你不应该回来的。”她摇着头。“现在我没法帮你了，对不起，你只能靠自己了。”她拿起垃圾袋，穿过客厅，走到后门，“我得走了。对不起。我也不想这样。”

就在走出去之前，她转过身，抓住了我的肩膀：“别告诉任何人今天你看到了我，听见没有？雷？无论他们怎么问你。”她把我的胳膊捏疼了，我的母亲很强壮，“看着我，雷，集中，他们会来找你。雷，虽然我希望他们不会来，不过一切都要怪你，你不该今天上午回家。如果你告诉他们我在这里，我就没法帮你照顾你的鱼了。天知道你的鱼会怎么样，你明白吗？你今天没见过我，连我的名字也不要提。”

她离开后，我回到水族箱旁边，坐在那里念叨鱼的名字，直到我再次平静下来。然后他们来把我带走了，就像我母亲告诉我的一样。

现在我的鱼来到了我的牢房，我再也不需要一遍一遍背诵它们的名字了，我感到很平静，不会有任何坏事发生在我身上，我终于安全了。

我闭上眼睛，听着气泵运转的声音。在家的时候，水族箱放在楼下，所以睡觉时我听不到它的声音，在这里我却可以在床上感知它的存在，我很高兴，水族箱离我的床不过 5 英尺，我们随时都能见到彼此，我的鱼和我。我喜欢水族箱发出的噪音，我爱它发出的温柔的金属光泽。

阳光。范·德尔克告诉我，水族箱里的灯泡可以模拟晴天时照射进水里的阳光——15 英尺深的水下，我喜欢这种光线，我决定再也不拉开窗帘了。

第五十四章

艾丽斯

我已经开始习惯不按门铃就走进我母亲的房子，这次和上次唯一的不同在于，今天我是大白天来的。我用钥匙开了门，很快便听到我母亲喊道："谁？"她犹豫迟疑的语气让我觉得很高兴。

我走进起居室，发现她坐在沙发上看报纸，她抬起头惊讶地看着我。

"别人直接走进你的房子，这样很不礼貌，对不对，妈妈？"我说，"你独自在家时，突然听到有人拿钥匙开门，你又不知道这是谁，是不是很吓人？还是说你从来就没有过害怕的感觉？你是不是从来都没有任何感觉？"

"上帝，艾丽斯。"我母亲动作夸张地用手按着胸口，"你差点吓得我心脏病发作！你在想什么？大白天的进来吓人？你知道我希望你进门前按铃的。"

"我当然知道，而且我还知道你的很多事。"

"什么？你又开始了吗？你必须停下来，艾丽斯，听到了吗？我受够了你的胡言乱语了，如果你现在就走，我会感谢你的。"

厨房里似乎传出一声噪音，好像什么东西被推倒了，我仔细听了听，声音又没了，刚才一定是我的幻觉。我看到原来放水族箱的地方空了出来，但箱体的轮廓已经印在了墙上，看来该重新刷墙了。"真是太好了，妈妈，雷又能养鱼了，对吧？"

我母亲没回答。

"你真是太高尚了，把水族箱还给了他。我知道你多么喜欢那些鱼，尤其是死了的，我也很好奇，你是怎么说服乌得勒支大学把死鱼还给你的？你怎么和他们说的？你想把它们埋在后院？给它们立个漂亮的小墓碑？摆上鲜花？"

"你在说什么？"我母亲拿起报纸假装读起来，我看到她的目光茫然地在纸面上滑动。

“还是说你告诉了他们真相——你打算用死鱼欺骗你的儿子？”

她放下报纸：“你太过分了，我听够了你的胡说八道了，虽然你是我亲生的，但如果你还不走，别以为我不敢报警。”

“当然，你会毫不犹豫地对付自己的亲骨肉，我们现在知道了。”

“我要报警了。”但她没动。

“你报吧，等待警察过来的时候，你我可以好好聊个天。因为过去的几个月里，我知道了你的一些有意思的往事。我发现你有个儿子，那个儿子有个父亲，父亲的名字是安托万·范-本肖普。你怀孕的时候，安托万付给你一大笔封口费。我怀孕的时候——我必须谢谢你，妈妈——他也帮了我的忙，为我安排了一份很方便的工作。你们两个一直有联系吗？现在还经常见面吗？”

“住嘴，”我母亲说，“别说了，别说了。”

“我不说了，对不起。我只想揭开阿加莎·安东尼娅·伯伦斯的秘密人生的小面纱。”

“这与你无关。”

“你错了，这与我有关，并非因为我是你的女儿，而是因为雷是我哥哥。”

“少跟我在这里煽情，你根本不了解雷。”

“我认为我了解，我还意识到你和萝丝塔是一类人，像她一样，你喜欢有魅力的已婚男人，很年轻的时候就怀了他们的孩子，这是不是你鄙视她的原因？”

“业余心理学家。”我母亲又拿起报纸，但我看到她的手在抖。

“你为什么不告诉我你以前的事？你是怎么想的？贿赂犯罪心理研究院的警卫？威胁病人？这些都是应受惩罚的罪行，我们讨论的可是刑事案，妈妈，你还和安托万·范-本肖普有联系？”

“是的。”

“在哪里，什么时候，多长时间见一次？”

“不经常见面，但我们还保持联系。”她非常不情愿地说。

“你和爸爸结婚以后也和安托万睡觉吗？”

“是的。”她挑衅地扬起下巴。

想起我善良的父亲，我一时间无语了。他崇拜我的母亲，对她言听计从，甚至到了极端的程度：“你是怎么做到的？你和他的关系保持了多长时间？”

“45 年。”我母亲不无自豪地说。

“你疯了！你是怎么想的？你认为他会放弃船业公司，不顾一切地和你在一起吗？”

“不，我知道他永远不会这么做。”

“然而你还是和他保持关系。为什么？”

“因为我爱他。”她坚定地说。

我摇摇头：“我很难相信你有能力爱任何人。你把雷送到寄宿学校，从来没对我表现出任何真实的感情，给你的好丈夫戴了这么多年的绿帽子……噢，我忘了亚伦，你爱亚伦，对吗？如果不是这样，我还以为你是个机器人呢。”

我的母亲没有表现出任何反应，甚至眼都没眨。我很想拍拍她的脸，看她有没有感觉。用力拍。

“好吧，你什么也不用说了，我可以自己把丢失的信息补齐。”我深吸了一口气，一字一顿地说，“你不想让我调查雷的案子，因为你害怕一些秘密会暴露，给你造成……不便。首先是你和安托万·范－本肖普的不正当关系，但这不是唯一的秘密。用餐刀杀人可并不容易，宜家的质量——不怎么好，你知道吗？法医实验室已经测试过了，用那种刀不可能在人的胸口捅 14 下，到了第七八下的时候刀刃就崩了，而且雷的刀之前还捅过维克多·阿斯切的车轮胎。不，妈妈，杀人凶器很可能是尺寸和宜家餐刀差不多的顶级质量的厨房刀，法医认为它是 23 厘米长的三叉牌蓝带主厨刀，整块钢材锻造，坚不可摧。所以，读到检测报告的时候，我想：‘该死，我知道谁有一套这样的高级德国刀。’”

我母亲纹丝不动地坐在沙发上。

“请和我说点什么，我说得对不对？我需要你的帮助，妈妈，请告诉我这一切是怎么发生的。我知道你知道。是你让雷杀死萝丝塔的吗？你把刀给了他？还是……”我无法想象另外那个可能性。

我母亲仍然坐在那里，眼睛都不眨。我又很想使劲拍她的脸，如果这样能让她有所反应的话。

“行了，你可以闭嘴了。”一个声音说。说话的不是我母亲，而是一个男人，我惊得差点跌坐在玻璃咖啡桌上。

安托万·范－本肖普走出厨房，拿着一把 23 厘米长的三叉牌蓝带主厨刀："你说的是这把刀吗？"

我极力掩饰着自己的惊讶。安托万竟然在我母亲的房子里。

安托万走过来，我有点想逃跑，但我不相信这个老头真的会袭击我，尤其是当着我母亲的面，我决定保持镇静、冷静、沉着。恐慌只会使情况变得更糟。

"听着，艾丽斯，你母亲不是杀人犯，她只是做了她不得不做的事。"安托万用权威的语气说，这让我想起他的儿子彼得。

"你做了什么，妈妈？"我问，"是你拿刀捅了萝丝塔？还有她女儿？长着小天使那样的金色鬈发的小安娜？"

"我别无选择，"我母亲终于开口了，"我也不想那样，我希望我能改变一切，但萝丝塔不给我这个机会。"

我的腿开始颤抖："你杀了她。你？"

"萝丝塔敲诈我们，阿斯切把我们的事都告诉她了，她威胁说要告诉安托万的妻子和他岳父。你不觉得如果这样，每个人的生活都会被毁了吗？我的生活，安托万的，还有范－本肖普家族，连你的人生也包括，艾丽斯。船厂怎么办？整个公司就完蛋了！是的，需要有人制止她，但我最担心的是……"我母亲顿了顿，我第一次见到她这么激动，"……我最担心的就是那个小婊子会毁了雷，我能看出来，这只是时间问题。你认为你了解雷，但你不了解，你不知道当他精神崩溃的时候会做出什么事，我不会让这种事发生的。"

"所以你这么做都是为了雷？你真的觉得我会相信你会为他着想？拜你所赐，他可是一直被锁在精神病院里……"我声音颤抖地说。

"够了！"安托万冲我挥舞着主厨刀，"你妈妈警告过你别管闲事，但你就是不听，对不对？"

我意识到，萝丝塔被杀前，盯着的正是这把刀，我需要保持冷静，继续说话，拖住他。我试着问我的母亲："你为什么让他威胁我？你为什么让雷顶罪？我们是你的孩子！"

我母亲摇摇头，她看起来很伤心，但我已经很难相信她了。"我从来没打算伤害你们，我已经尽了全力不让他卷入这件事，可我怎么知道他那天提前下班回家了？他从来不提早回家，决不会，但现在后悔已经晚了。雷可以住在研究院，和他的鱼在一起，很安全。我知道你不会同意的，但我向你保证，这是最好的办法。"

"但是那个小女孩呢？"我说，"你怎么能那样对她，不仅用刀刺她，还要把烟蒂放在她身上……”

我母亲哭叫起来："她应该去托儿所的，她平时上午都在托儿所，我怎么知道她会跑出来……所以安托万就……”

“安托万？”我看着站在我旁边的老头，他和他儿子彼得真是太像了，“你也在场？你杀了那个小女孩，还把烟蒂按在她身上？”

“他想要保护雷！”我母亲喊道，“因为雷讨厌抽烟，我们就……”

“够了！”安托万说，“你让我们没有选择，艾丽斯，就像萝丝塔让我们没有选择一样。”然后他就猛扑过来掐住我的脖子，与他的年龄相比，他的力气大得惊人，弯翘的刀尖擦过我的喉咙，冰冷的钢刃划开我的皮肤，刀很锋利，无须用力就能完成切割，我没能挣开安托万的钳制，只好望向我的母亲。她不会让这种情况发生的，不是吗？我是她的女儿，她该死的女儿。

但我母亲漠然地直视着前方的墙壁。

“妈妈？”我仿佛回到了 15 岁那年，回到了红灯区的那座破房子。“妈妈？”我的哀叫越来越绝望。

“我求过你，我求过你很多次，艾丽斯，你不应该管这件事的。”

这时我才意识到眼前的危险是真实的，我必须拼命逃跑。我用胳膊肘夹住范 - 本肖普的两肋，他寸步不让，抵在我喉咙上的刀子陷得更深了，我只觉得一道温暖的液体从脖子上流下来，我的心狂跳起来。

“走，我们去厨房，这样就不会弄脏你母亲的起居室了，快走。”

我看着我母亲，她必须介入，我仍然不相信她会听任别人杀我，她肯定会在最后时刻帮助我的，就像在红灯区的破房子里那样，然而现在的她却像木雕泥塑一样。

安托万推着我向前走。“妈妈？”我恳求道，我的声音带着哭腔和窒息的动静，“说点什么！你不能不管我！”

“闭嘴。”范 - 本肖普踢了我的膝盖后面一脚，“你自找的。”

我看着我的母亲，相信她会救我。她的嘴张了张，又闭上了。

我觉得自己要被推进厨房了，我想倒退回去，但不知怎么，安托万知道怎么逼我走在他的前面，他会轻松地把刀片推进我的喉咙，在不到一分钟内弄死我。

谁来照顾亚伦？雷会怎么样？我全身都剧烈地痉挛起来。

仿佛过了一辈子那么久，我母亲终于说话了。“不行，安托万。”

她说。她的声音听起来很脆弱，几乎无法令人信服，但她还是说："住手。"

我只需要这些。范－本肖普掐着我脖子的手松了一秒，我趁机用力跺在他脚上，挣脱了他的钳制，然后我踢了他的腹股沟，他趴在地上，像受伤的野兽那样叫起来。

我冲出前门，跑到街上。

警察在几分钟内抵达。我的母亲和安托万都没有试图逃跑。

我站在街对面，看着他们被两名警官带到车上。

在明亮的日光下，我母亲看上去既苍老又无助，我们的视线短暂相交了一瞬，然后她扭过头去，最后一次表达了她的愤怒，接下来警车的门就关上了。

"你还好吗？"站在我身边的警察问，"救护车很快就会来接你，你脖子上的伤口很吓人。"

我没回答，因为我真的不知道自己好不好。

第五十五章

雷

海面以下 15 英尺的地方真的很像我的水族箱，不过所有的景物都大得多，而且你的视野更广阔，想看多远就能看多远。我游啊游啊，默默地给我遇到的鱼起着名字："嘿，你，小斑马鱼，我看到你游过去了，我会叫你汉克。噢，还有你，鹦嘴鱼，啃珊瑚的那个，你的名字是伦勃朗。"

自从来到这里，我每天都会潜水，我会留在水里，直到潜水教练敲着手表告诉我时间到了，我才不情愿地浮上海面。

然后我看到了它，一条美丽的女王神仙鱼，蓝条纹，黄得不能再黄的底色，前额上有块可爱的王冠形状的斑点。"你，我要叫你萝丝塔。"我想起胡默曼医生让我写的那封信，我一直没写成，但坐在海边的时候，我意识到了自己究竟想说什么，我要说的并不多，但都是真心话。

我从来不希望你和安娜遇到任何不好的事。我会永远爱你们。

我不介意必须回到岸边去，因为我知道艾丽斯、穆和亚伦在潜水店等着我，然后我们 4 个就一起往海滩走，亚伦和我一起盖沙堡，就像我和安娜曾经玩乐高积木那样，不过把积木换成了沙子。接下来我会和穆玩板手球，或者和绝对就是我妹妹的艾丽斯·卡斯特莱恩游泳，一直游到海湾中间的橡皮筏那边。

我们会在筏子上坐一会儿，腿耷拉在水里，脸对着夕阳。艾丽斯说，一天中的这个时候有个特别的名字，叫作"魔力时刻"。

我不得不问她："那么，我们现在是一家人吗？"

她用那双带黑边的清澈蓝眼睛看着我，她的眼睛和妈妈的一样，但眼神和善多了。

"我觉得一家人更像是爸爸、妈妈和孩子那种样子，和我们不一样，不过我们之间的联系谁也抹不掉，我们是亲人。"

我盯着我的脚。

然后艾丽斯说：“嘿，我为什么要把情况搞得这么复杂？我们当然是一家人，也许不是那种普通的家庭，但我们肯定属于彼此，你觉得怎么样？”

我清清嗓子：“我一直希望有一个家。”

“我也是，”她说，“我也是。”

（京权）图字：01-2018-2620

图书在版编目（CIP）数据

黑暗中的女孩 /（荷）马里恩·波著；孙璐译. -- 北京：作家出版社，2018.6

（悬疑世界文库）

ISBN 978-7-5063-9993-7

Ⅰ. ①黑… Ⅱ. ①马… ②孙… Ⅲ. ①长篇小说－荷兰－现代 Ⅳ. ①I563.45

中国版本图书馆CIP数据核字（2018）第057804号

Daglicht © 2008 by Marion Pauw
Originally published by Ambo | Anthos Uitgevers, Amsterdam

黑暗中的女孩

作　　者：［荷兰］马里恩·波
译　　者：孙　璐
责任编辑：汉　睿　李　静
特约编辑：赵　衡　李　翠
装帧设计：几何创想
出版发行：作家出版社
社　　址：北京农展馆南里10号　　**邮　　编：**100125
电话传真：86-10-65930756（出版发行部）
86-10-65004079（总编室）
86-10-65015116（邮购部）
E-mail:zuojia@zuojia.net.cn
http://www.haozuojia.com（作家在线）
印　　刷：三河市兴博印务有限公司
成品尺寸：142×210
字　　数：150千
印　　张：7.375
版　　次：2018年6月第1版
印　　次：2018年6月第1次印刷
ISBN　978-7-5063-9993-7
定　　价：33.00元

作家版图书，版权所有，侵权必究。
作家版图书，印装错误可随时退换。

悬疑世界文库

蔡骏策划
悬疑世界打造

马里恩·波《黑暗中的女孩》
自闭症所引发的家族血缘羁绊的悲剧

悬疑世界文库

中国类型小说殿堂卷帙
【悬疑世界文库】魅惑解锁
时间从此分叉
万象森罗 蛰伏如谜
爱与恨正在演绎无数可能
悬疑无界 故事无常
敬请期待